異世界行ったら
私の[illegible]業
『野[illegible]児』だった

堂本葉知子

eR
eロマンス ロイヤル

MAIN CHARACTER

清水《きよみず》美穂《みほ》

卒業目前に異世界に召喚され、職業が『野生児』だったため能力なしと判定されてしまった女子高生。しかし、クラスメートの常滑君と魔国へ行きシヴァと出会う。

シヴァ・ウルフライン

蒼銀の狼に変わることができる、イケメンの狼獣人。魔国の東の砦の防衛団の副団長。美穂に一目会って『番』だと気づいたが最後、片時も手放そうとしない。

常滑《とこなめ》 悟《さとる》

美穂のクラスメート。大変頭が良く、器用だが典型的なインドア派。生産職オタク。いち早く、召喚された国のヤバさに気づき、美穂とともに魔国を目指した。

ライト・ウルフテリア

シヴァの幼馴染の狼獣人。魔国の東の砦の防衛団でシヴァの副官をしている。割とお調子者で明るい性格。『番』を見つけた後の幼馴染の変わり様に戸惑いが隠せない。

クリス・ラビレット

白く長い耳を持った超美形な兎獣人。防衛団の医師兼戦闘員。医官。普段は優しげだが実はアブナイお薬大好きなマッドサイエンティスト。

ババ様（グリンディエダ・メディシーナ）

長く尖った耳のエルフ族の老婆。美穂が働くことになった魔法薬屋『メディシーナ』の店主。口うるさいババ様と言われているが腕は確かのよう。

ティゲルコ

妖精族のケットシー。フワモコボディで二足歩行する大きな猫の姿をしている。メディシーナで働いているが、過労死寸前と職業斡旋所に来たところ美穂と出会う。

Contents

I've come to the other world,my occupation is"wild child".

プロローグ

シヴァ、小さな番《つがい》を拾う

I've come to the other world, my occupation is "wild child".

魔国、東の砦《とりで》に常駐する防衛団で副団長をしている狼《おおかみ》獣人のシヴァは、その日、まだ朝の早い時間に救助を求める魔光弾《まこうだん》が空に打ち上げられたのを見た。

先程夜勤が終わり、朝勤務の者達と交代したばかりであったが、なぜか無性に胸騒ぎを覚えた彼は、近くにいた部下に「俺が一足先に行くと伝えておけ」と言って、足早で門に向かった。

魔国は領土が広大でありながら、外の世界と繋《つな》がっている場所は三カ所しかない。そのうちの一つが、この東の砦を擁《よう》する東魔《とうま》大門である。

そもそも魔国は周り全部を魔の森に囲まれていて、厳密にはどこの国とも国境を接していない。魔の森は多数の人を襲う魔獣や魔鳥が跋扈《ばっこ》しており、生えている植物さえも決して無害なものばかりではない。己の栄養とするために嬉々《きき》として生き物を襲うような植物も存在するのだ。

そんな危険な森をそこそこ安全に抜けることができる道が東魔大道である。魔国によって管理されているこの道には、魔獣避《よ》けなどの仕掛けが数々施《ほどこ》されており、きちんと用心して通れば大抵の者は無事に通り抜けることができるはずであった。

ただし、何事にも例外がある。魔獣避けの仕掛けがあるといっても、全《すべ》ての魔物を完全に遠ざけることができるわけではないのだ。

東魔大門を顔パスで通り抜けたシヴァは、飛んで移動するために風魔法を使ってふわりと空に浮き上がった。先程上がった魔光弾の大きさからして、救助要請地点はそう遠くない場所だろうと思ったからだ。

誰《だれ》が相手であっても、上に位置する者の方が戦闘においては有利であるし、状況も把握しやすい。

そのまま風魔法を駆使して、ものすごい速さで空中を移動したものだから、うなじで結わえた銀色の長い髪と同じ色の長い尻尾《しっぽ》が後ろになびいた。

移動に要した時間はわずか十分ほど。現場に着いてみると、事情はすぐにわかった。

どうやら門から一番近いセーフティエリアを出てしばらく行った場所で、食事と日向《ひなた》ぼっこに向かうフォレストドラゴンの一群と遭遇《そうぐう》した旅団がいたらしい。

フォレストドラゴンは見た目は厳《いか》ついが、肉食ではないし、気性もそんなに戦闘的ではない。

相手から攻撃を受けない限り、自分からは攻撃を仕掛けてきたりしないのだ。フォレストドラゴンの移動に居合わせてしまったら、一番良いのはセーフティエリアに駆け戻って、彼らが通り過ぎるのを待つことだ。セーフティエリアに戻れなかったら、魔法で結界でも張ってやり過ごすしかない。ガンガンぶつかってくる奴《やつ》はいるが、彼らは攻撃さえ受けなければ何かにぶつかっても気にしないのである。

けれど、どうやらそのことを知らない奴らだったらしい。もしくは向かってくるフォレストドラゴンにビビって思わず攻撃をしてしまったのだろう。

はっきり言ってそれは一番やってはいけないことだ。攻撃を受けるとフォレストドラゴンは身体《からだ》を攻撃色に変えて、反撃してくる。一匹が興奮状態になるとそれが群れ全体に伝播《でんぱ》して、そこにいた全部のフォレストドラゴンが怒り状態になってしまい、大変なことになるのだ。

上から見ると、身体を赤く攻撃色に染めたフォレストドラゴンに囲まれて、火を吹きかけられている一団がいた。何台もの荷馬車を外側に配置して囲いにし、できる限り全員の身を守る態勢をとっている。どうやら、率いている者はそれなりに有能なようだ。たまに荷物を守って、護衛を肉壁のように使う愚《おろ》かしい奴がいるが、そういう商人は大抵が金に汚くてろくでなしなので、絶対にいい死に方をしない。

よく見ると、小さな女の子がその旅団全体を囲うように、魔法で結界を展開していた。小さな身体ながら両足でしっかり大地を踏みしめ、両手を前に突き出して魔法を使っている。だが、魔法の扱いが上手《うま》い訳ではないようだ。はっきり言えば、かなり力技で危うかった。

シヴァは急いで広域氷魔法のひとつ、アイス・カウントレスを発動させた。細かい氷の粒をあたり一面に発生させることで、その場の温度を一気に下げる。

フォレストドラゴンは寒さに弱い。寒いと動けなくなるので、彼らの攻撃を止めようと思ったら、こうするのが一番手っ取り早いのだ。

皆を背後にかばい、たった独《ひと》りでこの場を守りきった少女が俺を見上げた。そして助けが来たことに安心したのか、ふわりと笑う。

そんな彼女の微笑《ほほえ》みを見た瞬間にシヴァは心を打ち抜かれた。どこかで祝いの鐘《かね》がリンゴンと打ち鳴らされた気もするがこれはたぶん気のせいだろう。

なぜか一瞬でわかってしまった。彼女こそがシヴァの唯一無二《ゆいいつむに》の『番《つがい》』であると。

出会えた喜びが全身を駆け巡り、細胞の一片までが震えた。けれど次の瞬間、喜びは恐怖に変わる。その小さな少女の身体がぐらりと揺れて、力なく地面に倒れ込んだからだ。

シヴァは急いで少女の元に行き、そのぐったりした身体を抱き上げた。腕にすっぽり収まるその小ささと身体の柔らかさに愛《いと》おしさが増す。そんな自分に戸惑うが、ぐずぐずしている暇《ひま》はなかった。ざっと見たところ大きな怪我《けが》などはしていないようだから、おそらく魔力切れであろう。

体内の魔力の枯渇《こかつ》は危険だ。場合によっては死に至ることもある。

番である少女と出会った喜びもつかの間、シヴァはなによりも大事な者を失うかもしれないという恐怖に襲われた。まだ声も交わしていないのに、彼女を失ったならば自分は耐えられず、我を失うだろうことがわかる。それほどまでに、狼族にとって番の存在は大きいのだ。

実はシヴァは番と出会えなくても良いと思っていた。亡くしたら我を失うほどの愛情など、まるで呪《のろ》いのようではないかと考えていたからだ。そう、ついさっきまでは。

けれど、番である少女と出会った瞬間にそれがどんなに愚かしい考えだったかわかってしまった。このほんのわずかな時間で、既に感じている何ものにも代えがたい存在に対する狂おしいほどの愛情が呪いだなんてありえない。

この小さな少女は人を助けるためにおそらくは自分の限界を超えて魔法を使い続けたのだろう。出会う前であったとはいえ、彼女が自分以外に向けた他者への好意に嫉妬《しっと》する自分がいる。

なるほど、自分は恐ろしく心が狭いのだとシヴァは自覚した。なぜならば今この瞬間から、もう彼女を誰にも見せず、会わせず、二人っきりの世界に行ってしまいたい衝動にかられているからだ。

今後、自分はいったいどれだけこの少女に執着することになるのだろう。

ぐったりした少女を片手で支えたまま、シヴァは急いでベルトのホルダーにさしてあった小瓶《こびん》を取り出した。中には最高級の魔力回復薬《マリ・ポーシヨン》が入っている。いざという時のために持ち歩いているもので、効果が抜群に高いが値段もバカ高いという代物《しろもの》だ。東の砦の町に魔法薬店を構えるエルフの老《ろう》婆《ば》が作ったもので、現状この魔法薬以上に魔力を回復させるものはエリクサーくらいだと言われている。

エリクサーは墓場に全身の九割を突っ込んだ者でも、完全回復させることができると言われているとんでもない魔法薬だ。そんなものもちろん普通に売ってるわけがない。つまり現実的には、シヴァが今持っている魔力回復薬以上の魔法薬は存在しないと言っていいのだ。

シヴァは一瞬の躊躇《ちゆうちよ》もなく瓶の蓋《ふた》を口を使って開け、中身を口に含んだ。そしてそれを腕の中でぐったりしている少女に口移しに飲ませてやる。

意識のない少女は魔法薬の大半を口からこぼしてしまうが、シヴァは構わずに少しずつ注《そそ》ぎ続けた。少女が数度コクンと小さく喉《のど》を鳴らしたことにホッとするが、もちろん油断はできない。シヴァは少女を両手でしっかり抱き上げると、辺りを一瞥《いちべつ》し、旅団の頭《かしら》らしき者に向かって言った。

「俺は彼女を連れて先に戻る。もうすぐ防衛団の者が来るから、お前達は彼らの指示に従え」と。

あとは急いで少女を抱えて空に浮き上がり、一気に砦に向かって飛び去ったのだった。

遅れて現場に到着したシヴァの部下達が見たものは、いつもは冷静で無表情な副団長が珍しく焦《あせ》った様子で何かを抱えて空を飛んで去っていく姿であった。

焦っていたシヴァは無言・無表情で防衛団の者だけが通れる東魔大門の通用口を通って町に戻り、防衛団の中にある宿舎の自分の部屋に少女を運びこんだ。

シヴァの尋常でない様子に誰も声をかけることができなかったため、結果として彼は誰にも止められることなく部屋に辿《たど》り着く。大きなベッドと書き物机、そしてクローゼットという備えつけの家具以外は何もないシンプルな部屋だ。

シヴァは抱えてきた小さな身体をベッドにそっと横たえる。

限界まで魔力を使ったらしい少女は、魔力切れによる後遺症《こういしょう》で体温が上がらず寒いのか、ただでさえ小さい身体を更に小さく丸めてカタカタ震えていた。

そこに砦の防衛団に勤める医官である兎《うさぎ》獣人のクリスと幼馴染《おさななじみ》の狼獣人ライトがノックもせずに飛び込んできた。

「シヴァ副団長、幼女誘拐《ゆうかい》は犯罪ですよ？」

「シヴァ、いくらヤッてなくて溜《た》まってるからって早まるなぁあああああ!!」

普段から無口・無表情のシヴァはその桁《けた》違いの強さと相まって防衛団内で恐れられている。そんな彼に気安く近づき、軽口を叩《たた》いたりできる人物はごくごく限られているから、おそらく誰かが手っ取り早くそれができる二人を呼んだのだろう。

内心で焦っているシヴァはそれをおくびにも出さずに、入ってきた二人をギロリと睨《にら》んだ。

しかし、クリスとライトはそんな視線にビクともしない。ベッドに横たわる少女を見て、ライトが驚きの声をあげる。

「うわぁ、ちっさ。で、その子はどこの子？　この大きさ、たぶんまだ幼体でしょ？　親御《おやご》さんはどうしたの？」

しかしシヴァはそれには答えず、医官であるクリスの方を見た。

「クリス、丁度いいから診《み》てくれるか？　恐らく魔力欠乏を起こしているのだと思うのだが。あ、彼女は俺の番だ。だからあんまり触れるなよ」

長い耳をふるふると揺らして兎獣人のクリスが驚いた声をあげる。

「はぁ!?　番ですか？　この少女があなたの？　まあ、狼獣人である副団長がそう言うならばそうなんでしょうけれど、この絵面《えづら》だけ見るとはっきり言って犯罪ですね。幼女好きの変態にしか見えません。それにしても具合が悪いならばいきなり宿舎の自分の部屋に連れ込んだりせずに、ちゃんと医療棟に連れてきて下さいよ。そうすれば『副団長様ご乱心』などという騒ぎにならずに済んだんですから」

そんなふうに言いながらもクリスは【サーチ】という人の病気や怪我を調べることができるスキルで少女を診た。

「怪我や病気はなさそうですね。ただ……魔力がほぼ枯渇しています。自分の身体機能を維持《いじ》できるかどうかというくらいの危険レベルといえるでしょう」

「さっきメディシーナのババ様の魔力回復薬を少しだけ飲ませたんだが」

「シヴァ副団長が緊急時のために持っている魔力回復薬って、メディシーナのババ様が作った最高級品ですよね。普通の子供ならばそれを数滴でも飲めばある程度回復するはずなんですが。いまだこの状態である原因として考えられるのは、元々の魔力量が相当多いか、薬が効《き》かない体質なのかのどちらかですかね。もしもそうだとするとあとは本人の回復力に期待するしかありません。体温が維持できない状態にまで陥《おちい》っているようなので、温めてあげると良いでしょう。ほら、貴方《あなた》には立派な毛皮があるんですから、丁度良かったですね。あ、いくら可愛《かわい》い番でも気を失っている子供に手を出すのは最低ですよ。もしもそんなことをするようなら、その身体に見合った無駄に大きなイチモツが金輪際《こんりんざい》使えないようにして差し上げますから覚悟《かくご》してくださいね」

とにかくできることは全部してあげるつもりのシヴァであった。震えている彼女を早く温めてあげたいので、用がない二人にはさっさと出て行って欲しいと思ったが、なかなか部屋を出て行く様子がない。幼馴染のライトがほんの少し首を傾《かし》げながら聞いてくる。

「で、その子の親御さんは？」

「……知らん」

「うぇえええ、防衛団の副団長が幼女誘拐とか、本当にシャレにならないんだけどっ」

「命にかかわる状況での緊急措置《そち》だ。誘拐にはならん。とりあえず彼女を休ませたいからお前らサッサと部屋から出ろ」

なんやかやと渋る二人を部屋から強引に追い出すと、シヴァは軽く目を瞑《つむ》った。次の瞬間、細くしなやかだがそれなりに逞《たくま》しいシヴァの身体の輪郭《りんかく》がグニャリと歪《ゆが》む。

やがてその姿は美しい蒼銀《そうぎん》の毛皮を持つ、四足の獣となった。

ピンと立った三角の耳に尖《とが》った鼻先。口を開けば鋭い牙《きば》が覗《のぞ》く。もっふりした尻尾は太くて長くて立派な逸品《いっぴん》である。

そこに現れたのは巨大な体躯《たいく》を持つ蒼銀の狼であった。

狼に姿を変えたシヴァはベッドの上に軽々飛び乗ると、身体を横たえその毛皮の中に先程の小さな女の子をそっと抱き込んだ。

毛皮に埋もれるようにして眠る女の子は、シヴァのフワフワな毛皮に顔を寄せ、すんすんと匂《にお》いを嗅《か》いだあと、スリスリと頬《ほお》をすり寄せた。どうやら気に入ったらしく、くふんと笑う。

シヴァが女の子の柔らかそうな頬に黒く湿った鼻を押し当ててみると、それはそれは甘く優しい匂いがした。未《いま》だかつて嗅いだことのない、甘美な香りが鼻孔《びこう》をくすぐる。

シヴァは本能で感じとった。

『やはりこの子は俺の「番」だ。間違いないと本能が告げている。なるほど、「番」を見つけると、こんなにもいい匂いがして引き寄せられ、愛おしくて、離れ難《がた》くなるものなのか』

女の子を大事そうに抱き込んだまま、シヴァは目を瞑った。嬉《うれ》しさのあまり、尻尾が勝手にパタンパタンと動く。

こんなに小さい身体をしているのだから、やはりまだ幼体なのだろう。

起きたならば、大きくなるようにお肉をたくさん食べさせてやらなければ。大丈夫、狩りは得意だ。彼女のためならば上等なお肉をいくらでも取ってきてみせる。

今まで倒した魔獣の素材もたくさん持っているから、生活にも不自由させる心配はない。今までは自分一人なので、特に余分なお金が必要なかった。東の砦を守る防衛団員としての給料だけで、充分生活できたのだ。

しかもシヴァはこの砦の副団長だ。決して給料は安くない。

それにしても、番を育てることができるなんて、自分はなんと幸運なのだろう。ああ、良かった。こんな牙も鋭い爪《つめ》も持たない人間の幼子など、この厳しい世界ではいつ死んでしまってもおかしくない。

けれどこれからは大丈夫。自分が側《そば》にいれば絶対に守ってやれる。

それにしてもなんて可愛いのだろう。いくら見ていても全く見飽《みあ》きるということがない。もふもふの毛皮にくるまって、安らかな寝息を立てだした彼女をいつまでも見ていられると思うシヴァであった。

顔にかかった髪の毛を舌でペロリと舐《な》めあげて、かき上げてやる。

ああ、世界一可愛い俺の番。

大事に大事にするから、早く目を覚まして。

一章 ミホ、番認定《つがい》される

『わぁ、あったかぁーい』

ふわふわでもふもふの毛皮に全身を包まれているみたいだ。天気の良い日にカラッと乾いた時のタオルのようなお日様のいい匂《にお》いがする。それが嬉《うれ》しくてくふんと笑った。

ふふっ、気持ちいい～。

頭の芯《しん》はまだトロリとしていて、意識が完全には浮上しない。むしろもう一度ゆっくり沈んでいく感じだ。

手に抱えたもふもふが気持ちよくて、すりすりと頬《ほお》をすり寄せてソレに甘えた。

「おばあちゃん……おじいちゃん」ポツリと呟《つぶや》いてみる。どんなに呼び掛けても、もう二度と答えは返って来ないとわかっているのに。

起きなきゃいけない気もするが、まだこんなに眠いんだもの、もうちょっとだけ寝ようと思った。そうすればきっと元気になれる。私が元気でいないと、きっと天国でおばあちゃんとおじいちゃんが心配するだろうから……。だからちゃんと元気になるために、この温かい場所でもうちょっとだけ眠ることにしようっと。

そろそろ眠り続けるのも限界だったのかもしれない。光を感じてゆっくりと意識が浮上する。瞼《まぶた》を開けると、目の前は一面蒼銀《そうぎん》の毛皮。なんとなんと、私は蒼銀の毛皮に全身を包まれていた。

うわぁ～モフモフだぁ。何これ、何これ。どんなご褒美《ほうび》ですか？　毛足が長めで超フワモコな感触が気持ちいい～。でもなんでこんな物が家にあるんだろう？　全身が包めるような、こんなバカでかい高級毛皮なんてうちにはなかったハズ。

このしっとり感、絶対に本物の毛皮よ。フェイクファーなんかじゃないわ。しかもなんか動いてるし。んん⁇　動いてる毛皮？　それって生物ってことじゃない？　そもそもここどこ⁇

こんな天井に見覚えないし……って、ええっ⁉　デカイわんこがいるぅ‼

え？　これなに犬？　ワシャワシャ、モフモフしてもいいかしら。でっかいモフモフさいこー。

びっくりして身体《からだ》を起こそうとした……が、ビクとも動きませんがな。なんでじゃ。

あ、デカイわんこがそのぶっとい足で私を押さえこんどる。

「急に起きるな。目眩《めまい》を起こすぞ」

えー――っと、誰《だれ》が喋《しゃべ》ったの？　君のご主人様はいずこかな？

それにしてもちょっとゾクッと腰にくるようないい声だね。首だけ動かしてきょろきょろ辺りを見回したけれど誰もいない。

「あんまりいきなり首も動かすな」

呆《あき》れたような声とともに、わんこの鼻先が額に押し付けられた。もっふもふデカわんこのドアップで視界が埋まる。なんて、しゅてきなんでしょう♪

声に合わせてちゃんと口が動いたよねえ。どうやら気のせいではなく、声はそこから聞こえたらしい。

え────っと？　今喋ったのは君かな？

……うわぁお。ふぁんたすてぃ～っく。しゃべった────っ！　わんこが喋った────っ！

私は己の目をかっぴらいて彼をガン見する。これはモフモフ好きにはたまらない状況だからね。

喋る蒼銀のどデカイわんこ。うーむ、声帯はどうなってるんだろ？

口からは鋭い牙《きば》が見えたがアメジストのような紫色の瞳は綺麗《きれい》で知性の煌《きら》めきがあった。

うん大丈夫、とりあえずいきなりガブリと噛《か》みつかれたりはしなそうだ。だいたい食べるならばもっと早くに食べてるだろうしね。

で、私はなんでここにいるんだっけ？　あまり有能でない私の海馬《かいば》ちゃん、頑張って働いて！

え──っと、商会に雇われて、一緒に魔国を目指して旅をしてたんだよね。もうすぐ魔国に着くって時に、フォレストドラゴンの群れに遭遇《そうぐう》したと。

とにかくみんなを守るために、土魔法で壁を作ったり、必死で防御魔法を張って頑張ったんだけど、調子に乗って広範囲に防御魔法を展開したうえ、フォレストドラゴンの数が多かったものだからガンガン魔力が減っていってしまって。結果、頭も身体もフラフラになってもう駄目かと思った時に、誰かが助けに来てくれたんだったわ。

朦朧《もうろう》とした視界に映ったのは銀色のなにか。でも、確かわんこではなく人だったような気がするんだけれど。その人は魔法であっという間に魔獣の群れを鎮静化《ちんせいか》して、私達を助けてくれた。動きを止めたフォレストドラゴンを見て「ああ、もう大丈夫なんだ」と思ったら、ホッとして身体から力が抜けて…………その後からの記憶がない。そして今に至るというわけだ。

でもきっと助けてくれて看病までして貰《もら》ったんだろう。わんこだけど。喋れるわんこのようなので、とりあえずお礼を言わなきゃ。うん、礼儀《れいぎ》は大事よ。

「どこのどなたかは存じませんが、助けて頂いたようでありがとうございます。ワタクシ何かお手数をかけさせてしまったのでしょうか？　本当にすみませんでした」

「大きな魔力の波動を感じたうえ、救助要請の魔道具が打ち上げられたので行ってみたら、フォレストドラゴンに襲われていたのを見つけた……。お前は魔力切れで倒れたんだ。だから急いで連れて帰ってきたんだが。驚かないのか？」

いえいえ、充分驚いていますよ。だってデカイわんこが喋ってるんだもん。

でも、どういうふうに声が出てるのか不思議で、好奇心が勝《まさ》ってしまっているだけ。思わずジッと喋るわんこの口を見つめてしまった。別に睨《にら》んでるわけじゃないのよ？

「俺はシヴァだ。お前の名前は？」

おぉう。名乗りもせずに失礼しました。

「キヨミズミホです。キヨミズが家名、ミホが名前です」

お世話になりましたとお礼を口に出そうとした瞬間、ぐぅ～とお腹《なか》が鳴った。いやん。

彼（？）はくつくつと笑いながら、食べる物を持って来るから待っていろと言った。

あー、いや【ストレージ】（異次元収納）の中に食べ物が入って……なかったわ。

明日の夕方にはもう魔国に着くからって、最後の夜だからって言って、私が用意してた料理、みんなに大盤振る舞いしたんだった。

「で、悪いんだが尻尾《しっぽ》を放して貰えるか？」

ついつい私が胸に抱き込んですりすりしたり、ぎゅうぎゅう抱きしめていたりしていたのは彼の立派な尻尾だった。

気持ち良かったのに残念。モフモフ最高。

渋々といった様子で抱え込んでいた尻尾を解放する。できれば後でまた貸して欲しい。すっごく癒《いや》されるから。モフモフには精神を安定させる働きがあると思うの。これモフリストの常識よ。因《ちな》みにモフリストっていうのは、モフモフ大好きな人種のことです。はい、私が勝手に作りましたが何か？

自由を取り戻した尻尾は私の顔をファサリとひと撫《な》でしてから離れていく。何となく行動がイケメンだと思った。きっと彼はわんこの中でモテモテだろう。

彼はしなやかな動きで音もなくストンとベッドから床に降り立つ。

そして器用にドアを開けると、長い尻尾をゆらゆらとゆらしながら部屋から出て行った。

そこではたと思う。ん？　ちょっと待って。

食べる物を持って来てくれるって言ってたけど、生肉とか持って来られたらどうしよう？

新鮮な血がダラダラ流れている獲物《えもの》をドサリと目の前に置かれたりしたら……。

うん、なんとかお願いして調理をさせてもらおう。でも、それだと時間がかかるから、出来ればせめて火が通っていますようにと、いるかわからない神に祈った。

次にかちゃりとドアを開けて入って来たのは、二足歩行の一見普通の男の人だった。

あのわんこの飼い主さんかしら？　いや、普通じゃないな。だってすっっごいイケメンだもん。

後ろでキュッと一つに結わえたキラキラの銀髪を見て気づく。あっ、この人よっ、この人！

この人が魔獣の群れから私達を助けてくれた人だわ。

うわっ、身長でかっ！

少なく見積もっても１９０センチ以上はありそうだ。しかも頭の上にはけしからんモノがっ!!

獣耳《ケモミミ》だぁ――――っ！　しかもモフモフな尻尾までお持ちだなんてっ。

マジ??

えっっ？　もしかして天国なの？　ココ。

あら、この人わんこと目の色が一緒なのね。あのわんこはどこに行ったんだろう。また、会えるかなあ。会ったら全力でモフりたい。

「身体が弱っている可能性があるから、とりあえずあったかいミルクからな。それで大丈夫そうならスープ持って来てやるから」

あれ？　話しかけてくる声がさっきのデカイわんこと同じのような。

え？　それってつまり……。

「シヴァさん？」

つい指を差してしまった。イカン、イカン。おばあちゃんに人を指差しちゃいけませんって言われてたのに。

「そうだが？」とクスクス笑われた。本当にどうやら同一人物のもよう。

うわぁお。マジ？　いかん、驚き過ぎてボキャブラリーが死んどる。

それにしてもヒト型に変身もできちゃうなんて凄《すご》い。ん？　逆か。獣体に変身できるのか。

彼はベッドの横にある小さなテーブルに、持って来たお皿とスプーンを置くと、私をそーっと抱き起こしてくれた。

なんて見事な細マッチョ。すらりとした肢体《したい》だったが、かなりの筋肉をお持ちのようだ。

頭は興奮状態だったが、身体はまだ万全ではないらしい。上体を起こした途端軽く目眩がして、私はぽすんと彼の胸に倒れ込んでしまった。

あ、すっごい筋肉質。それに胸板が思ったよりも厚いなぁ〜。

さ、触りたい……。よし、どさくさ紛《まぎ》れにこっそり触っちゃえ。うわっ、硬い。すっごく逞《たくま》しい。

「やっぱり目が回ってるみたいだな。気持ち悪くないか？」

私の変態行為を咎《とが》めもせず、倒れ込んだ私をそっと抱きしめて、大きな手であやすようにゆっくりと背中を撫でてくれる。なんておおらかでいい人なんだ。

すみません、すみませんっ！　私ってば、欲望に負けてなんてことをっ!!

抱き込んでくれた逞しい身体からはお日様のいい匂いがする。

ああ、安心する匂いだ。ずっとずっとこの匂いに包まれていたい気分になる。

吐き気を伴うような気持ち悪さは感じない。目を瞑《つむ》って暫《しばら》くジッと動かないでいたら、目眩はすぐに治まった。

そこで気づく違和感。アレアレ〜??　身体がなんかスースーする気がするんだけど？

瞑っていた目を開けて自分の身体をチロリと見下ろすとささやかなお胸が目に飛び込んできた。

うん？　お胸が見えてるってことはどういうことかな？　つまり今、私は裸ってこと？

そして目の前には初対面の男の人。これって初対面の相手に晒《さら》していいものだっけ？

答えは勿論《もちろん》……ノォオオオオオオオオオオオオ!!

「うわぁあああああ――――っ‼」

慌《あわ》てて手で抱き隠す。

ええ、もう遅いだろうけれどっ！　完全手遅れだろうけれどっ！

見られた、見られた、見られたぁあ――――っ‼

そりゃあ、大人としてはだいぶ物足りないカンジのささやかなお胸だけども……。

腰にくびれなんてほとんどない幼児体型だけども……。

見せて平気な訳じゃないのよぉ――――っ‼　私の混乱をよそに上からクスクス笑う声が降ってくる。私はとりあえずソロリと見上げた。

すると彼は自分の着ている白いシャツのボタンをプチプチと外し、脱いでしまう。

田舎育ちの女子高生にイケメンの半裸は刺激的過ぎた。うぅ、ナニコレ鼻血出ちゃう。

「さっき着たばかりのシャツだから綺麗だぞ。とりあえずこれでいいか？」

口をはくはくしている私をよそに、彼は手際《てぎわ》よく私にシャツを羽織《はお》らせ、ボタンをしめて、長過ぎる袖《そで》を捲《まく》りあげてくれた。

「ほら、こい」

何故《なぜ》か彼の膝《ひざ》の上に抱っこされる。

そうして、シヴァさんはテーブルの上から口の広いカップとスプーンを手に取ると、スプーンでミルクを掬《すく》って飲ませてくれた。

人肌に温められたそれは、何か甘味でも入っているのか甘くて優しい味がする。あ、コレもしかしてハチミツかなあ。

いや……美味《おい》しいけれども……自分でできるよ？　別に重病人じゃないからね。小さい子供でもないし。

けれどそれを伝えるヒマもない程、次から次へとスプーンを口に運ばれる。

お皿に入っていた分が全部飲み終わると、何故かペロペロと口の回りを舐《な》められた。

これは……ワンコだから？

習慣や習性の違いがわからないから、ヘタに拒否もできないっす。どうしたらいいのでしょうか？

全く性的なモノを感じないからいいんだけどさ。これってただ、お世話してキレイにしてくれてるだけみたいなカンジ？

う〜ん。嫁入り前の乙女《おとめ》としてはどうなの、コレ。今度こそ悲鳴をあげるところかしら？　いや、今更遅いな。

頭をいーこいーこするみたいに優しく撫でられたあと、何故か突然ベッドにうつ伏せに寝かされ、ペロンとシャツを捲《めく》られる。

あら？　なんか下半身に布の感触を感じないんだけど？　つまり、捲られたら当然お尻が丸出しに……。

ナニナニナニ――――っ⁇　どういうことっ⁉

あまりにも衝撃的過ぎて固まってしまった。

そして唐突に人には言えない部分をペロペロと舐められる。前も後ろも。お尻だけを上にあげた恥ずかしい格好で……。生暖かい、湿った柔らかいモノがペロペロ……。

ペロペロペロペロって……。

なんで舐めるの⁉　いったいナニゴト？　キャパ限界。

処理しきれない出来事に頭が真っ白になった。ハッと我に返って、悲鳴をあげる。

「うぎゃぁあああああああああああ――――っ」

色気も何もありゃしなかったのは仕方あるまい。

悲鳴を聞くと男は舐めるのをやめ、顔をあげて平然と「どうした？」と聞いてきた。

どうしたじゃないやい！

初対面の乙女のあらぬトコロをいきなりペロペロするってどうなのよ？

そりゃあ悲鳴の一つもあげるさ。

「なんで舐めてるの？　そんなトコロ。キタナイからやめて」

ねえねえ、泣いていいですか？

「ミルクを飲んだからな。メシの後は普通舐めるだろう？」

平然とそんなことを言われて驚愕《きょうがく》する私。

舐めないよっっ‼　なんだその普通。ここの常識はいったいどうなってるんだっ‼

「ココを刺激してやらないと出ないだろう？」

何が？　何が出ないの？

えっ？　まさか乙女にそんな恥ずかしいコト言わせるつもりなの？

羞恥《しゅうち》プレイか？　イケメンのくせにとんだ変態だなっ‼　泣いちゃうぞ。

あ、本当に涙出てきちゃった。

あまりのことにえぐえぐと泣き出した私を見て、彼は本当にびっくりしたらしい。

慌てて舐めるのを止めて、ベッドに胡座《あぐら》をかいて座る。私を抱き上げて、足の上に収まりよく落とし込むと、逞しい胸にスッポリ抱え込むように抱き込んだ。

そのまま宥《なだ》め、あやすようにゆらゆらと身体をゆっくり優しく揺すってくれる。

尻尾が頭や頬をナデナデしてくれて気持ちいい。まるでちっちゃい子になったみたいだ。

再びトロリと瞼が重くなり、眠気がやってきた。なんだか身体が怠《だる》い。

「眠くなったか？」

コクリと頷《うなず》くと、くつくつと笑っている気配がする。

「イイ子だ。いっぱい食べて、寝て、早く大きくなれよ？」

落ちていく眠りの中で聞こえた声に「無理だよ～。だって私もう大人だもん」と返したが、実際には言葉にならなかったようだ。

モフモフの尻尾がサワリと顔をひと撫でしてくれたのを最後に私の意識は落ちたのだった。

◆　◆　◆

次に目が覚めた時、やっぱりまたモフモフの毛皮に全身包まれ後ろから抱き込まれていた。

うわぁ、きーもちー。もっふもふ～。

そしてやっぱり太い尻尾を抱きしめて眠っていた。その温かくて柔らかい気持ちのいい感触に思わずニマニマし、ついスリスリと頬擦りしてしまう。

ああ、お日様の匂いと爽《さわ》やかな森の匂いがする～。

くんくんと匂いを嗅《か》いで、思いっきり吸い込んでいると後ろからクスクス笑う声がした。

「起きたのか？　具合はどうだ？」

やばい、私ってば今ナニやってた？

頬擦りして、匂いを嗅いで、吸い込んだ……。

もしこれが飼い猫相手だったら別段問題はない。可愛《かわい》がってるペットへの愛情表現だろう。

しかし……相手はヒト型に変化でき（どっちがメインだかわかんないけど）、しかもそれなりの年齢の男の人。

つまりこの場合、私のやったことはただの変態行為ってことですな。ヒィィィ～!!

助けて貰った恩人に私ってばなんてことをっ!!

そんなあわあわしている私のお腹からぐぅ～っと何とも情けない音がした。

身体は未《いま》だ怠いままだけど、お腹は空《す》いているようだ。喉《のど》の奥で笑いながら彼が言った。

「昨日はハチミツ入りのミルクしか飲んでないものな。今スープを持って来てやるからちょっと待ってろ……あ～、尻尾は放して貰えるか？」

また尻尾をぎゅっと抱き締めたままだったわ。どんだけ尻尾が好きなのよ私。でももっふりした太くて長い尻尾は極上の抱き心地。うん、超絶好きだわー。

彼は大型獣の姿のままで部屋を出て行き、ヒト型で戻って来た。手には昨日と同じお皿を持っている。

後ろに流した長めの銀髪に紫色の目、そして彫《ほ》りの深い顔立ち。まごうことなきイケメンですな。

こんなイケメンが昨日、私のあらぬトコロをペロペロ。駄目だっ！　思い出すなっ!!

思い出してしまったら全力で走って逃げ出したくなるじゃないか。

どうやら持って来てくれたのは、ポタージュスープのようなものらしい。

何故か再び膝の上に抱き上げられて、口にスプーンを運ばれる。私はいったい何歳だと思われているんだろう。

確かに身長ちっさいけどね。民族的にあまり大きくない日本人の中にあっても、一五二センチという身長はちっさい方だったさ。高校での整列では常に最前列でしたが、なにか？　私にとっての前ならえは、腰に手をあてることよ？

まあ、お胸もね……。巨乳という程には成長しなかったけど、一応Bカップはあるのよ。

平均より小さい、膨《ふく》らみだけど……。まだ十八歳だもん。きっとこれから大きくなるはず！　なるといいなー。なって欲しい、切実にっ！

とりあえず差し出されるまま『あ～ん』と口を開け、スープを飲ませて貰った。

ああ、優しい味～。胃に染みわたる～。

そしてペロリと平らげてしまうと、スープだけで案外お腹がいっぱいになった。

口のまわりをまたペロペロと舐めて綺麗にされるという不思議。ナプキンとかで拭《ふ》くんじゃ駄目なの？

またお尻を舐められたらどうしようかとドキドキしたが、昨日えぐえぐと本気で泣いたせいか大丈夫だった。

ただし、後ろから抱き込まれて髪を優しく梳《す》かれる。

こちらの常識なのか、この男の人のみの行動なのか全く判断がつかない。

そもそもここはどこなんだろう？　私は魔国に辿《たど》り着けたんだろうか？

けれど、お腹がいっぱいになった途端、また眠気に襲われた。すぐに頭がぼんやりしてくる。瞼が重い。身体の怠さが取れない。なんだろうこれ。

一緒に旅してきた常滑《とこなめ》君と商会の人達はどうしただろう。きっと心配してるだろうから、ここにいるって知らせたいんだけどな。

実は私はこの世界の住人じゃない。違う世界の日本という国で生まれ育った。けれど、高校三年生の三学期、卒業を間近に控えた登校日にいきなり教室の床が光って、気づいたら十数人のクラスメートと担任の白鳥《しらとり》先生と共にこの世界に強制転移させられていたのだ。

私達を召喚したのはエビール国という国の魔法使い達。

しかしそこで【鑑定】した結果、私は彼らの望むような能力を持たないことが判明。持ってるスキルがバリバリの生産職で攻撃魔法がほとんど使えなかったため、戦闘の役には立たないと、喚《よ》び出した奴《やつ》らにバカにされ、ひどい扱いを受けた。勝手に喚んだくせにその仕打ち。最初はものすごく落ち込んで、やがて怒りに変わった。私をいらないという国にしがみつく必要はないと結論付け、もう一人の生産職の子と出奔《しゅっぽん》を決意。

最終的にその国の偉い人を怒らせて城を追い出されると、私とクラスメートの常滑君は、魔国に店を移転するというサンルート商会に、荷運びとして雇《やと》って貰ったのだった。

私も常滑君も【ストレージ】という異空間収納のスキルを持っていたから、重いものでも嵩張《かさば》るものでも、関係なしにたくさん運べたのだ。

そしてもうその日の午後には魔国の東の大門に着くという最終野営地を出てしばらく経《た》ったところで、私達は移動中のフォレストドラゴンの一群に行き合ってしまったのである。

彼らは下手《へた》に傷をつけると、一撃で殺さない限り、仲間を呼ぶという習性がある厄介《やっかい》なヤツらだったので、群れが通過するのをやり過ごすために私が防御魔法を展開した。こちらが攻撃しない限り、多少ぶつかられるくらいで、やり過ごせるはずだったのだ。

しかし、すぐ近くにいた他の旅団に慌てんぼがいやがったのだ。

その大馬鹿《おおばか》ヤローは向かって来るフォレストドラゴンの姿にビビり、自分のパーティーの魔法使いが防御魔法を展開する前に、攻撃魔法を放ってしまった。

その攻撃魔法がフォレストドラゴン達を殲滅《せんめつ》してくれたならばまだしも、ソイツは元々力に任せて戦うタイプの重戦士だったので、魔法が下手くそだった。つまりただフォレストドラゴンを怒らせただけ。

フォレストドラゴンは名前にドラゴンとつくが、実際はトカゲの仲間。ちょっとでかくて動きが素早いだけだという。

見かけはゴツいが本来はそんなに攻撃的な種族ではないらしい。

群れで餌場《えさば》や日向《ひなた》ぼっこの場所を求めて移動する習性があり、その日も朝から餌場だか日向ぼっこだかに向かっていたのだろうとのこと。

だから私達は防御魔法を展開して、多少ぶつかられても耐えてやり過ごせば大丈夫なはずだった。

しかし、大馬鹿ヤローのおかげで、フォレストドラゴンは攻撃されたと認識し、身体を攻撃色に変えつつ、まんまと仲間を呼ぶ。呼ばれて仲間がやって来た。数が倍に増える。最悪だっ！

うえ〜。これって呼ばれて来たヤツが、また仲間を呼んだりするのかしら？

あ、呼びやがった。ぎゃーっ！　また増えたぁ。

商会の若旦那《わかだんな》が、急いで助けを求める信号弾の魔道具を使う。

これを見てもうすぐ東の砦《とりで》に詰めている防衛団が来てくれるはずだから、それまでなんとか耐えてくれと言われた。

土魔法で周りに壁も作ってガードしつつ、私は防御魔法を何枚も重ねがけする。

チッ、トカゲのやつ火まで吹き出しやがったわー。

広範囲に防御魔法を展開していて、それを攻撃されて何枚も破られるせいか、信じられないくらいのスピードで魔力が減っていった。私の魔力量はかなり多い。だから今まであまり魔力が減るという感覚を体感したことがなかったので焦る。

うげっ、やばい〜。足に力が入らなくなってきたぞ。これが魔力が尽きかけてるってやつか！

もうすぐ魔力が切れるかもという時、ヒーローよろしく助けが来て、あっという間にフォレストドラゴンの群れを鎮静化してくれた。

「砦の防衛団が来てくれたんだ、もう大丈夫だぞ」と誰かが言ったので、ホッとしたら力が抜けて、私の意識はブラックアウト。

気づいたらここに連れて来られていたというわけだ。そして今に至る。

「あの……」

「ん？　どうした」

「ここは……どこ……？」

聞いたにもかかわらず返事を待てないまま、私は眠気に襲われ、再び眠りに落ちていった。


何かが私の唇を舐めている……ような気がする。

温かいモノが身体の中に流れ込んで来て、お腹がほんわり暖かくなった……。

うつらうつらしてるから、完全には意識が浮上しないまま。うふふ、きもちー。

でも次の瞬間、パチリと目が覚める。

目覚めるまではふわふわと気持ち良かったのに、今はまた身体が怠いままだ。

なんだか起き上がるのも億劫《おっくう》。私の身体、どうしちゃったんだろう。見も知らない場所での体調不良に不安になる。

私の横でベッドヘッドに背を預けて座っていた、銀髪のイケメンが心配そうに私を覗《のぞ》き込んだ。

「どうした？　大丈夫か？　まだ身体が怠そうだな」

「私……どうしちゃったんでしょう。なんだかずっと身体が怠くて起き上がれないんです」

するとあやすように頭を撫でられた。

「そんなに心配しなくても大丈夫だ。そういえばミホは歳《とし》は幾つだ？　ずいぶん若そうだが」

「えと……じゅうはち……です」

そう答えるとなんだかものすごくビックリされた。

「は⁇　じゅうはち？　八歳じゃなくて？」

はっさい？　いくらなんでもそれはないわー。

「はい。十八歳です」

シヴァさんは少し考えたあと、ニッコリと笑って言った。

「だとすると、うん、もうできるな。身体が小さいのは心配だが、丁寧《ていねい》に準備すれば大丈夫だろう。十八ならばもう成人だし。なあ、ミホ？　ミホの許可さえあれば今の体調の悪さを早急に治療する方法があるのだがどうする？」

「え？　そうなんですか？」

それは嬉しい。体調が悪いままだと、仕事探しも家探しも、ままならないから不安だったのだ。いつまでも好意に甘えてここにいるわけにもいかないだろうし。

「ああ、てっきり幼体だと思ってたんだが、十八歳だったら立派な大人だからな。ミホが了承してくれさえすれば、大丈夫だ。番《つがい》である俺が治してやれる」

『ようたい』？　つまり小さい子供だと思ってたってこと？

つまり子供が医療行為を受けるには、親の許可がいるとかそういうことかな？

こっちの世界では十八歳はもう大人だから、自分の意志で医療行為を受けられるってことなのだろう。

あ、でも手持ちのお金がそんなにナイ。この世界に保険とかってあるのかしら？　莫大《ばくだい》な治療費請求されたらどうしよう。後払いとか分割払いってできるのかな？

「でも……私……いまお金をあんまり持っていません。サンルート商会でお仕事の報酬《ほうしゅう》をいただければ、多少入ってきますけれど」

私の頭を撫で続けながら、シヴァさんが優しく言う。

「心配しなくていい。今なら特別にタダだ」

「ええ？　なんでタダなんですか？」

そんな適当なことってあるの？　だってタダより高いものはないのよ？

美味《うま》い話には裏があるものだからね。

「俺が、ものすごく機嫌がいいからだな」

うーん。この人が気分屋ってこと？　信用していいのかしら？

あー、でも……親切にして貰ったしなぁ。

よし、あとで誰かに治療費の相場を聞いて少しずつでも返そう。

「本当に治ります？」

「ああ、もちろん」

とにかく、身体が動かせるようにならないことには駄目だしね。このままでは、どーしようもない。身体が弱ると心も弱るのよ。うん、治療してもらおう。それからのことは身体が治ってから考えることにする。

「じゃあ、よろしくお願いします」

「わかった。とりあえずコレを飲もうか？」

薄いピンク色の液体が入った瓶《びん》を口元にあてられる。

コクッと一口飲むと、甘くて優しい味が口いっぱいに広がった。

桃のジュースみたいな味だ。

美味しくて、そのままコクコクとひと瓶をあっという間に飲み干してしまう。

ふわぁ、おいしー。これが体調を良くする薬なのかな？　あれ～？　なんか頭がふわふわするぅ。

◆
◆
◆

さて、この体調の悪さを治してもらうため、私は言われるがままベッドに仰向《あおむ》けに横たわった。

えっと、そういえば診察ってしてないけど、体調不良の原因ってわかってるのかしら？

できれば治療に入る前に、原因と治療法を説明して頂けると、嬉しいなー。

ああ、でも頭も身体もなんだかふわふわしてる。

それでもなんとか手を動かし、何故か私に覆《おお》いかぶさって来ようとするシヴァさんを両手を突っ張って押しとどめ、聞いた。

「あのっ……この体調不良の原因って」

「ん？　言わなかったか？」

ええ、一言も聞いてません。大人だとわかった途端、治して頂けることになったので。説明プリーズ。

「ミホの体調の悪さの原因は急激な魔力欠乏によるものだ。普通は寝れば治るが、たまに魔力の巡らし方が下手なヤツがいて、なかなか治らない場合がある。まあ魔力の回復スピードも個人差があるしな」

なるほどー。つまり私は馬鹿みたいに魔力量はあったのだが、魔力を身体に巡らすのが下手だったと、そういうことか。

ん？　でもそれってどうやって治すの？

「それってどうやって治すんですか？」

「俺の魔力をミホの体内に入れて、強制的に魔力を補充すると共に、身体の中で巡らせて魔力の体内循環を良くする」

なるほど、なるほど。

「魔力ってどうやって相手の体内に入れるんですか？」

「具体的には今から魔力を帯びた体液を、お前の身体の中に注《そそ》ぎ入れる」

シンプルな治療法ですね。ん？　マリョクヲオビタ、タイエキ？　カラダノナカニ、ソソグ？

…………どうやって？

それって……どーゆーこと？

なんかいやーな予感がするんだけれども。

あ、思い至った結論が恐ろしいものだったから、思考がフリーズしちゃった。

しかし、そんな私を他所《よそ》にシヴァさんの説明は淡々と続く。

「魔力を帯びている体液とは血か精液。もしくは唾液《だえき》だな。血は流石《さすが》にそんなに大量にやれん。唾液だと、帯びている魔力量が劣るため、大量に飲む羽目になるがいいか？」

いやっしゅー。いくらイケメンのでも、人様の唾液をいっぱい飲むとか無理っしゅー。

私はいやいやと首を横に振った。

「まあ、だろうな。だとすると、残った方法は一つだ」

「ひとつ？」

「そう。男女の営《いとな》みは初めてか？　それが一番お互いに負担が少なく、治療効果が高い。子供相手ではたとえ相手の了承を得ていようが犯罪だが、成人していれば問題ない。大丈夫だ、ちゃんと痛くないようにゆっくり解《ほぐ》してやるから。それに、さっき気持ちよくなれる薬も飲んだから、身体がそろそろ蕩《とろ》けてくるはずだ」

ひぃええええええ!!　イヤーな予感的中。

つまり注がれるのは男女の営みの果てに、男性が出す子種を含んだモノってこと!?

しかも気持ちよくなれるお薬ってナニ？

あまりな展開にびっくりして硬直する私の首筋を、スルリと大きな手が優しく撫でた。

ビクンッと反応する身体。ゾクリと背筋を這《は》い上がった、よろしくない感覚に心が怯《おび》える。

けれど、心の動きとは裏腹に、身体には感じたことのない疼《うず》きが生まれた。

シヴァさんはそのままただただ、私の全身を優しい手つきで撫で続けた。

その度に肌が粟立《あわだ》って、ゾクゾクするうえ、お腹の奥の疼きが大きくなっていく。

トロリと足の付け根から何かが出て来たのを感じた。それが何なのか、もちろん知識はある。

いわゆる濡《ぬ》れてきた状態なのだろう。

ただ身体を優しく撫でられただけで、感じて濡れてしまうなんて。恥ずかしくて、顔を横に背《そむ》けた。

彼はたぶん気づいたんだと思う。クスリと笑うと、耳元に顔を寄せてハグハグと耳朶《じだ》を甘噛《あまが》みする。

「可愛いな。撫でられただけで感じたか？　大丈夫、怖くない。気持ちいいのはおかしいことじゃない。番である相手に撫でられて、気持ち良くなるのはごくごく自然の摂理《せつり》だ」

心地よい声に頭がうっとりする。

ピンクの液体は間違いなく、催淫剤《さいいんざい》の類《たぐい》だったのだろう。でも、それだけが原因じゃない。

だって、心が何故か拒否していないのだ。なんだかあるべき場所に戻ってきたかのような安心感がある。彼は私を抱きしめて、腕の中に閉じ込めた。

彼の匂いに包まれて、私は緊張するどころか、ホッとして身体から力が抜けてしまった。

とっても恐ろしいことに、出会って数日のこの男に私の身体は全く警戒していないのだ。

ナニコレ、恐い。

上を向くように促《うなが》され、そこに彼のイケメンフェイスがドアップで迫ってきた。

ひぃえええええっと思っているうちに、唇が柔らかいモノで塞《ふさ》がれる。

あうっ、私のファーストキスがぁあああああ。

いや、相手がこれだけイケメンなのだから、私的にはラッキーなのか？　それに、そもそも口と口をつけるのがキスならば、私のファーストキスはうちで飼ってたミックス犬のコタローだわ。

とりとめのないことが次から次へと頭に浮かんでは消えていく。ああ、思考がとっちらかってるなー。

そうこうするうちに、ヌルリとするものが私の唇を割って入り込んでくる。

初心者相手に、いきなりのベロチューってどうなの？　そのあたりを小一時間ほど問い詰めたいところだが、そんなことをしている余裕はなさそうだ。

角度を変えては、何度も何度も貪《むさぼ》られたから、唇が腫《は》れてしまいそうだ。

ファーストキスって、もっと初々しくって甘酸っぱいモノではなかったのか？

できればこんなディープなのではなく、『チュ』っと、触《しょ》れるだけのものが良かったんだけど。大人の階段を三段飛ばしで駆け上がるようなキスを、初《しょ》っ端《ぱな》からしたくはなかったよう。けれど、身体はしっかり快感を拾っていくから驚きだ。

前歯の裏や頬の裏を余すところなく舐められて、最後にはお互いの舌を搦《から》め合い、飲み込めなかった唾液がダラダラと口の端から溢《あふ》れた。

キスをしながらプチプチとシャツのボタンを外《はず》されていく。

「は、はじめてなの。だから、あの……」

シヴァさんはそれを聞いて嬉しそうに「わかった。ちゃんとするから大丈夫だ」と言った。

はだけられた胸を大きな手でやわやわと揉《も》まれる。

首筋をレロリと舐めあげられて、甘い喘《あえ》ぎ声が洩《も》れた。うう……恥ずかしいよぅ。

けれど施《ほどこ》される愛撫《あいぶ》に段々と身体が素直に反応するようになる。

胸の先端の尖《とが》りを口に含まれ、温かく湿った場所で、コロコロと転がされ、嬲《なぶ》られる。

そこから生まれる甘い痺《しび》れに背中がしなり、ビクビクと身体が小さく震えては、彼を喜ばせた。

トロトロと蜜《みつ》を零《こぼ》し続けた蜜口は、すっかりヌルヌルしたモノにまみれ指を滑りやすくしている。

足を大きく割り開かれ、割れ目に沿って指を上下に動かされると、恐ろしいくらいの快感が私を襲った。

いやいやしながらあげる声が、自分のどこから出ているのかわからないくらい甘く、鼻にかかっている。

両手を使ってソコを左右に開かれ、自分でもマトモに見たことのない場所を覗き込まれた。

「どこもかしこもちっちゃくて可愛いな。ココもこんなにピンク色で、美味しそうだ」

そう舌なめずりすると、ヌルリとした感触のモノがソコに触れた。開かれたソコを上下に丹念《たんねん》に舐められる。柔らかで温かな、舌での愛撫は私を執拗《しつよう》に啼《な》かせた。

やがて舌は、少し上の粒をクリクリと嬲りだす。

まるで神経が剝《む》き出しになっているかのような、敏感な場所への刺激から私は身体を捩《よじ》って逃げようとした。

けれど、それは許されず彼は敏感な場所をなお一層執拗に、舌で転がす。

トプトプと蜜が絶え間なく流れ出し、下半身がビクビクと跳ねたがった。

いつの間にか指が一本、蜜口に入り込み浅い場所をゆるゆるとかき回し始める。

「やぁっ、んっ、んっ、あん」

自分のものではない指が自分でも触れたことがない未知の場所にゆっくり埋まっていく。身体の内側を撫でられることの不思議。けれど心配したような痛みはなくて、ただただ下半身が痺れるように気持ち良かった。

粒への愛撫を舌から指に変えて、二箇所を同時に責められる。

中に入った指が円を描くように動くたび、グチュグチュと淫《みだ》らな水音がした。

「ミホのなか、うねって俺の指を締め付けてくるぞ？　ふふふ、気持ちいいな？　早く中に入れて、いっぱい注いでやりたい。体調がよくなるように、いっぱいいっぱい注いでやろうな？」

なんかおかしいことを言われてる気がする。

けれど吹き荒れる快楽に翻弄《ほんろう》されて、私は何を言われてもマトモに聞いていられなかった。

「奥が痙攣《けいれん》してきた。イキそうか？　いいぞ、俺の手で初めてイク姿をぜーんぶ見せてみろ？　目に焼き付けておいてやる」

大声で叫べるものならば「目に焼き付けたりせずに、こんな姿サッサと忘れてくれ――――」と叫びたかったよ。もちろん喘ぐのに精一杯でできなかったけどね。

クリトリスとGスポットへの二箇所責めに、私の身体はアッサリ陥落《かんらく》。頭が真っ白になりながら、絶頂へ駆け上がった。

◆　◆　◆

「今、指が何本入ってるかわかるか？」

バリバリの田舎《いなか》育ちの処女に、そんな恐ろしい質問をするのはやめましょう。

小さな頃《ころ》から男の子と真っ黒になりながら、野山を猿のように駆け回っていた人間なのよ。

今だって、自分の身に起こっていることに理解が追いついていかないのに、そんな質問されても困る。

ただ、蜜口が信じられないくらい広げられて、クチュクチュといやらしい水音を立てながら、掻《か》き回されているのがわかるだけ。

さっき「もう一本増やすぞ」って言われたけれど、ずっと喘いで啼かされてたから、すでにまともな思考力はなくなっている。単純な足し算もできませんわ。

身体はトロトロでグニャグニャでぐしょぐしょです。仔犬《こいぬ》みたいな声が漏《も》れっぱなしだし、身体は汗だくでドロドロ。

そんな状態で耳元に囁《ささや》かれる宣言。

「そろそろ挿《い》れるぞ？」

ソロソロイレル？　何を？

ああ、ナニをね、やっと挿れるのね。

長かった！　ここまでがほんとーに長かった。

たぶん丁寧に解して、あんまり痛くないように準備してくれたんだろうけれど、もうここに至るまでで何度かイカされて、すでに疲れ果てているのよ。

ようやく最終段階。つまりもうすぐ終わるってことよね、この快楽地獄が。

初めての性的快楽に翻弄されすぎて、この時の私の思考はちょっとおかしくなっていた。

もうすぐ終わるならば、早くして欲しい。もう、処女を捨てる感傷とかなんにも浮かばなくて、このひとときが早く終わって欲しい気持ちだけでいっぱいだった。

だって怖いぐらい気持ちいいんだもの。このままじゃ頭がバカになっちゃう。

身体中のどこもかしこも、この人の愛撫で感じるようになっちゃってるんだもの。

処女なのに、初っ端からこんなになっちゃうなんて。こんな状態を、これ以上続けられたらもう人間として駄目になる気がするの。

しかも怠いのを治すはずなのに、いま余計に怠くなってるんですけど？

だからつい本音がポロリと零れた……ワタシワルクナイ。

「はやくぅ……」

喘ぎすぎて口が上手《うま》く回らない。乾いた口で舌ったらずにやっとそれだけ言ったら、何故かチッと舌打ちされた。

なんでおこるのー？　りふじんだ！

顔にかかる髪をかき上げる仕草《しぐさ》に、男の色気がダダ漏れになっている。彼のフェロモンに色があったらきっと紫色。

「お前はバカか。この状況で男をそんなふうに煽《あお》ったら、どうなるかわかってんのか？」

なーにーよー、煽ってなんかないもんっ。もう、サッサとこの甘い甘い苦行の時間を終わらせたいだけだもんっ。

ジトッとした目で見たら、彼は私の頭をクシャリと撫でて、喉奥で笑いながら言った。

「ったく、自分で俺を煽ったんだからな？　あとで文句言うなよ？」

せめて文句くらいは自由に言わせて下さい。他になんにもできないんだから！　あと煽ってませんからっ!!

彼が服を脱ぐ。私はその間にベッドに倒れ込んだままはくはくと乱れる息を整えた。しかしついつい視線を上にあげなきゃ良かったっ!!

全裸になったシヴァさんの鍛《きた》えられた身体の中心にとんでもないモノがあるのが、ガッツリ見えてしまったのだ。

ナニアレ!?

目に入ったのは、血管が浮き出て、雄々《おお》しく上を向くグロテスクで巨大なモノ。

ごくごく小さい頃、近所の遊び仲間のを見たことあるけど、断じてこんなんじゃなかった。あれはもっとちんまりしたソーセージみたいなやつで。

シヴァさんのは冗談じゃなく、私の腕くらいの太さがありそうなご立派なイチモツだ。

む、むり。絶対に無理。あんなのが私のナカに入るわけがないと思うのっ!!

思わず私は逃げをうった。身体を捩って、四つん這いで逃げようと試みる。もちろん無駄だったけれども。あっさり腰を掴《つか》まれて引き戻されたさ。

なので現在、うつ伏せで後ろから彼にのしかかられている体勢だ。

うわぁおっ!!

お、お尻になんか硬いモノが当たってるんですケド～。ひぃいいいいい。

「ほら、逃げんな。なんだ？　ミホは初めてだっていうのにバックから挿れられたいのか？　やらしい子だなぁ。俺は狼《おおかみ》族だからバックからの挿入《そうにゅう》は得意だぞ？　奥の奥まで俺のモノでいっぱいにして、優しくトントンってついてやろう。大丈夫だ。初めてなんだからいきなり激しくしたりしねーよ。だから、ちょっとこのまま身体の力を抜いとくんだぞ？」

処女なのにいきなりバックからですって!?

バックからの挿入が上手《うま》いとか、そんな情報いりません！　やだやだー。見えるのも怖いけど、見えないのも怖いー。

無駄なあがきだけれど、ジタバタ暴れてみる。

けれど背後から覆いかぶさられ、首の後ろをカプリと優しく噛まれたら、ゾワリとして身体から力が抜けた。

「ひゃうんっ」

はむはむと何度もソコを甘噛みされると、お腹の奥が切なくなった。そして身体に力が入らない。頭をあやすように撫でられる。

「ひぃう……ん。それらめ……」

「イイコだ。上手に飲み込めよ？　ほらお尻をあげろ」

お尻だけを高くあげた、ひどく恥ずかしい格好にさせられた。

超初心者の私の蜜口に、凶悪なブツがグリグリと押しあてられ、やがてゆっくりと侵入を開始する。

ミチミチと押し広げられる隘路《あいろ》。

今のところ痛くはないけれど、苦しい。なんか内臓の位置がズレそう。

「やぁ……そんなおっきいのはいんないってばぁ……だめ……こわれちゃぅうう」

いやいやと首を振って、一生懸命訴えた。

あんなバケモノじみたモノを全部入れられたら、裂けちゃいそうで怖い。なんとか先っぽだけで我慢してもらえないものか。

「大事な番の身体を傷つけるわけないだろ？　大丈夫だ、女の身体はちゃんと受け入れられるようにできてるんだからな。はっ、それにしても、せっま。ぎゅうぎゅう締め付けてきやがるな。しかもお前、煽るなってさっき言っただろ？　そんな台詞《せりふ》吐かれたら、興奮しちまうだろーが。優しくしてやれなくなるぞ？」

ばかぁ！　へんたいっ！　人が一生懸命頼んでるのに、興奮するとか意味がわかんない。

「だいたい番の身体に、入らないわけないだろ？」

知らんがな！

「あ……あ……やぁ……むり」

「ん、わかるか？　ほら処女膜のトコまで入ったぞ」

さわさわと背中を撫でながら、わざわざ教えてくれたけれど、全然嬉しくないからっ！

「もう……ぜんぶはいった？」

「いんや、まだ先っぽしか入ってねーなあ。でも、一番太い部分は入ったから、処女膜が破れる痛みさえ越えれば、あとはそんなに大変じゃねーと思うぞ？」

え？　こんなに体内に圧迫感を感じてるのに、まだ先っぽなの？　やっぱり物理的に入らなくない？

幅も心配だけれど、主に奥行きが絶対的に足りないと思うの。

「やべえ、お前の中キチキチであったかくてすっげー気持ちいい。初めての男は俺だって、身体に刻んでおきたいから、膜を破る時だけちょっと痛くするぞ？　終わったら、ちゃんと治療の魔法をかけてやるから、我慢しろよ？　ああ、せっかくなら泣き顔が見たいから、やっぱり前から入れるか」

この鬼畜《きちく》をどうしたらいいんでしょうか？

どうやったんだか、中途半端に繋《つな》がった状態のまま、くるりと身体を回される。

泣き顔が見たいとか、このドSめっ!!　ばーか、ばーか、ばーか。

私は脳内で悪態《あくたい》をつく。

口を開くと悪態の前に「あぁん」とか喘ぎ声が洩れそうだったから、口に出して悪態をつけなかったのだ。

これ以上ないほど大きく開かせられた足を抱え上げられ、正面から見下ろされる。

こ、股関節が『限界に挑戦』みたいな状態なんですけどっ。

くいっくいっと、腰を前後に小さく揺らしながら、凶悪なモノが再び隘路への進入を開始する。

侵入を拒もうとする膜が悲鳴をあげた。

「やぁっ、いたい、いたいよぉ」

あまりの痛みに耐えかねて、涙がブワッと溢れ出す。

ぷちっと何かが破れた音がした気がしたが、痛くてよくわからない。そのまま奥深くまでゆっくりだが一気に押し入ってくる。

体内の圧迫感が普通じゃない。

ううっ、内臓が押されて苦しいよお。

私は痛くて、苦しくて、いやいやしながら子供のようにボロボロ泣いた。

その涙をヤツは嬉しそうにペロペロと舌で舐め取っていく。

「涙まで甘いとか、番ってやつはホントすげーな。ほら、痛いのはもう治してやるからあんまり泣くな。『治療』」

痛みが唐突になくなってびっくりする。これって、治癒《ちゆ》魔法？

流石にいきなりガツガツ出し入れしたりはせず、しばらく私に形を覚えさせるように馴染《なじ》ませたあと、ゆるゆると動き出した。

大きく張ったカリの部分が、私の奥の感じる部分に当たって、擦《こす》りあげる。

「やぁ……ソコやぁ」

あんな凶悪なモノで貫かれているというのに、ソレで中をゆっくり擦られて、気持ちいいと感じてしまうとかコワイ。

しかし、私のその台詞は悪手でした！　彼はニヤリと笑う。

そりゃあそうだろう。この状態で「そこだめ」なんて言ったら、「そこ感じます」と言ってるのと一緒だもんね！

キモチいい場所を探し当てられた後は、ソコを執拗に嬲られて、よがりまくった。

ねー、ねー、処女って普通は感じないいんじゃないの？

挿れられたまま、治癒魔法をかけられたから、膜を破られた痛みは既に全くない。今はただ、快楽に翻弄されてるだけだ。

「出すぞ？」

コクコク頷いてやっと終わりだとホッとした私を、嘲笑《あざわら》うようなことが起こる。

お腹の奥に温かいモノが注がれたと同時に、身体にエネルギーが満ち溢れたのがわかった。

ずっと冷たかった手足の先が温かくなり、身体の芯にずっと残っていた気怠さが、スッと無くなる。

だがその後がいけなかった。お腹の奥が温かいもので満たされた直後、今度は身体の内側から、全《すべ》ての性感帯を同時に刺激されるような、凄《すさ》まじい快感が起こる。

頭は真っ白になり、ガクガク身体が痙攣したように震え、わけもわからずイキッぱなしになった。

悲鳴のような嬌声《きょうせい》をあげ続け、絶頂に駆け上がったまま、降りて来られない。

私にのしかかる男が、楽しそうな声でナニかを説明しているが、こんな状態で理解できるか——っ!!

「いま、俺の注いだ精液に大量に含まれている魔力をミホの体内で強制的に動かして、お前の体内の魔力の巡りを良くしているんだ。しかし、すげーな。奥が痙攣して、うねってぎゅうぎゅう締め付けてくるぞ。くくっ、ミホ？　いきっぱなしか？　どれだけ俺のを搾《しぼ》り取ろうとしてるんだか。さっきのじゃ足んなかったのか？　ん？　ああ、ヤバイな。俺もまたイキそうだ。これって相性が悪いと、魔力酔いを起こして気持ち悪くなったりするんだが、見たところ番だと全部快感に変換されるみたいだな」

なんじゃそのエロゲーみたいな設定はっ！

もう、本当に無理！　喉も嗄《か》れてきたし、意識も遠くなってきた。

ああ、このまま意識がブラックアウトしてしまえば、この快楽地獄から解放されるのよね。

そして本当に、フウっと私の意識は遠ざかったのだった。

◆◆◆

すでに窓から差し込む日は高い。

身体は大変な状態だ。目覚めた時、ベッドには私しかいなかった。あの、身体の中心にあった怠さはなくなっているが、物理的に支障《ししょう》が出ているのをどうしたもんか。

主に足がね……役に立たないの。

トイレに行きたくてベッドから降りようとしたら、生まれたての子鹿《こじか》のように、ぷるぷるぷるぷるしちゃって、全然力が入らないわけ。

原因は明白。あの鬼畜狼の仕業《しわざ》だ。ちくしょー。

あのね、私はちゃんと伝えたんだよ？　初めてだって。

そしたら、あの男はそれはそれは嬉しそうに「わかった」って答えたわけだ。

ただし、この時の両者の思考には海より深い溝《みぞ》があった。しかし、私にとってのみ恐ろしく不幸なことに、私はその溝に気づかなかったのだ。

大体、ろくすっぽ恋愛もしたことないような女なのだ。更にはこの世界における、獣人の『番』というものに対する執着心も私にはなんのことやらという感じである。

『初めてなんだから、優しくしてね。もちろん手加減もよ。男と女は体力に差があるんだから、そこんところわかってるよね？』というのが私の気持ち。

これを口に出したかって？　出すワケないでしょ。

こういうのはフィーリングで理解してもらうものなのよっ!!　彼氏いない歴＝年齢の私が、そんな男女の営みについて具体的に主張できると思う？

日本人なのよ、羞恥心が先に立つに決まってるでしょっ。しかし、私は数時間後にそれを後悔する羽目になる。

ちなみに「わかった」と言った、男の気持ちはこうだったらしい。私はそれを後で知って青褪《あおざ》めた。

『初めてってことは、いっぱい愛して欲しいってことだな。もちろんじゃないか。他のオスが近づかないように、しっかりマーキングしとかないといけないしな。痛みを除去する魔法も回復魔法もちゃんと使えるから安心してくれ。いくらでもできるぞ』

しかもこの回復魔法ってのが曲者《くせもの》で本当にヤバかったのよ。

確かに丁寧に優しく愛撫してくれて、あんまり痛くないように気遣《きづか》ってはくれたよ。膜を破る時はわざと痛くされたけどね!!

大きくて無骨《ぶこつ》な手なのに、動きが繊細《せんさい》でびっくりしたわ〜。ただね身体の大きさが違い過ぎるのよ。

彼は大きな身体に見合ったそれはそれはご立派なイチモツをお持ちだったわけで。

見た瞬間に思ったわー。『アレは初心者には無理。絶対に入るワケがない。裂けちゃう』って。けれどどんな手管《てくだ》を使ったのか、彼は明らかにサイズのおかしいソレを全部私の中に収めてみせたのだ。

痛みを取る魔法を使ってくれたから、破瓜《はか》の痛み以外は特に痛くはなかったんだけど、最初に全て入った時にはとにかく息苦しかった。絶対に内臓の位置が押されて上にズレたと思うの。入口付近はありえないくらい強引に広げられたしさ。よく皮膚が切れなかったよね。アソコの皮膚の伸縮率スゴイ。

そしてその後、処女にあるまじき乱れ方で、散々喘がされた挙句、やっとこさ彼がフィニッシュ。お腹の奥に大量の温かいモノが注がれ、それと同時に熱が一気に全身を駆け巡った。

力が身体の奥から満ちてくるってああいうことを言うのね。あんなに怠かったのが嘘《うそ》みたいに、身体が楽になったのよ。

『身体に魔力が満ちるってこういうことなのか。やっぱり、健康って素晴らしい！』と思い一瞬だけ彼に感謝した私。しかし不要でした、感謝なんて。

魔力が満ちて、明らかに私の顔色が良くなったことに気づいた彼は、私を見下ろしながら何故かニヤリと笑ったのだ。

そして私の体内に入れた自分の魔力を動かして、強引に私の全身に巡らせた。

巡りを良くするためだと言っていたが、結果起こったのは更なる激しい快楽地獄。

そして彼のモノは私の中で再びムクムクと大きくなった。

ホワーイ？　なぜっ!?　もう終わりでしょ？　私は超初心者よ？

確かに魔力が巡って体調不良は良くなったけど、体力は削《けず》られてるからね？

む――――り――――。

そうして私は、ブラックアウトしかけた。そのまま気を失えたらどんなに楽だったか！

けれどヤツは想像以上に鬼畜だった。

「『回復』っと。ほら、回復魔法をかけたから体力が回復しただろう？」

なんと私が気を失う直前に「回復」と言ったのだ。

な・ん・で・す・っ・て!?

気を失う直前で彼が回復魔法発動。身体が暖かい空気に包まれ、私の身体から物理的な怠さが消える。あれ、なんか体力が戻ってる？

「ナニ？　なになに？　今、何したの？」

「ん？」

イケメンが微笑《ほほえ》みながら首なんか傾《かし》げるな――――っ!!　ピコピコ動く三角お耳が可愛ぃ。見惚《みと》れちゃうでしょっ!!　反則じゃぁああ!!

「お前に回復魔法をかけた」

「な、なんで？」

「だってまだ物足りないだろう？　初めてなんだから。出会えたことに感謝して、会えなかった年数分いっぱいいっぱい愛してやらないとな。魔力もまだ足りないみたいだし。だからこんなにナカをうねらせ、俺のを締め付けてるんだろ？」

ち――が――う――。魔力は足りてるよ!!　もう充分だよ!!

むしろこのまま続けられたら、体力と精神力がゴリゴリ削られてマイナスになっちゃう!!

「はいぃ？」

私が止める前に、盛った彼が勝手に第二ラウンドを始めてしまった悲劇といったら。

ゆるゆるとゆっくり中を掻き回されて、鎮《しず》まっていたはずの官能が再び引き摺《ず》り出される。

喘ぎ過ぎて喉は嗄れ、ヘロヘロになりながら、今度こそやっと終わったと思ったら、意識が落ちる直前にまたあのオソロシイ呪文《じゅもん》が囁かれた……。

「『回復』」

回復する体力。それに反比例して削られる精神力。いやぁあああああああ。

処女相手に、何しくさってるんじゃぁああ!!　むきぃ――――っ!!

私は抗議の意味を込めて、てしてしと彼の胸を叩《たた》いたが……硬かった。手がイタイ。ナニこの筋肉の塊《かたまり》。

「ばかか、小さい手でそんなことしたら痛いだろーが？　ほら、寂しいなら手を繋いでやるから」

などと言われ、指と指を絡《から》ませるように手を繋がれて、両手をベッドに押さえつけられる。もちろん下は繋がったままだ。あ、またおっきくなった……。

これはね、手を繋いだんじゃなくて逃げられないように拘束《こうそく》されたんだと思うの。

私を見下ろしながら、ヤツはまた腰を振る。あぁん、ばかぁ……やぁ、そこだめ。

再び、まんまと官能の渦《うず》に巻き込まれたさ！

そうしてそのままそこから更に二度ほど、貪られる。気絶する前に回復魔法を使われて元気にされてしまうので、意識を失うこともできなかった。

ナニコノ地獄の無限ループ。この国で男女の営みってこんななの？　獣人の体力半端ねー。

私はえぐえぐ泣きながら叫んだ。

「もう回復魔法使っちゃだめっっ!!　次にまた使ったら嫌いになっちゃうんだからねっ!!」

びっくりした顔で見下ろされた次の瞬間、私はやっと意識がブラックアウトできたのだった。

本当に酷《ひど》い目に遭《あ》ったよ。

故に次に目覚めた時、立ち上がろうとしたら足がぷるぷるして全く立てなかったわけだ。おかげでベッドから出られない。

足と腰に力が入らないよー。ちくしょー。身体がぎしぎしする～。おい、回復魔法はどーした。

うん、確かに使っちゃだめって言ったよ。言ったのは私だよ。

まさかこんなふうになるなんて、思わなかったんだもんっ!!　シヴァさんのばかぁ――――っ!!

寝た後にこっそりかけておいてくれよー。

なので私は、ご飯の載ったお盆を持って部屋に入ってきた銀髪の男を、ジトッとした恨《うら》みがましい目で見たのだった。

ちなみにヤツの尻尾は盛大にブンブン振られていたと言っておこう。

◆　◆　◆

くったりする私をいそいそと膝に乗せ、ドS狼は甲斐甲斐《かいがい》しく私に手ずからご飯を食べさせた。

もはや恒例の『あーん』である。

食べ終わっても膝から下ろしてもらえず、髪や頭に啄《ついば》むような甘いキスをされまくっているのだが、マトモに動けない私にどうしろと？

問題は、恥ずかしいけれど、この状態が全然イヤじゃないことだ。小さな頃、おじいちゃんのあぐらをかいた足の間にすっぽりと収まって、安心してたことを思い出す。

本能がこの男を拒否しないのだが、どうしたもんか。ヤってしまって絆《ほだ》されたとかではないと思いたい。

なぜか帰ってくるべき場所に、やっと帰って来られたような安心感を覚えてるんだよねえ。

けれど、出会ってからがまだ短期間過ぎて、果たしてこの人にこのままどっぷりハマってしまっていいかはわからず、不安だ。

結婚観や恋愛観は住んでいる場所によって大きな隔たりがある。ましてや私と彼は種族も元々住んでいた世界さえ違うのだ。

自分にとっての普通が、相手にとっても普通であるとは限らない。このまま心を預けてしまっていいのかな？　だって二人の感覚があまりにもかけ離れていたら、後々取り返しがつかないかもしれないでしょ。

例えば一夫多妻とか絶対に無理。

ああ、でも頭を撫でて貰うとか超久しぶり。なんでこんなに気持ちいいのかなー？

すると部屋のドアの外からバタバタと騒がしい足音がして、ノックもなく突然バーンと扉が開いた。

勢い良く入って来たのは焦《こ》げ茶色の少しクセのある髪を後ろで無造作に縛《しば》った男の人で、やっぱり一九〇センチくらいありそうだ。この人もガッシリした体型をしているなあ。

人懐《ひとなつ》っこそうな茶色の目。そしてやっぱり焦げ茶色の三角の耳と尻尾つき。尻尾はパタパタと左右に大きく揺れていた。

「シヴァ〜、女の子目覚めたんだって？　ねえねえ〜」

ビックリして思わず、ずっと世話してくれてた人に抱きついてしまった。

昨日の行為はアレだったが、ここは安心だとすっかり刷り込まれてしまっている。そんな私を見てシヴァさんがクスリと笑った。

大丈夫と言うように抱きしめてくれ、背中をポンポンと軽く叩く。

「わぁ――――っ、ぎゅうって抱きついちゃってかーわい――。ねえ、ねえ、撫でていい？　撫でさせてくれる？　あとで抱っこもさせて！　弟達のチビの頃を思い出して萌《も》える〜」

両手をワキワキさせながら男が近づいて来ようとした時、後から入って来た淡い金髪の男の人が

Pi!

勢い良くジャンプしたかと思うと、全力で茶髪の人の頭をスパーンと叩いた。

「うぉっ、痛《い》って――――！」

金髪の人は、頭を抱えて蹲《うずくま》る茶髪の人をゲシゲシ蹴《け》りつけながら怒っている。

「アホですかっ。この脳筋がっ!!　見知らぬデカイ図体《ずうたい》した男がいきなり近寄ったら怖いに決まってるでしょーが!!　お前のこの頭は飾りか？　ん？　しかも初対面なのに撫でさせろだと？　この変態めっ!!　お前は一生近づくなっ!!　この駄犬っ!!」

「うわぁああ。いてっ！　痛いってば、クリス。しかも俺は犬じゃねーしっ！　狼族だしっ!!」

しかし、私の視線は蹴られている人ではなく、蹴っている人の頭の上に釘付《くぎづ》けになった。

動きに合わせてゆらゆら揺れる白くて長いお耳。うわぁああああ。あれ兎《うさぎ》の耳だよね？　兎の獣人さんだぁ!!　しかもすっごい美人。お耳モフモフしたい。柔らかそうな白い毛もピンク色の耳の内側も、全てがステキ。

身体は他の二人よりも若干小柄だけれど、それでも一八〇センチ以上はありそうだ。

美人だけどデカイ。そしてにこやかに蹴っている。

それにしても、肉食獣系が草食獣系にシバキ倒されるというこのシュールさ。

まあ、ここでは食生活がまた違うのかもしれないけどね。

そんな闖入者《ちんにゅうしゃ》の騒ぎをよそに、シヴァさんはマイペース。私を抱きしめて頭を優しくナデナデし続けている。あの二人、止めなくていいんですか？

「はい、お口をアーンってして。んー、なるほどね。ありがとう。もういいですよ」

兎の獣人さんはなんとお医者さんでした。

男の人なのにこんな美人さん。そんな人に間近で見られるとドキドキします。きゃっほー。眼福《がんぷく》、眼福。

頭ははしゃいでいますが、身体はくったりな私。

背中をシヴァさんに預け、お膝抱っこされたまま聞かれたことに答えている状態よ。

「で、どこから逃げて来たのかな？」

ニッコリ笑いながら、兎美男子のクリスさんが私に向かってそう尋ねる。

ギクンっ！　あさっての方向に目を逸《そ》らしてみよう。

確かに逃げて来たけど、向こうが追い出したんだもんっ！　ワタシワルクナイ。

そもそも、実は私はこの世界の人間じゃない。

ある日突然この世界の人間に、いきなりクラスメートと共に『召喚』されてしまったのだ。

いきなり『魔王を倒せ』とか言われ、『ナニ言っちゃってんの？』な状態でした。あの王国の奴ら、本当にムカつく。

勝手に喚んだくせにふざけんなって私は思ったんだケド、何人かはこの剣と魔法のある世界にのめり込んでしまった。一緒に来た先生もだ。『聖女』だと言われて、何だか変わってしまった。

「特に栄養状態は悪くないし、手がすべすべだから酷い労働してたわけでもなさそうだしね。うーんと、貴族の娘が婚約者が嫌で逃げ出して来たとか？」

貴族とな。いえいえ、由緒正しき平民です。

「いや、貴族じゃないです。バリバリの平民なので。あの、ここはどこですか？」

「ここは魔国の東魔《とうま》大門を守る、東の砦の町だ。俺達は魔国東の砦の防衛団の者だ。って言っても、魔の森を越えて攻めてくる国なんてないから、犯罪者を取り締まったり、魔の森を巡回して増えすぎた危険な魔物や魔獣を狩ったりとかが主な仕事だな」

シヴァさんが背後で説明してくれる。なるほどなるほど。

あ、そうだ。聞いておこうっと。

「えーっと、ちなみに魔王様は他国を侵略して人間を奴隷《どれい》にしたりとか、世界征服を企《たくら》んだりとかは？」

そんなことしないって一緒に旅した人達に聞いてるけど、一応確認をね？　事実確認大事でしょう？

そう聞いた私に対する、三人のキョトンとした顔といったら。

まあ間抜けな顔をしても、イケメンはイケメンのままだったけれども。

「君、面白いこと言いますね〜。魔王様は確かにそれができるくらいの力を有してるけれど、趣味はペットの世話だから、世界征服とか興味ないと思いますよ？　というかそんなことをしたら面倒見なきゃならない領地が増えて面倒くさいって言うんじゃないかと。それに、魔国では基本奴隷を禁止しています。重大な犯罪を犯した者が刑罰の一環で奴隷になることはありますがね〜」

クリスさんが可笑《おか》しそうにクスクス笑う。

魔王様の趣味がペットの世話？　魔王なのにそんな平和的でいいの？

支配したり、人間を恐怖に怯えさせたり、お姫様を攫《さら》ったり、勇者と戦ったりしないの？

やっぱりあの国の王達が言ったことは嘘っぱちだったのかっ。あー、ムカつく！

「世界征服なんて面倒くさいって確実に言うな。それに若い嫁を貰ったばかりだし。嫁を溺愛中《できあいちゅう》なのに、残して戦いに行くとか絶対にしねーだろ」

へえ、魔王様ってば新婚かぁ。あ、お嫁さんは若いんだ。

私の頭の中におっさんが若い嫁を侍《はべ》らせながら、日向で猫を撫でる図が浮かんだ。うん、平和だ。

「そーそー。魔王様、すっごい年下の姫さんにメロメロなんだよ。その姫さんは人族の国からお嫁に来たんだ。あれ？　攫って来たんだったかな？　でもちゃんと両思いで、すっごい仲良しな二人だからね」

いやいや、仲が良くても攫ってきちゃあかんでしょ。

「魔王様はこの国に刃《やいば》を向けたりしなければ、攻撃したり侵略したりしませんよ。内政重視の方ですからね。『豊かさは他者に求めるものではなく、自らの努力によって生み出すものである』と魔国章典に掲げていますし。それに魔族って言っても、人族よりも魔力が多くて魔法を使うのが得意な者が多いってだけです。なんにも変わりません。ちなみにこの町に住んでるのは獣人族が多いですよ。東の領主が竜人族なせいですかねえ。魔王様は種族で扱いを差別したりしないから、魔国はいろんな種族が安心して暮らしていける所なんです。エルフやドワーフ、妖精《ようせい》族や巨人族なども普通に暮らしていますよ？」

魔王様、どうやら優秀な統治者でいい人らしい。エルフや妖精さんには是非とも会ってみたい。モフモフも好きですが、綺麗なお姉さんや可愛い女の子も大好きです。

「君のことはサンルート商会の若旦那が身元を保証しているけれど、詳しく聞いてもどうも出自がはっきりしないし、ちょっと気になってたんですよね。まあ、その辺の話は後で詳しく聞くとして、魔国に来るのにサンルート商会に臨時で雇われたって聞いてますけど、この後はどうするんですか？」

そうなのだ。私とクラスメートの常滑君は元の世界に帰る手立てを探すために、魔国を目指したんだった。とりあえず無事に到着したので、次はここで生活するための準備が必要よね。私はそれをクリスさんに素直に伝えた。

「えっと、できればお仕事と住むところを見つけたいです」

とりあえず生活の基盤を整えないとね。ワタクシ、根っからの農耕民族なので放浪《ほうろう》生活が性に合わないのよ。早くどっかに腰を落ち着けたい。

そして殺伐《さつばつ》としてるのはイヤなので、スローライフ希望。できればモフモフ盛りだくさんでっ！

「つまりこのまま魔国に住むつもりなんですね？　それはずっとの予定ですか？　それとも一時的に？」

「まだわかりません。住んでみてからじゃないと……」

土地とか人との相性ってあると思うのよ。もちろん馴染めるように努力するけれど、アノ私達を召喚しやがった国みたいなのは無理。

「なるほど。では、お仕事と住むところが決まれば、しばらくは魔国に住むつもりだってことでいいですか？」

「はい」

「はぁ～、良かった。ホッとしましたよ。すぐに魔国を出て行くつもりだって言われたらどうしようかと思いました。副団長がこうですし」

「え？」

「シヴァ副団長は、一応この砦の責任者の一人で、戦闘力も抜きん出ているので、いきなり抜けられたり、ましてや人族の国に行かれたりしたら流石に困るんですよね～」

「私の住む場所とシヴァさんは関係ないですよね？」

「ん？　だって貴女《あなた》は副団長の番なんですよね？　この副団長の状態を見て、本当に関係ないって言えますか？　こんなにメロメロでデロデロなのに？　こんなですけど、実は冷血って言われてるんですよ？　副団長のこんな姿を見たら、部下はみんな卒倒すると思います。それに狼族は竜人族と並んで、番に対する執着が激しい種族ですから、番として出会ってしまったら、逃げられないと思いますよ？　たぶん貴女がどこに逃げようとも、絶対に追いかけていきます」

ナニソレ、怖い。種族全体がストーカー気質なの？

「しかも既にマーキング済みときてますし。副団長ってば、手が早いですねえ」

「魔力欠乏を治すのに手っ取り早かったしな。こいつは俺んだから問題ナシだろ」

後ろからむぎゅうっと抱きしめられる。ねえねえ、私の頭に顎《あご》を乗せて喋らないでくれます？

「意識が戻ったあとの魔力欠乏なら、魔力回復薬を飲めば済んだでしょう？『メディシーナ』のババ様の薬なら、たぶんそれで治りましたよね？」

なんですってっ!!

飲んで治すお薬があったですって!?　ちょっとそこんとこ詳しく!!

「いや、ほら体内の魔力の巡りも良くしてやらなければならなかったし」

ん？　なんか視線を逸らしてませんか!?

「ほう、そうですか……」

クリスさんは完全に疑ってるじゃないか。しかも、なんか言い方が言い訳がましい気がするんだけれども、そこんとこどうなの？

私は後ろを振り返り、ジトッとした恨みがましい目でヤツを下から睨んだのだが、残念ながら全く効き目ナシ。

むしろ『上目遣いが可愛い』などと言われ、いーこいーこされてしまう始末だった。

二章 ミホ、異世界に強制召喚される

I've come to the other world, my occupation is "wild child".

私は元々この世界の人間ではない。

私がいた世界にはそもそも『魔法』なんてものも存在していなかった。いや、もしかしたらあったのかもしれないが、少なくとも私は日常的に魔法を使って生活する環境にはいなかったし、使える人間が身近にいたりもしなかった。

だから私にとって『魔法』とは、本や映画の中にでてくるファンタジーなものでしかなく、現実世界で実際に使用するようなものではなかったのである。

そんな私の常識がひっくり返る状況に陥《おちい》ったのは高校三年生の三学期のことだ。二月ももう終わろうかという時期で、卒業を間近に控えた三年生は補習などの特例を除いて学校になどもうほとんど来ないが、ほんの数回登校日というものが設けられている。

もっとも未《いま》だに進学先が決まらず、受験が終わっていない者は登校日に学校にやってきたりしないのだけれど。

その日、既に進学先が決まった者などを中心におおよそクラスの三分の一ほどの生徒が、三年A組に集まっていた。中には出席日数が足りなかったり、成績が不振で補習授業を受けるために強制的に呼ばれた者もいたようだ。

私はすでに農業大学への進学が決まっていて、四月からは家を出て一人暮らしをする予定だった。大学の近くにある学生向けのアパートに入ることが決定しており、引っ越し準備の真っ最中。料理を始めとした家事全般には自信があったので、一人暮らしにも特に不安はなく、どんな部屋にしようかな～と、むしろワクワクしていたくらいだ。

今住んでいる場所からはかなり離れるので、新しく人間関係を構築しなおさなければならないが、まあなんとかなるだろう。人間関係のリセットは二度目だ。だから前回よりは上手《うま》くやれる気がする。

ホームルームでは白鳥《しらとり》先生が卒業式当日のことなどを簡単に説明し、進学が決まったからと言って気を抜かないようにと注意して終わった。まだ卒業証書をもらったわけではないので、ここで問題を起こすと、卒業や進学が取り消しになることがあるというのだ。

すでに進学予定の大学に入学金や半年分の学費などを支払ってしまったのに、そんな仕打ちはごめんです。なんて恐ろしい。あの大金がパーになったらたぶん私は暴れる。

ホームルームが終わったあとの教室にはまだ十数人の生徒が残っていた。私はこれから買い物に行きたかったのでそろそろ帰ろうと思い席を立った瞬間、突然床が揺れたではないか。

うわっ、何⁇　地震⁉　とうとう東海大地震とやらがやって来たのかと超ビビる。

立ってられないほどの強い揺れに身体《からだ》がよろけ、私は床にしゃがみ込んだ。

すると教室の床一面に突然何かの模様が浮かび上がってまばゆく光ったではないか。

いったいなんのアトラクションだ――っ!!

内心でそう叫びながら、あまりの眩《まぶ》しさに咄嗟《とっさ》に目を瞑《つむ》る。暗闇《くらやみ》に覆《おお》われた視界。次の瞬間、私は何故《なぜ》か落下していた。あの内臓がヒュンッてなる感覚、ちょっと気持ち悪いよね。

うわぁあああ。おーちーてーるーぅううう。

そんな非常時だというのに私の頭に浮かんだのは、『部屋に積んでおいた段ボールが崩れて、一人暮らしになったら使おうと思って買った可愛《かわい》いカップが割れてたらどうしよう』というなんともしょーもないことだった。

まあ結局、割れていようがいまいが、そのカップには二度とお目にかかれなくなったわけだが。学生が買うにしてはお高かったのにっ。新しい自分の部屋で使うの楽しみにしてたのにっ。

ちっくしょー、一回くらい使っておけばよかったよー。

そうして、私はやってきてしまったのだ。魔法が使えるこの異世界へと。教室に残っていたクラスメート達と白鳥先生と共に。

落下が止まったので恐る恐る目を開けた時、周りにはコスプレをした人達がたくさんいた。だってそれ以外にどう考えれば良かったというのか。

まず私が思ったことは、『ハロウィンパーティーには時季外《はず》れだと思うの。いい大人がそんな格好をして、昼間からいったいナニやってるのかしら？　都会ってコワイ』である。見えているものを自分の理解が及ぶ範囲に当てはめたら、考えられることはそれくらいだっただけなのだが。

しかし、一人の男が進み出て私達に向かって言った言葉に己の耳を疑うこととなる。

「ようこそ、異世界の救世主様方!!　貴方《あなた》がたは私共の国を救うためいらしてくれた方々。我々は貴方がたを歓迎しますぞ!!」

あまりにも似合わない、美麗な洋服を来たハンプティダンプティみたいなおっさんが、なんかけったいなことを言っとるぞー。

救世主？　ナニソレ？　これはアレですか？　ドッキリですか？　テレビカメラはどこ？

急にこんなことするなんて、やっぱり都会ってコワイよね。田舎のお家《うち》に帰りたい。スローライフ最高！

しかしいくら待っても、『ドッキリです』という看板を持ったネタバラシをする人は現れず、代わりに足先まで隠れるでろーんと長いローブを着た人が進み出てきた。うーん、だいぶ顔色悪いけど大丈夫かしら？

私達が呆然《ぼうぜん》としたまま何の反応も示さなかったものだから、ハンプティダンプティなおっさんはもう一度同じセリフを繰り返した。

「ようこそ、異世界の救世主様方!!　貴方がたは私共の国を救うためいらしてくれた方々。我々は貴方がたを歓迎しますぞ!!」

イセカイノカタガタデスッテ？　誰《だれ》が？　ええっ、私達ですかっ!?　開いた口がふさがらないとはこのことだよねっ!!

理解を超えた事態に何も言えないでいる私達に顔色の悪い人が滔々《とうとう》と説明を始めた。

曰《いわ》く、『貴方がたはこの国を救うため、選ばれて異世界より降臨した救世主』なのだそうだ。

呆《あき》れてものも言えないとはこのことだ。なんだそのご都合主義。見も知らぬ他人に頼るな。自分の国は自分で救えよ。

そもそも本人の承諾もなしに勝手に喚《よ》ぶんじゃない、迷惑な。これって誘拐《ゆうかい》と一緒だぞ？

ちなみにその説明をしてくれた顔色の悪い人はこの国一番の魔術師だそう。主犯はお前か！

それにしても奥様、ちょっと聞きました？　魔術師ですって‼　つまりここには『魔法』が存在するってことなのだ。マジか。

本は好きだから、その手のライトノベルも読み漁《あさ》ってきたしロールプレイングゲームもそこそこやりこんできた。

私は今でこそ都会で女子高生なんぞをしているが、元々は東北の片田舎で育った人間だ。そこは日本でも有数の豪雪地帯のうえ、年々人口が減るばかりの超過疎《かそ》の村。村中の子供を集めても、両手の指で足りてしまうような場所だった。

冬場は友人の家に行くのも一苦労。なにせ近所と言っても歩いたら二十分以上かかるようなところだったため、天候が悪い中を出かければ、ヘタすれば友人の家に行く途中で遭難《そうなん》する。ホワイトアウトって怖いのよ〜。本当に前後左右どころか天地さえもわからなくなるんだから。

なので必然的に冬場は家で一人で遊ぶことが多くなる。幸い、ネットの普及と日本の物流が優秀なおかげで、田舎にいても大抵の物は手に入った。まあ、とは言ってもゲームも小説ももっぱら無料のアプリやサイトを利用しまくってたけど。

異世界転移の話は好きで死ぬほど読んだが、まさかそれが現実に自分の身にふりかかるなど仏様でも思うまい。そもそも平和ボケした日本の高校生にそんな無理難題をふっかけられても困る。まさか次に来るのは魔王を倒す旅に出ろとかいう無茶ぶりか？　勘弁《かんべん》してくれ。是非、スローライフ担当でお願いします。植物を育てるのは得意よ。うちバリバリの農家だったからね。

そんなことを思いながらも、私はついついやってしまった。そう、それは異世界転移のお約束。でもね仕方ないの。ロールプレイングをやりこんだゲーマーならば、きっと誰もが同じことをすると思うから。私は誰にも聞こえないような小さな小さな声で呟《つぶや》いた。

「ステータスオープン」

さあ来い、ステータス画面。私の能力を余すところなく見せてみるがよい。

…………………………シーン。

なんも出ん。な────んも出でごねー。なんだよー、ちくしょー。すこだま恥っずかすぃ〜。

あ、興奮したら田舎の言葉に戻っちゃった。

ステータス画面を出そうと呟いたことを、誰にも聞かれていないかキョロキョロしちゃったよ。超挙動不審な私だが、とりあえず誰にも聞かれていないことにホッとする。

うぅっ、仕方ないじゃん。やっぱりやってみてしまうでしょ？　自分のステータスが異世界でどんなだか見てみたいのが人情ってものでしょう？

「こちらへどうぞ？」

あまりの恥ずかしさに一人でジタジタ悶《もだ》えていたが、それでも私は見た。見てしまった。斜め前にうずくまっていた白鳥先生の元に、一人の若い男が近づき、手をとって立ち上がらせすかさずエスコートしたのを。

それなりに整った顔立ち。いかにも立場が上だというようなキラキラしい服装。くすんだ金髪に碧眼《へきがん》のイケメンだけど、『なんかヤなカンジー』だった。

だってすぐ近くに別の子が茫然《ぼうぜん》としながら座り込んでいたのに、チラリとその子の顔と胸を確認したあと、その子の前を通り過ぎて先生に近づいたのよ？

私は気づいた。『あ、コイツ顔と胸を見てエスコートする相手を決めやがったわ』と。

私はその男への評価を最底辺に配置決定する。当たり前だ。一部の美人（しかも巨乳）相手のみ限定のフェミニストなど、サイテーだからねっ。

「ステータスオープンっ!!」

いきなり一人の男の子が立ち上がってそう叫ぶ。お調子者の鈴木《すずき》君だ。

同志よ、オマエもか。まあ、異世界といえばお約束だよね。絶対にソレをやらずにはいられないというものだよ。でもいくらテンションが上がっても、流石《さすが》にちょっと恥ずかしいから、天に向かって叫ぶのはやめようか？

みんなが可哀相《かわいそう》なものを見る目で鈴木君を見ている。あぶねー。人のフリ見て我がフリ直せだよ。アレは絶対にやっちゃイカンことだな。鈴木君、ありがとう。君の勇気を私は忘れない。

鈴木君は不思議そうに首を捻《ひね》った。やっぱり私と同じように、期待したモノ（ステータス画面）は現れなかったようだ。

これはどういうことだろう。他に何かしら鑑定する能力とか、道具とかがあるのかしら？

普通に考えたら、私達よりもその辺に立っている騎士らしき人達の方が強そうだもん。みーんな背がおっきくて筋肉ムキムキの超ゴリマッチョ。何人かいる運動部の男の子達でさえも貧弱に見えるレベルのゴツい体型が林立してて、ちょっと暑苦しい。

彼らは私達に何かしらの特殊能力があるとわかってるみたいだ。まあじゃないと、わざわざ異世界から喚びつけたりせんだろうし。ならばその能力を調べる方法が絶対にあるはずだよね。

「さあここに座って下さい、美しい人。これから貴女《あなた》の能力や職業をこの石で【鑑定】いたします。鑑定結果はそこの壁に映し出されるんですよ？　あとでゆっくり二人で今後のことを話し合いましょうね。他の方々も順番に鑑定いたしますから安心して下さい」

おい、コラ、そこのエセフェミニスト。先生の手をいつまでも握ってんじゃねーぞ、ゴラァ。

あ、お口が悪くてすみません。テヘペロ。なるほど、その石で【鑑定】かぁ。

【鑑定】って自分じゃあできないのかな？　自分のステータスが見れないって超絶不便～。

「鑑定っ!!」

またアイツか。まあ、考えることは一緒だよね。自分でも【鑑定】できたら手っ取り早いなってそりゃあ考えるよね。でも鈴木よ、恥ずかしいから叫ぶなって！

彼はワクワクした顔で空中を見つめる。もしも彼に尻尾《しっぽ》があったなら全力で振られていることだろう。しかし奴《やつ》はすぐにガクリと床に手をつきうずくまった。

「ちくしょー、出ねえっ!!　なんで出ないんだよぉおおおお」

床をバシバシと叩《たた》いて本気で悔しがっているところをみると、どうやら【鑑定】はできなかったようである。うーん、残念だったねえ。

でもみんなあとで見てもらえるらしいから、そんなに落ち込むな同志よ。

そんな鈴木君を横目に見つつ、ドキドキしながらも私は頭の中で【鑑定】と唱えた。『お前もか』と言わないで欲しい。ダメ元であってもやってみたいお年頃《としごろ》なのさ。もちろん声には出さないよ。私はヤツの二の舞にはならんぞ。

すると次の瞬間、何もなかった空中に、いきなりたくさんの文字が羅列《られつ》されたではないか。うわぁああっ、なんだこれ。

あら、ちょっと……もしかして……これってステータス画面を見れちゃったカンジ？　なんと私は【鑑定】ができるみたいだ。鈴木よ、なんかスマン。私は勝手に心の中で彼に謝っておく。
さてさて、私のステータスってどんなかなー？　ドキドキ、ワクワク。
【清水美穂（きよみず　みほ）】
18歳（♀）状態異常ナシ
体力　328
魔力　58628
かしこさ　99
適性魔法色　緑色／青色／茶色
スキル　料理（Level 6）／掃除（Level 4）／解体（Level 2）／鑑定（Max）／テイム（Level 1）／製薬・調合（Level 2）
職業　野生児
特殊スキル　まねっこ／ストックボックス／異世界言語／ストレージ（異空間収納）

……………ん？

なんか面妖《めんよう》なことが書かれている気がする。

えー――っと、ひとつ疑問があるのですが。『野生児』って、それ職業デスカ？

あと、私の魔力がインフレ起こしてるみたいです。

私はとりあえず、みんなの様子を見るためスススッと後ろに下がった。あ、なんかお姫様みたいな人がうちのクラスで一番のイケメン、翔君《かける》に近寄って行ったぞ。

鑑定に呼ばれた順番で異世界カーストの位置が決まるとかだったら嫌だなぁ。

翔君はどうやら先生の次に鑑定してもらうようだ。

お姫さんよ、オマエもか。やっぱり顔がいいやつが優先なのか。この世界のやつは本当に己の欲望に忠実だなっ！

ふと横を向くとクラス委員長の常滑《とこなめ》君が私と同じようにススッと壁際に下がったのが見えた。

あからさまに上を向いてはいないが、目線がわずかに上がっているではないか。むむっ、もしやっ！

私は目立たないように少しずつ移動してさり気なく常滑君の横に行き、小声で話しかけた。

「常滑どん、もしやそちもかね？」

その一言で頭のいい彼は私の言わんとすることを理解したようだ。チラリとわずかだけ視線をこちらに動かして小声で答える。

「ってことは清水さんも？【鑑定】スキルでステータス画面が見えたのかな？」

清水さんもって言ったってことは、やはり常滑君にも【鑑定】スキルがあったようだ。

「うん。ねえねえ、ちょっと私のステータスを見てみてくれるかな。意見が聞きたいの」

眼鏡《めがね》を掛けたごくごく一般的日本人の容姿をしている彼は、入学してから学年一位を一度も他者に譲《ゆず》ったことがなく、全国模試でも常に上位に名を連ねる超秀才だ。名前は常滑悟《さとる》君。頭が良いだけでなく、常に落ち着いていて性格は温厚。怒った姿など見たことがなく、飄々《ひょうひょう》としているが何事にも公正な判断を下せる彼ならば、この私のおかしなステータスを見てもきっと役に立つ意見を出してくれることだろう。体力や腕力が必要なこと以外では、彼は非常に頼りになる男の子なのだ。

「はいはい、いいよー。でも、ちょっと待ってね。ここを変えてっと……よし。ああ、清水さんも僕のを見てみてくれる？」

「うん、わかった」

私は常滑君に【鑑定】をかける。すると常滑君のステータス画面が私のステータス画面の横に並んで表示された。

【常滑悟（とこなめ　さとる）】
18歳（♂）状態異常ナシ
体力　85
魔力　1005
かしこさ　555
適性魔法色　茶色／青色
スキル　錬金《れんきん》（Level　1）／武器作製（Level　1）／魔道具作製（Level　2）
職業　魔道具職人
特殊スキル　魔法付与／異世界言語／ストレージ（異空間収納）

うーん。かしこさの数値が凄《すご》い。私の五倍以上あるよ。

持ってる魔法は、それぞれの魔法色に意識を合わせると出てくるようだ。

茶色に合わせると『ソイル／ソイルウォール……』などと、使えるらしい魔法の名前が出てくる。

スキルがモノ作り系に偏《かたよ》ってるなあ。つまり好きなのね。だがしかし、私はそこに示されている情報がおかしいことに気づいた。

「常滑君の職業は魔道具職人なのね？　んん？　あれ？　なんであるはずの【鑑定】が表示されてないの？」

私の疑問にすぐには答えず、反対に常滑君が私に聞く。

「ねえ、清水さんの鑑定のレベルいくつ？」

「Ｍａｘってなってたよ」

「げげっ、Ｍａｘかぁ。すごいね。っていうかこれ何段階なのさ。ん、まあよし。自分よりも高い【鑑定】レベルの相手にも隠せるんだな。それなら安心」

うん、うんと何かを一人で納得しているようだがどういうことなのだろう？　説明プリーズ。

「隠す？」

「そ。実はいま清水さんが見てるこの情報って、僕のスキルで多少書き換えてあるんだ。これっていわば僕達の生命線でしょ？　僕達を喚び出したアイツらがどんな人間かわからないのに、全部をバカ正直に見せちゃダメだと思うんだよね。しかもなーんか、アイツらからロクデナシな匂《にお》いがするしさ。これってどーせ自分達を助けてくれって言い出す流れでしょ？　下手にチートな能力持ってると、なんか奴隷《どれい》化されて、ボロボロになるまでこき使われそうだからさ。用心するに越したことはないと思うんだよね」

彼の言うことはいちいちもっともなことばかりで、心の底から感心する。確かにそうだ。どんな人達かわからないのに、個人情報ダダ漏《も》れは危険だよっ！

「確かに」

「だからさ僕の特殊スキル【隠蔽《いんぺい》】を使って、情報を書き換えたんだよ。でも、あんまりにも低くしすぎるとなめられそうだし、まあみんなと比べても不自然じゃない程度にね。様子を見る限り、どうやら【鑑定】のスキルを持ってるのは僕と清水さんだけみたいだよ。【鑑定】のレベルがＭａｘの清水さんにもバレないならば、あの石による【鑑定】でもバレないと思うんだけどなー。僕が見るよりもおおざっぱな情報しか表示されてないしさ。まあ、バレたらバレたでまた対策を考えるからいいや。あ、清水さんのもちょっと書き換えておく？」

この短時間の間に周りを観察して、そんないろんなことを考えて、対処までしてたの？　頭いい人ってスゴイ。

なので私はあっさり、自分のステータスを常滑君に丸投げした。

「よろしくお願いします!!」

私のステータスを見た瞬間、常滑君は何かをこらえるように下を向き、肩をぷるぷると震わせたではないか。うん、これは間違いなく笑っているね。まごうことなく大笑いしているよ。

「『野生児』って職業なんだ？」

むう、やっぱりそこか。私だっておかしいと思ってるよっ。

「あと魔力の数値がおかしいことになってるね。ゲームならばバグを疑うレベルだよ、コレ。桁《けた》があんまりにも違いすぎる」

「やっぱり？　常滑君の本当の魔力はいくつなの？」

「だいたい３０００くらいかな。修正した１００５だって、この中じゃかなり高い方だよ。騎士とかだと５０くらい、この国の魔法使いで２００くらいかな」

え？　そうなの？

じゃあ、明らかに私の魔力の数値がおかしい。確かにいくらなんでも桁が違いすぎる。

「聖女である白鳥先生で２５００くらい。勇者である翔も同じくらいかな。後はだいたい多くても１０００前後かな。職業が戦士とか格闘系だと５００くらいしかないみたいだ。まあ、この国の人と比べれば充分チートだけどね。うーんと、清水さんはここで無双《むそう》したい願望とか持ってる？」

「まさかっ!!　むしろスローライフ希望」

そんな武闘派じゃありません。根っからの農耕民族で生産大好きなので、無意味に戦いたくない。

「じゃあとりあえず、魔力を僕達の中でもちょっと多いかなくらいの数値に変えておくね。あ、ヤバイ。なんかこっちをジッと見られてるから、あんまりやってるとヤバそう」

「わかった。ねえねえ、あとかしこさ１だけ増やせない？」

９９なら、あと１増やして１００にしたい。

「別にいいけど。あ、あとスキルの【鑑定】も見えないようにしておくから。この【隠蔽】は明日には解けちゃうみたいだから、明日以降に鑑定の石を使うならば気をつけてね」

常滑君が、今更かしこさを１くらい増やしても変わんないよ、という目で見ている……気がする。

たぶん私の被害妄想《もうそう》だろう。でも、たった１しか変わんなくても、二桁と三桁じゃ印象が全然違う

と思うのっ!!

私と常滑君はそこでステータス画面を消した。

「でさあ、清水さんの特殊スキル【まねっこ】ってなに？　もしかしたら、他人のスキルとかをコピーして使えるってやつ？　もしもそうなら、とんでもないチートスキルだよね。うわ～、フラグがビシバシ立ちそう。職業もなんか特殊だしさ」

常滑どん、君もライトノベル愛読者だったな？　やはりそう思う？　私もちょっとそうじゃないかなーって思ってたんだよね。嫌な予感がビシバシ。そもそも『特殊』ってやつは大抵が『フラグ』とセット売りじゃないか。

私は声を大にして言いたい。

『ノー、モア、フラグ!!』

でも特殊スキルは気になるな～。私は【まねっこ】と小さく唱《とな》えてみた。

するとちょうど視線の真ん中にいた魔術師団長のスキルと持っている魔法がずらりと目の前に表示されたではないか。うおっ、なんだこりゃ。

とりあえず試しに【まねっこ（コピー）】しまくった。コピーしたものはストックボックスへいくようだ。

王様はっと……チッ、ロクなスキルないじゃん。

エセフェミニストは……コイツ第二王子だったんかい！　コイツもロクなの持ってないなー。

しかも職業が『怠惰《たいだ》な王』と『強欲《ごうよく》な王子』よ？　姫に至っては『ビッチな王女』。王女がビッチだったらだめじゃね？

王族がそんな奴らばっかりならば、なんかなるべく早くにこの城を離れた方がいい気がしてきた。あ、でもここを離れたら日本に帰れなくなるのかな？　っていうか、そもそも帰還するための魔法ってちゃんとあるのかしら？

「鑑定が終わりましたね！　おおっ。貴女は聖女様だったんですね。ええ、ええ、そうだと思いました。その美しく神々《こうごう》しいお姿。あなたは私達を救うために降臨した、女神の遣《つか》いに違いありませんっ！」

エセフェミニスト王子が満面の笑みで先生の手を握って、喜んでいる。

ちょっとマテ。降臨したんじゃなくて、お前らが勝手に喚んだんだからな？

そこんとこ勝手に話をすり替えるなよ？　なんだろう、こいつらの物言いがいちいちムカつく。

それにしても先生は聖女かぁ。うん、納得だね。うわっ、すっごい。白のところに意識を合わせたら、超強力な白魔法がずらりと表示されたわ。【集団治癒《ちゆ》】とか【解毒《げどく》（特大）】とか。もちろん【まねっこ】しちゃうよー。はい、頂きましたっ！　先生ありがとう!!

ちなみに次に鑑定された翔君は職業が『勇者』。モテ男はやはり何か持ってるものなんだね。

うおっ、剣を使った必殺技みたいなのがずらっと並んどる。ちょっと厨二病《ちゅうにびょう》くさい名前だけど。

他にも、魔法によるダメージ二分の一減とか、便利そうな能力がたくさん。ありがとう、その能力いただくぜ!!

そうして次々とみんなの鑑定がなされていく。

『剣士』とか、『拳闘士《けんとうし》』とか、『武闘家《ぶとうか》』とか、『真紅《しんく》の魔術師』だとかかっこいい職業が次々発表された。私はその度に興奮しながらコピー、コピー、コピー。そういえばコピーできる数に限界ってあるのかしら？　ま、いっか。いまのところ全部ちゃんとストックボックスにストックできてるみたいだし。

ちなみに先ほど【鑑定】と叫んだ男の子は『魔法戦士』で、結果に満足したのかガッツポーズしていた。うん、うん、良かったね。とりあえず、君の持ってるスキルと魔法もコピっておいてあげよう。

そしていよいよ、残ったのは私と常滑君の地味～ズ。常滑君がにやりと笑って先に足を踏み出した。

「じゃあ、僕が先に行くね。その職業はやっぱりオオトリでしょ」

そうして鑑定された常滑君のステータスはまんまと偽装されたままのものだったようだ。

既に知っているはずの結果をいま初めて知ったような顔ができる彼の面《つら》の皮は、きっとクジラの脂肪《しぼう》よりも厚いに違いない。超強心臓なうえ物凄い演技派だ。

「これはまた地味じゃのう」

しかし王様は常滑君の結果を見てあからさまにがっかりしていた。まあ、バリバリの生産職だもんね。どうやら強力な戦闘職が良かったもよう。

「これだけの人数を召喚したのですから、生産職が混じっているのはおかしいことではありません。しかし、魔力はそれなりに高いですし、強力な武器や防具を作って貰《もら》えれば、うちの戦力を更に増強できますから良いのではないでしょうか」

そう説明する魔術師団長に「そういうもんかのー」と王様はテキトーな返事をしていた。全く興味なさげな様子で。それを見てきっと常滑君はほくそ笑んでいることだろう。全《すべ》ては彼の思惑《おもわく》通りというわけだ。

まんまと騙《だま》されてるわー。だってソレ嘘《うそ》の情報だもん。

そしてとうとう私の番になる。常滑君は、ひどいことに私の職業は書き換えてくれなかった。

『魔法薬師』にしてくれてもよかったのに!!

後で書き換えてくれなかった理由を聞いたら「面白そうだったから」だとのたまう。

ちくしょー、この腹黒眼鏡。いつか見てろよっ!!

そして当然、私の職業はそこにいた全員から、失笑や爆笑をかったのだった。

『野生児って何だよっ！』だとう。私が一番聞きたいわっ！

もちろん王も王子も王女も全く興味を示さなかったよ。

その後、自分の能力を把握《はあく》するためにも、こまめに鑑定石を使った方がいいと言われた。けれど、城の鑑定石を使えば間違いなく、その内容は城のお偉いさんに報告がいくようになっているんだろう。それってなんか危ない気がするから基本鑑定石は使わないようにしよっと。っていうか、自分で鑑定できるから必要ないしね。

周りを囲む剣呑《けんのん》な雰囲気の武器を携えたガチムチの男達。持ってる剣はきっと本物だろう。それらの存在に気圧《けお》されて、『元の世界に帰れるのか』とか『帰らせてくれ』とか言える者は誰もいなかった。あまりに異常な状況だったから正常な感覚が麻痺《まひ》していたのだろう。

それぞれ個室を与えられてやっと一人になったあと、私はベッドに潜り込んでご飯も食べずにすぐに眠ってしまった。残念ながら考えるのは得意じゃないのだ。ぐう………。

◆　◆　◆

異世界に強制召喚という名の誘拐《ゆうかい》をされた翌日。私達は改めて全員集められた。

王様や王子様は今日はおらず、いたのはあの顔色の悪い痩《や》せた中年。そこで、私達がこの世界に喚ばれた理由を説明される。

大方の予想通り、私達が異世界に喚ばれた理由は人族の国を脅《おびや》かす魔王を倒して欲しいというものだった。なので私はすぐに脳内でツッコんださ。

テンプレかよ。テンプレだよっ!!

この国は魔の森と呼ばれる、様々な魔獣が跋扈《ばっこ》する森と国境を接している。

魔獣達が入って来ないように、防御壁が建てられており、そこに魔獣避《よ》けの魔法陣も組んであるらしいのだが、最近防御壁を越えてしばしば魔獣が現れては暴れるのだそう。

騎士団を派遣してなんとか討伐《とうばつ》しているが、農地が荒らされるために食料事情に深刻な被害が出ているとのこと。

全て魔王がこの国を手に入れるために、魔獣を操ってやっていることであり、このままではこの国は魔国に蹂躙《じゅうりん》されてしまうと、王様は言った。

けれど強大な力を持つ残忍な魔王にただの人間達が太刀打《たちう》ちできるはずもないので、国に伝わる秘術で『救世主』を呼んだのだという。

この秘術によって異界からやって来る者達は、必ず魔族に比肩《ひけん》しうるだけの能力を有するというのだ。

事実、私と一緒に召喚された者達は聖女や勇者など華々しく強力な職業を持つ者が多く、有しているスキルもこの国の騎士や魔法使いと比べて遥《はる》かに強い者が多かった。

ただし、全員ではない。ええ、そう。物事にはいつでも例外というものが存在するのだ。まあ、私のことだけどね。

彼らの説明はともかくとして、そこには様々な疑問が残る。そもそも魔法など使えない世界から来たにもかかわらず、私達が多くの魔力と強力なスキルを持っているのはなぜなのか。まあ、その答えを持つ人は誰もいなかったんだけどね。

疑問は解消されないまま、その日から私達の魔法を使う訓練や能力を伸ばす訓練が始められた。城から出ようと言う人は誰もいなかった。まあ、当然だよね。右も左もわからない世界。通貨単位もわからず、地理的状況もわからない。けれどとりあえずここにいれば、衣食住は保障されるのだ。

私達は豪華な衣装に身を包んだ誘拐犯どもの言うことを聞くしかなかったのである。

異世界にやってきたのは先生を入れて十五人。しかし魔法に特化した者、どちらかといえば身体を使った戦闘の方が得意そうな者など色々タイプが違う。

故に同じ内容の訓練はできないし意味がないので、だいたいのタイプごと数人ずつに分かれて行われることになった。だが、私と一緒になったメンバーがとにかく最悪だったのだ。

メンバーの灰谷《はいたに》緋和子《ひわこ》・宮ノ下《みやのした》かおり・池園紀香《いけぞののりか》の三人は、今まであまり関わり合いにならなかったから知らなかったのだが、なかなか性格に難ありな女子達だったのである。

灰谷緋和子が赤の魔法、宮ノ下かおりが黄色の魔法、池園かおりが青の魔法にそれぞれ特化しており、私に対してなにかにつけ自分の方が優れているとマウントをとりたがるのが超ウザい。お前は野生のサルかと、私は内心ツッコみまくりだった。

ましてや私の職業が『野生児』などというよくわからないものだったので、彼女達はすっかり私をバカにして良い存在だと決めたようだ。教師役の魔法使いも止めるどころか、一緒になってバカにした態度をとる始末。なので私の味方はゼーロー。

ううっ、せめて大人しくて物静かな黒澤《くろさわ》さんと一緒が良かったよう。しかし、黒澤さんは黒魔法という少し特殊な能力持ちだったため、白魔法の白鳥先生と共に魔術師団長預かりとなった。

まあいいや、サル娘達は放っておいて私は私で訓練ガンバろっと。えーっとなになに、魔力は「えいっ」って感じで一気に放出する感じで使うのね？　それから……詠唱《えいしよう》ってやつが必要だと。でもさあ、そんな長々と喋《しやべ》ってて途中で攻撃されたらどうするのかしら？　もしかして早口言葉みたいに早く喋るとか？　舌噛《か》んだらどうすんのよ。え？　詠唱が途中で途絶えたらやり直し？　なんか色々とビミョー。

それから魔法を使うと身体の中から何かが抜けていく感覚がして、あんまりにも使い過ぎると身体に力が入らなくなるらしい。「魔力が全部無くなると大変なことになりますから、注意して使って下さい。足に力が入らないようなら、体内の魔力値がだいぶ減ってる証拠なので、それ以上は使わないように」とのこと。

ふーん、そうなんだー。え、私？　元々の魔力量が多すぎて、全然減っていく感覚がわかんなかったよ？

でも一応、みんなと同じように魔法を使った後で、「本当だ〜、抜けていく〜」と言っておいたけどね。人と足並みを揃《そろ》えるって大事だと思うの。これって日本人的感覚なのかしら？　他の三人がバンバン上位魔法を打つのを横目で見つつ、下位魔法をちまちま練習していたのだが、日に日に私の扱いが粗雑になり、とうとういないかのようになったので、私は魔法訓練に参加するのをやめてしまった。

この状態だったら自主練習でも充分だもん。ストレス溜《た》まるばっかりの場所に固執《こしつ》しても仕方ないもんね。

魔法薬だけはいくつかすんなり作ることができたのだが、どれもこの城の緑の魔法使いも作れるものばかりだったので、「ふうん」というカンジでスルーされた。あー、感じわるっ。

◆◆◆

さてさて、早いもので異世界転移をさせられてから一カ月ほど経《た》ちました。現状、私はかなり辛《つら》い立場にいます。ええ、色々あったのよ。ほぼほぼ不愉快《ふゆかい》なことばっかりだったけれどねっ！

まず残念なお知らせが一つ。

ワタクシ、あれからも人様を鑑定しまくり様々なスキルや魔法や技をコピーしまくりました。だがしかーし、チートだと思った私の特殊スキルは現状、結構なハズレスキルであることが判明。泣いていいですか？

片っ端から集めまくったスキルや魔法や技だったけれど、残念ながら私以外の人にはコピーしたものをくっつけて使えるようにできなかったのだ。超ショック。

小説では同じようなスキルを持った人は、いろんな人にコピーしたスキルや魔法をペタペタくっつけて、仲間をどんどん強力にしていき、チート全開だったのにっ。

しかも、ウキウキしながら自分で他の人のからコピー（まねっこ）した魔法やスキルを使おうとしてみたものの、全部を使えるようになるわけじゃなかったことも判明。ショック倍増。色々試してみたがどうにもならなかった時には、一人膝《ひざ》から崩れ落ちたよ。

まず、自分が持ってない属性（魔法色）の属性魔法は使えなかった。

私が持ってるのは青（水）、緑（植物）、茶（土）の三つ。

なので赤系（主に火や炎系）の強い攻撃魔法はせっかくコピーしても、全く発動できず宝の持ち腐《ぐさ》れ。

キーキーうるさいサル娘のうちの一人、灰谷緋和子が赤系魔法に特化していたので、彼女が最初から持っていた超強力攻撃魔法をいっぱいコピーしたのに、ぜーんぶ使用不可。悲しすぎる。もしも使えたら彼女らの度肝《どぎも》を抜いてやれたのにっ。

同じ理由で回復系の白（癒《いや》し）魔法も使えない。白鳥先生が白魔法に特化した使い手だったから、いろんな回復系魔法や補助系魔法をコピーさせて貰ったけど、これも同じくとんだ宝の持ち腐れですわー。

更に不幸なことに、それなりに強力な水系や土系の大規模攻撃魔法がステータス画面に表示されているというのに、私はそれらを全く発動できなかったのだ。

使える魔法はステータス画面でちょっと光って見えるんだけど、使えないものはただの白抜き文字なの。ズラリと並んだ魔法のほとんどが白抜き文字って、酷《ひど》くない？

どうやら壊滅的に魔法の才能がないらしい。なのでちょっとやさぐれています。

もちろん周りからは使えない子認定されました。現状、ポーション作るくらいしかできません。

学校生活でスクールカーストをなんとかやり過ごしたと思ったら、まさかの異世界カーストで最低辺に陥《おちい》るとは。

そもそもこの国には魔力を持つ人間が少ないようだ。数少ない魔法使いも白系か緑系がほとんどで、攻撃魔法を使えるほどの魔法使いは希少な存在だという。

私自身で回復魔法が使えなくても、ポーションが作れるのだからこれはこれでいいんじゃないかと思っていた時期もありました。だが、しかーし。

同じ能力の人々がいれば、そこには同種職業故の争いや既得権益《きとくけんえき》が存在するものなのだ。つまり競争相手となる新規参入など歓迎されないってことさ。はっきり言えば、私は城の緑の魔法使い達に目の敵《かたき》にされたのである。

あ、ちなみにここでいうポーションはあくまで体力回復薬。病気や怪我《けが》は治りません。ただし落ちた体力を回復させ、自己治癒能力を高めるから劇的に治りが早くなるというだけ。ただし、ポーションにもレベルや種類が色々あるらしいから、中にはゲームにあったようななんでも治る万能薬的なものもあるのかもしれないけどね。

この国ではポーションを作れる緑の魔法使い達はエリートで勝ち組だ。故に彼女達のプライドは山よりも高い。態度も高飛車《たかびしゃ》でそれはそれは感じが悪い。

しかし、そこにひょっこり現れた私。同じポーションを作れる能力を有し、しかし彼女達などとは比べものにならないくらいの無駄に多い魔力量持ち。なのに『野生児』というふざけた職業。いや、ほっとけよ。職業選択の自由がなかったんだから仕方なかろう。私だってもっと格好いい名前の職業がよかったよ。

だって緑魔法はともかくとして、青と茶の二つに関しては完全に初期設定状態だったのよ。使えるのはそれぞれの属性魔法の一番初期のもののみ。青系なら『ウォーター』（水を出せる。遭難しても安心だねっ！）、茶系なら『ソイル』（両手で掬《すく》ったくらいの土を形作れる。泥遊びに最適）。ステータスに表示されてるのに使えない魔法がいっぱいあるのはなんでだ――っ。

緑魔法だけはもう少し上の段階まで使えたけれど、この系統はそもそも攻撃系の魔法が少なくて、どちらかといえば生産系に特化してるんだもん。

元々ある植物の力を活性化させたりするのが主だから、使う魔力も他と比べると少なめ。

まあ、毒を持つ植物から簡単に毒を抽出《ちゆうしゆつ》したりもできるので、使いようによっては怖い能力なんだけどさ。

とにかく適性があってなおかつステータスに魔法名が表示されてもいるのに、その魔法が発動できない理由は結局わからなかった。

魔法師団の一番偉い人には『絶望的に魔法の才能がないのだろう』と鼻で笑われる。本当にヤな感じ～。自分が有能だって自負してるなら、ちゃんと原因究明しろよ！　原因が究明できないし、する気もないならばあんただって大して有能じゃないと思うの。

こうして各々、異世界カーストの位置が定まると、みんなは驚くほどあっさりとこの世界に馴染《なじ》んでいった。あ、もちろん私は最底辺よ。泣いていいかな？

特に強い戦闘力を手に入れた男の子達は、武器を使った戦闘訓練に夢中になった。時々、魔獣なども狩ってるようだ。リアルで『ひと●り行こうぜ！』である。

女の子達にはそれぞれイケメンのお世話係がついた。彼らに傅《かしず》かれ、元の世界ではされたことのないような扱いに絆《ほだ》されて、着々とこの世界に染まっていく。

え？　私？　一応、お世話係はついたけど、あからさまにイヤそうな顔されたよ？

貧乏クジ引かされたって、吐き捨てるように言われたけど？　なので必要なものの用意だけしてもらって、後は来なくていいと言いました。お互い嫌な気分にしかならない関係は不毛でしょ？

着替えと日用品と薬を作るのに必要な道具一式が手に入り、後はご飯を食べる場所とお風呂《ふろ》の場所さえわかればそれで充分。

一応密《ひそ》かに色々試したりはしたのよ？　『○○切り』や『○○拳』などの武器や武道をベースにした必殺技系も、写し取ってあったから、使えないか試してみたの。

でもねー、やっぱりそれらの厨二病くさい名前の必殺技も私には発動させられなかった。

勇者である翔君が持ってた技を、『神速百龍切《しんそくひゃくりゅうぎ》りっ！』と借りた剣を持って格好良く言ってみたものの、何も起こらない虚《むな》しさと言ったら。人気《ひとけ》のない場所でやったけど、辛かったわぁ。

がっくりした私は「なんで使えないんだと思う？」と頭のいい常滑君にこっそり聞きに行く。

すると驚くことに、「いわゆる安全装置ってやつじゃない？」と至極真面目《まじめ》な答えが返ってきた。

どういうことかと思ったら、「だってそういう技って身体に物凄い負荷がかかるでしょ？　普通は身体を鍛《きた》えてそういうのを使えるようになるわけだよね？　ではもしも鍛えられていない身体で、無理にそんな技を使ったらどうなると思う？　間違いなく、筋とか筋肉とか血管とかが負荷に耐えられなくてブチブチって切れちゃうんじゃないかな？」と説明してくれた。

想像してみる。なにそれ怖い。うん、使えなくて良かった。

私の得意な緑魔法は基本生産系に強い魔法なんだよねー。あんまり戦闘向きじゃないの。そもそも炎吐かれたら簡単に燃えちゃうしさ。

ちなみに常滑君は周りの声なんて気にすることなく、初めから生産職への道を突き進んでいる。私と同じで一度も戦闘訓練には参加していないが特に気にしていないようだ。強い人だなあと思う。

『魔道具職人』なので、城の鍛冶《かじ》工房に入り浸っているか、私と同じように図書館にいることが多いかな。

「せっかく異世界に来たんだから超強力な剣とか杖《つえ》とか作りたいんだよねー。日本じゃ絶対に無理でしょ？」だそうだ。

常滑君よ、君はアレだな、ゲーム内で錬金とかやりだすとそれに夢中になってハマり、本編をそっちのけにするタイプだな？

彼に関しては新しい発見もあった。私と二人で話している時、常滑君は案外毒舌なのだ。

「大体さ、ちょっと魔法とか剣とか使えるようになったからって、すぐにそれに夢中になる脳筋具合が信じられないよね。ここはゲームじゃない。死んじゃったら終わりなんだよ？　いくら回復魔法があっても、絶対じゃないでしょ？　僕は絶対に死ぬわけにいかないし。それにそもそもさ、勝手に呼びつけた見も知らぬ人間に、いきなり魔王をやっつけてくれって頼むとか、どんな無理ゲーだよって思わない？　しかも、滅亡寸前とかで本当に困ってるならまだしも、この国、全然そういう感じじゃないし」

「確かに……」

そうなのだ。この王宮にいても『もう魔国に攻められていて国が滅亡しそう』みたいな悲愴感《ひそうかん》が今ひとつ感じられないんだよねえ。

それにしても常滑君や、本をパラパラめくっているだけに見えるのだが、いったい何をしているのだね？

なんと彼は速読ができるから、これでもちゃんと読んでいるし、内容を記憶しているのだという。

賢い、賢いとは思っていたが、彼の賢さはレベルが違ったようだ。

そんなふうにパラパラしながらも、なおかつ私と会話できてしまうのだから、彼の頭の中身はいったいどうなっているのだろう？

パラパラする本から目を離すことなく、彼が小声で私に言った。

「ねえねえ、知ってた？　鍛冶工房にあるミスリルとかの貴重な鉱石が実は魔国からの輸入品だったって」

「はい？」

物を輸入してるですと？　それって魔国と普通に国交が開かれてるってこと？　侵略されてるとかって話じゃなかったの？

「しかもだ。聞いて驚け、魔国には米がある……らしい」

「えええっ!!」

重大情報ゲットッ！　た、食べたい!!　ミスリルなんかよりもそっちの情報の方が重大だよっ！

だって、もう一カ月もお米を食べていないんだからっ!!　そろそろ禁断症状が出ちゃう!!　だって私、東北の米どころで育ったんだもん!!

Give me 米！ 私はとにかくお米が大好きだ。大好きったら大好きなのだっ！ だというのに、この国は基本パン食なんだよぉ。そしてここの国の人が作るご飯は、はっきり言ってあんまり美味《おい》しくない。

出汁《だし》もとらないしさ。肉や魚を焼いたり、煮たりして、ただ塩で味付けするだけ。食事にこだわりがある日本人を舐《な》めるな!! 無理矢理喚んだんだから、せめて美味《うま》い飯くらい寄《よ》越《こ》せや。

私の興奮をよそに、常滑君は淡々と話し続けた。この〜、若年寄めっ!! お前はお米様が恋しくないのか。私は夢に見るくらい恋しいぞ。

ちなみに若年寄というのは妙に落ち着き払っていた彼についたあだ名だ。ピッタリ過ぎて笑える。

「あと、魔国から食料も輸入してる。魔国は農業が盛んで食料自給率は余裕で百パーセントを超えているらしいから、余剰《よじょう》分を他の国に売っているんだよ。この国でも様々な農産物を輸入しているみたいだ」

「ええっ!?」

食料まで？

「たぶんアイツらが言う、魔国がこの国を滅ぼそうとしているっていうのは、嘘なんだと思う。もしくは被害妄想？」

「でも、実際に魔獣による被害は拡大しているし、魔国に連れ去られたお姫様がいたりするんでしょう？ なんちゃらっていう他の国の話らしいけど」

「ああ、アレね。実はそのお姫様は自国のロクデナシな王子に強引に結婚を迫られたもんだから、自分から国を出奔《しゅっぽん》したらしいぞ？　逃げる途中、魔の森で魔物に襲われているところを魔国の貴族に助けられ、見初《みそ》められて結婚。でも、ロクデナシ王子はそれが周りに知られると恥ずかしいから、見栄《みえ》を張って魔族に連れ去られたって言いふらしたんだってさ」

「うわっ、サイテー。そんなヤツもげればいいのに」

「魔獣による被害も、よくよく調べていくと、防御壁の補修に使う魔石をケチったことによる人災みたいなんだよね？　食料事情が悪いのも、税が高くていくら働いても満足に食べられない農民がその土地から逃げ出して流民《りゅうみん》になってるせいだし。たぶん魔族の国が豊かで栄えているから、できるならば適当な大義名分をつけて、横取りしたいって思っているだけなんじゃないかな。つまりさ、だいぶ都合良く僕達は利用されようとしてるんだよね。ホント頭がおかしいとしか思えない。しかもこの国に元の世界に帰還するための魔法陣はおそらく存在しないよ。都合のいい強い戦力をホイホイ手放すような奴らじゃないだろ？」

「よくそんなことを色々調べられたね」

「まあ、情報を集めるのは得意だから。戦闘訓練を担当している騎士達や魔法使い達は、意図的に僕達に都合の悪い情報が入らないようにしているだろう？　僕達の住んでる場所は隔離されていて、あまり一般の人とコミュニケーションが取れないようになってるし。後、王子と王女、どちらも【魅了】のスキルを持ってただろう？　クラスのヤツの何人かが既に【魅了】されてた。言動がちょっとだけ不自然なんだ」

「操られてるってこと？」

「まだそこまでは……。上手《うま》く誘導されてるって感じかな」

「うわー、サイテー」

「ちなみに灰谷さんあたりが一番危なそう。最近言動がおかしくない？」

「顔を合わせると嫌味しか言われないから会わないようにしてるんだよね。だからわかんない」

灰谷さんは、そこそこ美人で成績も悪くない。モデルさんみたいにスレンダーでスタイルも良く、自分に自信があるタイプ。たぶんモテるんだろう。付き合いたいと狙《ねら》った男は全部オトしてきたと前に教室で豪語していたし。

私は彼女を見て、都会のＪＫって肉食でコワイって思ったもんね。

私には彼女の言動が自分はビッチだと発言しているようにしか思えなかったが、付き合ったオトコの数が多いことは、彼女にとって自慢らしい。ああいう思い込みが激しく、すぐに人を見下すクセのある人間は本当に面倒だ。

しかも、こちらが関わりたくないとは思っていても、わざわざ近寄って来たりするのが困る。

彼女は同じクラスの人気者、円城寺《えんじようじ》翔君のことも狙っていた。が、翔君は『好きな相手がいるから』と全く相手にしなかったらしい。なんと、その翔君の好きな相手が私じゃないかと、彼女に誤解を受けたのだ。オー、マイ、ゴッド!!

確かに彼とは喋る機会は多かった。でも仕方ないじゃないか。だって席が隣なうえ、好きなお笑いタレントが一緒だったんだから。ごく普通に、お笑いタレントのネタの話で盛り上がっていただけなのに。

まあすぐに誤解は解けたんだけどね。当の翔君が「好きな相手はいるが、それは清水じゃない」とはっきり言ってくれたからさ。

「いくらゲームのように、魔法が使えたり、とんでもない技が使えるようになったからと言って、見知らぬ国であんなふうにはしゃいでいる奴らの気が知れないよ。それにここではもうこれ以上情報を集めることができそうもないから、僕はそろそろこの城を出ようと思うんだ。ねえ、清水さん。よかったら君も一緒に行かない？」

「……先生達は？」

「聖女や勇者が出奔したら目立つから無理かな。もしも帰還方法を見つけられたら、知らせるつもりではあるけど。それにしても清水さんってお人好《ひとよ》しだよね。先生もクラスメート達も、戦えない僕達にあんなに無関心なのに」

そうねー。でも、仕方ないよ。ここでの価値観がそうなんだもん。

「ここを出てどこに行くつもりなの？」

「当たり前の話だけど、この世界で魔法について一番詳しいのはたぶん魔族だと思うんだ。だからとりあえず魔国に行こうかなって。聞いてる限り、魔国は魔力の多い人の国というだけで、僕達が魔国と聞いて連想するような場所ではないみたいだし」

魔力をいっぱい持つ人の国が魔国かぁ。そこなら私も目立たずにスローライフが送れるかなぁ。

「でも、みんなが魔国に攻めて来るんじゃないの？」

「他の奴らはわからないけど、翔はそのつもりはないみたいだぞ？」

「そうなの？」

「翔は白鳥先生が好きなんだよね。こっちに来て、もう生徒じゃなくていいんだって喜んでた。今、頭がちょっとお花畑気味だけど、王族の傲慢《ごうまん》さには呆れてたから、言われるがまま魔国を攻めたりはしないと思うよ？」

「ええ!?　翔君、先生が好きだったの!?」

「うん。結構あからさまだったと思うけど？」

「全然、気がつかなかったー」

「清水さんらしいよね、そういうとこ。……他の奴らもなー、実際に『ヒト』相手に剣や魔法を使えるかは疑問だと僕は思ってる。だって、相手が死んだら殺人だぞ？　平和な日本で生まれ育ったヤツが、その一線を超えられるかなあ？　ゲームじゃないんだから、自分の命だって完全には保障されないんだぞ？　ホント、想像力が足りないよね」

私と常滑君は二人で「はぁ」と海よりも深い溜息《ためいき》をついた。

◆◆◆

常滑君と話した翌日、突然、私は宰相《さいしょう》とかいう人に部屋に呼ばれた。

薄い髪、それに反して濃い髭《ひげ》、ボヨンと突き出たお腹《なか》に小さい背。三重苦を絵に描いたような人だ。わずかに残った髪を撫《な》でつけ隙間《すきま》を埋める努力をしている。異世界にもバーコード禿《はげ》っているのねと妙に感心してしまった。

「城で働く者達から、苦情が出ていましてね。貴女が仕事を邪魔して困ると……。役に立たないだけならまだしも、真面目に働く人間の邪魔までするようならば、ここから出て行っていただくことになりますがよろしいですか？」

私はいったい何の事を言われてるか、さっぱりわからなかった。邪魔なんてした覚えはないぞ。いったい何の話？

「貴女がひどく無茶なペースでポーションを作るので迷惑してるそうですよ。城に納入される薬草などのポーションの原材料は、きちんと計画を立て、予算に従って納められるんです。しかも貴女が作るポーションはひどく出来が悪いそうじゃないですか。勝手にたくさん作られて困っていると、緑の魔法使い達から報告があがっていますよ。職業が野生児だと、周りの人のことがわからないんですかねえ。ここは文明社会ですよ？　好き勝手したいなら、山にでも行かれたらいかがですか？」

宰相のおっさんの話でやっと事情を理解したが、怒りがこみ上げる。

は？　私が作ったポーションの出来が悪い？　そんなわけないでしょ！

作った時にちゃんと鑑定して確かめたが、彼女らの作るものよりも、私が作るものの方が良い出来だったけど？　というか、この城で作られてたのを鑑定したら『アンダーポーション』ってなってたもん。回復量がポーションの基準に達してないみたいよ？

だって『小回復』の効果しかついていなかったからね。けど、私のは『中回復』だったもん。まあ、鑑定スキルを持ってるコトは内緒にしてるから、言えないけどっ！

よくよく見比べてみると私の作ったポーションの方がほんの少しだけ色が濃いんだ。

戦えないぶん何か手伝えることはないかと考えた私は、膨大《ぼうだい》な魔力と有り余る時間に任せて、ポーションを作りまくることにしたのよ。だってそれぐらいしかできることがなかったんだもん。

作る前にちゃんと「お城にある薬草や素材を使っていいですか？」って聞いたじゃん。「はいはい、どうぞー」って言ったくせにー。

確かに材料は城にあったものを使わせてもらっていたけど、作ったポーションは、一個たりとも自分のものにしてないのになんで文句言われるの!?

そもそも私がたくさんのポーションを作ろうと思ったきっかけは緑の魔法使い達の仕事ぶりがあまりにもひどかったからだ。

彼女達の仕事はそれはもうゆっくり優雅だ。『仕事する気あんのか？』と私は常々疑っている。

裾《すそ》の長いドレスみたいな服を着て、ちょっと薬草のお世話をしてはお茶を飲み、ものすごく時間をかけてポーションを数本分作っては、また休んでおしゃべりしながらお茶を飲んだり、お菓子を摘《つま》んだり。

いいのか、それで？

これで騎士様方よりも高い給料を貰っているというのだから驚きだ。

私はこういう人達をなんて呼ぶか知っている。『給料ドロボー』っていうのよ。

最近、一緒に異世界転移してきたクラスメート達が、戦闘訓練のためにガンガン『リアルひと狩り行こうぜ！』をやっているのだ。

とは言ってもまだそこまで強い魔獣を討伐しているわけではなく、近くに出没《しゅつぼつ》するゴブリンやオーク程度。

ただ、回復魔法持ちの白鳥先生が毎回一緒に行けるわけではないらしく、そうするとどうしてもポーションが必要になる。

つまりポーションの減りが以前よりも早くなったのだ。このままでは足りなくなるから、もっとペースをあげて作ってくれと、つい先日騎士団の人が緑の魔法使い達に言いに来ていた。

けれど緑の魔法使い達は冷たい態度。「これ以上は無理ですの」とケンモホロロだった。

お茶ばっかり飲んで、まったりとしか働いてないくせにさっ!!

騎士さん達は本当に困っているようだったので、彼女達がやらないならば私がやろうと思っただけなのに。

ポーションの作り方はそんなに難しくない。まずは『ウォーター』で作り出した水に「えいっ」と魔力を込めて魔力水を作る。そうすると透明な水にうっすら色がつくの。ごくごく薄い水色よ。

その魔力水と必要な薬草を容器に入れてぐるぐるかき混ぜながら緑魔法『調合』を発動。パアッと光ったあと淀《よど》んだ緑色だった容器の中身が、底が透けて見えるくらいの綺麗な薄い緑色の液体に変化したら完成だ。

ちなみにゲームのように、瓶《びん》に詰められた状態で出来上がってくる訳じゃありません。

魔力の漏れない特殊な瓶に自分で詰めるのよ。詰めたら封印の術式を蓋《ふた》に施《ほどこ》して完成だ。

出来上がったたくさんのポーションを私は騎士団の詰所《つめしょ》に届けに行ったら、大層喜んでもらえ、きちんとお礼を言われた。

騎士さん達はねえ、ちゃんとした人が多いの。騎士団長さんが有能で人望のある方で、よくみんなを鍛え、纏《まと》めてるんですって。礼儀も叩き込まれるらしい。

そんな感じで、本来ならば彼女達の仕事だったのを、できないって言うから手伝ってあげただけなのに、文句を言うのは筋違いだと思うの。

まあ確かに、満タンだった素材倉庫を一週間ですっからかんにしたケド。だってヒマだったんだもん。魔力も時間も余ってたし。何より必要だって騎士団の人達が訴えてたでしょ？

しかし、城にある原材料をほぼ一人で使い切ってしまった私は、緑の魔法使いさん達に『私達の仕事を無くされると困る』と怒られた。でも必要だって言われてるのに、作らないアナタ達が悪いんじゃないの？　材料は仕入れれば済むけど、人の命はそうはいかないのよ？

無意味にふんぞり返る彼女らに『この無能がっ！』と言いかけたけどやめた。

彼女達は自分が能力不足だと思っていない。プライドばかり高い彼女達と喧嘩《けんか》しても意味がないのよ。ただ私が不愉快《ふゆかい》になるだけ。

だって彼女達は『できない』のではなく、『できるけどやらないだけ』なのだと思っている。みんなに敬《うやま》われるべき自分達が、騎士などの頼みを聞く必要なんてないと考えている。

その傲慢《ごうまん》さには常々うんざりしていたものだから、ついついムキになってポーションを量産してしまったんだけどね。

仕方ないので、図書館で本の山に埋もれていた常滑君に愚痴《ぐち》りに行った。

すると常滑君は驚くようなことを言う。

「それはねえ清水さん、単純に嫉妬《しっと》されたんだよ。清水さんが作ったポーションを困ってた騎士団に届けに行ったでしょう？　それの回復量が今まで使ってたものよりもいいって、騎士達の中で噂《うわさ》になってたんだ。できれば全部このレベルのものにして欲しいって」

「うん」

「でも、それを作ったのは君だから城の緑の魔法使い達は困った。だって、君が自分達よりも有能だと知られては困るからね。だから嘘をついたんだよ。あれは新種の薬草を使って自分達が研究のために作った物だと。新種の薬草はまだあまり採《と》れないし、貴重だから量産はできないってね。そのうち新種の薬草は枯《か》れてしまったとでも言うんだろうさ」

「なんでそんな嘘をつくの？　バカみたい」

「この国には魔力を使える人がものすごく少なくて、あの緑の魔法使い程度の魔法の使い手でも、この国ではトップエリートなんだよ。だからプライドが高い。そんな彼女らよりも魔力があって、なおかつ性能のいいポーションを作る人間が突如現れた。しかもその人間の職業は『魔法使い』でさえなくてみんなに無能とバカにされてる『野生児』。このままでは自分達の存在価値がその『野生児』以下になってしまうと、彼女らは焦《あせ》ったんだろうね。だって清水さん一人でも、この国の緑の魔法使い達が数人がかりでやってる仕事が余裕でこなせちゃうでしょ？　このままならばそのうち、彼女らをクビにして人件費を削減しようって話が絶対に出てくる。貴重な魔法使いの給料は高い。君一人で済むならばその方が遥かに安く済む。あの王はより自分に利益がありさえすればいいと思っているからね。プライドの高い彼女らはそんな扱いには耐えられない。だからそんなことになる前に君を貶《おとし》め、何なら追い出して、自分達の立場を守ろうとしてるんだろう」

「なんでこの国には魔法使いがこんなに少ないのかな？」

「遥か昔、この世界の人間達は強い魔力を持つ者達に恐れを抱いて迫害したんだ。僕達のいた世界でも魔女狩りや魔女裁判が行われた時代があったでしょ？　あれと同じことがこの世界でも起こったんだよ。けれどある時、迫害された人々の前に、膨大な魔力と見たこともないような強力な魔法を使いこなす一人の青年が突如現れる。彼は仲間を集め、迫害された人々を連れて、人の立ち入れない魔の森の奥に消えた。やがて世界中から、迫害されていた魔法を使える人々が消え始める。彼らがどこに行ったのか誰にもわからなかった。けれどある時、突然、魔国の建国が告げられる。消えた人々は魔獣が跋扈する魔の森の奥深くで、青年を中心に国を作っていたんだ。魔力持ち達は皆、その国を目指して人間の国から出ていった。だから、やがて人間の国では魔力を持つ者がほとんど生まれなくなったというのが通説だね」

「そうだったんだ」

「でも、植物の生長を促進させたり、ポーションを作れる緑魔法は人々の生活に必要だったから、魔法使いが迫害された時代でも、おそらく匿《かくま》われながらほそぼそと血を繋《つな》いで来たんだろうね。白の魔法使い達も同じ理由で完全には血が絶《た》えなかった」

「………」

「そして魔国は治める王のもと発展を遂《と》げ、豊かで強大な国となった。人間達が国同士で下らない争いごとをして、お互いの国力を落としている間に、魔国は独自で自給自足態勢を整え、新しい技術も次々と生んでいった。魔国と他の国の国力の差は絶望的に広がり、攻め入ろうにも人間達は魔の森の奥深くにある魔国に辿《たど》り着くことさえできない。やがて各国の魔国に対する対応にバラつきが出始める。融和政策を取る国が現れたんだ。魔国と敵対せず、彼らの技術力を自分の国に取り入れ、国力を増強させる方針を取る王が出た。現在、魔国に通じる道は三本あるんだけれど、その三本は初期に魔国と融和政策を取った三つの国に通っているんだよ」

「……そうなんだ」

「うん」

「……王様達の言ったこと、全部デタラメじゃん」

「彼らは僕達のことを、都合のいい道具くらいにしか思っていないだろうからね。都合の悪い情報は与えないよ。知らないうちに首に縄をつけてしまうつもりかもね。実際に宮ノ下さんが世話係の貴族との結婚を勧められたらしいよ？　ハニートラップは一番手っ取り早い方法だ。愛情があると錯覚《さっかく》させられたら、抜け出せなくなるだろうね。ちなみに僕は勝手にフラフラしながら調べただけ。いつの時代も情報は命綱だよ」

なんだか気分がさらにどよーんとなってしまったよ。

「もう少しだけ準備を整えるから待っててくれる？　そうしたら城を出て魔国を目指そう？」

私はコクンと頷《うなず》いた。

その後、緑の魔法使い達との関係が悪くなったことで、彼らが城の人間達にあることないこと吹き込んだらしく、メイドや下働きの私に対する視線や対応が更に冷たいものとなった。

なんだか城に居づらくなったので、私は日中を城の外で過ごすことにしたのである。宰相に『野生児は山に行け』と嫌味を言われたので、城の裏手にある山に入って、人知れず、八つ当たりするように『ウォーター』や『ソイル』を使いまくった。『ソイル』で作った泥団子《どろだんご》（超硬い）を嫌いなやつに見立てた木に思いっきり投げつけたり、水鉄砲のように出せるようになった『ウォーター』で城の裏門の壁に『バーカ、バーカ』と書いてみたり、木の葉を一枚ずつ狙い撃って一本丸裸にしてみたりと、かなりくだらないことをやっていたのだが、おかげでスッキリしたうえに魔法のレベルが上がる。うん、ストレス解消って大事。

ついでに【鑑定】でそこら中を調べながら、食べられそうなキノコや木の実、薬草や香草なんかもせっせと集めた。

ウフフフフ、ここは私にとって宝の山だ。ああ、採集って楽しい！

日中は山に行くと言ったら、常滑君が自分で作ったというナイフを一本くれた。結構貴重な鉱石の入った逸品《いっぴん》だそうで、恐ろしいほどよく切れるのでありがたく愛用している。使い終わった後で、『クリーン』の魔法をかければ良いから、手入れもラクチン。

山でこっそりストレス発散がてら魔法を使いまくっているうちに魔法のレベルが少しずつ上がり、新しい魔法が使えるようになった。『ウォーターカッター』を使えるようになってからは、高い場所にある木の枝を切って、鬱蒼《うっそう》とした山に適度にお日様が入るようにしてみたりしたよ。

山というのはある程度人の手を入れてあげないと荒れるからね〜。

あ、今落とした枝、これ桜っぽい木だ。匂いを嗅《か》ぐとすっごくいい香りがする。これをチップにして使って、ベーコンとか作ると美味しいだろうな〜。よし、ストレージにナイナイしておこう。

【ストレージ】という異空間収納スキルの収納量は自分の総魔力量と比例しているらしい。つまりバカみたいに魔力のある私のストレージの収納量は膨大だ。

なのでその枝打ちして大量に落とした桜っぽい木の枝も、他の集めたものと一緒に、ストレージに収納した。いつかこれを使って美味しいベーコンを作れればいいなー。

山ではイノシシみたいな結構大きな獣やニワトリみたいな鳥なども見かけた。【鑑定】してみると食べられるらしい。なんと美味しさが表示されてる☆の数でわかるのよ。緑のトリさんの肉は☆3つ。【鑑定】って超便利。ちなみに☆3つの美味しさレベルは『かなりおいしい』よ。☆は五段階で、☆5つになると『この世のものとは思えないほどおいしい！』んだって。

いきなりこちらに突進して来た大きなイノシシもどきに驚きつつも、『ウォーターカッター』を飛ばして首をはねた。

よし、だいぶコントロールも良くなったぞ。やっぱり練習って大事ね。木を丸裸にした成果が出てる気がする。

しかし首がゴロンと地面に転がっても、しばらくは血を噴き上げながら、こちらに向かって走ってくるイノシシもどきにはビビった。うぎゃぁああああああ。こわいよー。

よ、よかったぁ。私の一メートルくらい前でバタンと倒れたよ。

よし、死んでしまえば怖くない。動かなくなれば、これは既にただの食用肉の塊《かたまり》だ。

私の育った東北の片田舎では猟友会《りょうゆうかい》のおっちゃん達が、猟が解禁の時期になると山に入って増えすぎた害獣を駆除していたものだ。

さらには山から人里に熊《くま》が下りて来ることもある。なるべく山に追い返すが、暴れたりすれば銃で撃って殺さなければならない。

そうして殺した動物達は解体され、食べられるものは村のみんなで食べていた。

え？　現代日本の話ですがナニカ？　日本昔話じゃナイヨ？

熊肉はちょっと硬いが、上手に調理すれば美味しいんだぞー。

うちのじーちゃんも猟友会の一員だったから、とってきた獲物を解体するのは私とおばあちゃんの仕事だった。なので現代っ子にもかかわらず私は動物の解体ができる。

シカだろうが鳥だろうが、イノシシだろうがウサギだろうがドンと来いだ。流石に熊は大きいから一人での解体はツラいかなぁ。でも手伝いがいればイケるよ？

倒したイノシシもどきはリトルブヒタンという名前だった。

【解体】のスキルを持っていたので、『血抜き』が魔法でできる。【解体】スキル持ちだからといって、「解体」と唱えて勝手にお肉になってくれるわけではないのだよ。解体するうえで時間がかかる作業の一部が魔法で短縮されるカンジかな。

『毛を抜く』とか『血抜き』とか。『熟成』も【解体】のスキルに入っていたわ〜。

血抜きが終わったら、ナイフを使って私と同じくらいの大きさのイノシシもどきを毛皮と肉に手際良く分けていく。

このナイフ、恐ろしいことに動物の骨だって大して力を使わず、簡単にスパっと切れてしまうのだ。便利だけどコワイ。

でも解体がとっても楽ちん。常滑君、ありがとう。いつかこのお肉をご馳走《ちそう》するね。

内臓は土を掘って埋める。うーん、毛皮はちょっとゴワゴワしてるなー。鞣《なめ》して何かに使えるかしら。この立派な骨はいつかスープを取ろう。豚骨《とんこつ》スープにするのだ。

さぞや美味しい骨髄《こつずい》が溶け出してくることだろう。出来上がりを思い浮かべながら、嬉々《きき》として獣の骨をストレージにしまう。

今の私は刃物を持って血塗《ちまみ》れでニヤニヤしているという、まるでスプラッタ映画のごとき様相なので、見ていた人がいたらドン引くこと間違いなし。

ここで、私はハッと気づいた。『なるほどこういうところが「野生児」なのかっ!!』と。

◆　◆　◆

魔国へ出奔する前の二週間ほど、私は毎日山に行って、植物や食べ物の採集や魔法の練習を兼ねての狩りを嬉々として行っていた。ひとりぼっちではあったが、ある意味毎日が充実していたと言える。

ストレージの中は時間の流れと切り離されているので、入れた時点の状態が保持されるのだ。ゆえに生肉を入れておいても腐《くさ》らないし、草が萎《しな》びることもない。温かいものを入れれば温かいまま、冷たいものを入れれば冷たいままだ。うん、とっても便利。

入れてしまえば重さも感じないから、どんなに大量の荷物を運ぶのだって楽ちんだよ。

城を出て仕事に困ったら、引っ越し屋さんとか宅配便屋さんをやろうかしら？

おまけにね、【解体】のスキルがこれまた使えるスキルだったんだわ。

【解体】スキルにある『脱毛』って魔法。すごいわよ〜。まずね、鳥の毛が簡単に抜けるの。手でやったらすっごく大変なのにね。この魔法を使うとそれはもう綺麗に抜けるんだから。

ふっふっふっ、この魔法って生きてる相手にも使えるのかしら？

あの偉そうな王様と宰相とか、スカした第二王子とかにこの『脱毛』魔法をかけてやりたい。ククク……。

まずい、精神がちょっと荒《すさ》んでるわ。深呼吸、深呼吸。スーハー、スーハー。

常滑君がどうやって魔国に行くつもりなのかわからないけど、行く途中にもご飯は食べるだろう。お肉や食べられるキノコがあれば助かるよね。食べてもよし、売ってもよしヨ。

お金も手に入れなければならないだろうし、できる準備はしておかなくっちゃ。

「モフモフ成分が足りないな〜」

私は田舎の家で猫やら犬やら、とにかくモフモフしているものをたくさん飼っていた。米やら野菜やら、食べ物を作っている家だったのでネズミが天敵だったのだ。なので猫や犬を飼ってネズミを退治してもらっていたのである。いつも何かしらの動物が私の側《そば》にいて、小さな頃から一緒に育った。

こんなに長い間モフモフしたものに触れなかったのは初めてだ。ああ、モフりたい。

魔国に行って生活が安定したら、何かモフモフしたものを飼えるかなあ？

「魔国に動物園ってないのかなー」

もしもあったら是非そこで働かせて欲しい。

お金があったら自分で土地を買って、モフモフしたものばっかり集めた動物園を作るのに。

ヒマなので歩きながら妄想して遊ぶ。それにしても自然豊かな山だなあ。食材の宝庫だよ。

あ、キノコだ。【鑑定】で美味しいって出たやつだからとっておこっと。

この蔓《つる》って、芋《いも》系の出てくるやつじゃない？

【鑑定】っと。やっぱりそうだー。山芋とか自然薯《じねんじょ》の類《たぐい》だから食べられるよ。フッフッフッ。シャベルがなくても、今の私には魔法がある。水魔法で穴を掘るのさ。水魔法を地面に向かって使うと穴くらい簡単に掘れるからね。

あ、あそこにあるのはキズ薬に使える葉っぱだ。わーい、大量大量。

あ、ミント系の虫除《むしよ》け薬を作れる葉っぱも見つけたぞ。んー、いい匂い。

薬草の類は、いつかどこかに定住した時、植えて増やそうと思い周りの土と根っこごと掘って、少しずつストレージに入れて集めている。

ストレージには生きたものは収納できないが、植物は別みたい。

自分から出て行くと追手がかかるかもしれないから、私達は追い出されて堂々と出て行く計画を立てた。

どうすれば追い出されることができるのか？　簡単だ。問題を起こせばいい。

決行当日はポーションの素材が再入荷した日。私はそれを使って、今度は一切自重せずにポーションを作った。とにかく作りまくった。

そうして、わずか一日で満タンの素材庫を再び空っぽにしてやったのだ。

作ったポーション類は薬品庫へ。あれ？　この前あんなにいっぱいあったのにポーションがもうこんなに減ってる。

ま、いっか。今日いっぱい作ったからこれでしばらく保《も》つよね。着替えやタオル、調合用具など必要なものは全部ストレージに入れて、いつでも出て行ける準備を整える。

翌朝やってきた緑の魔法使いが、空っぽの素材庫で両手を腰に当て、仁王立《におうだ》ちしている私を見て唖然《あぜん》とする。

次の瞬間、甲高い声で悲鳴をあげると慌《あわ》てて誰かを呼びに行き、戻って来た時は宰相と一緒だった。

聞けば私を目の敵にしていたこの緑の魔法使いタニアは、宰相の一族の娘だったらしい。

どうりでより一層偉そうだと思ったよ。ポーションを作れるからって、ずいぶん城の中で威張っていたのに、性能が上で遥かに大量のポーションを作れる私が現れたから、焦ったんでしょ？

あの仕事ぶりじゃあね。それに私のことを抜きにしても、高飛車で傲慢な態度のタニアは評判があまりよろしくなかったもん。侍女達に密かに嫌われてるのを知ってるんだから。

家柄も悪くないし、貴重な緑の魔法使いにもかかわらず、いい年して未だ婚約が整《ととの》ってないのはその性格のせいって聞いたけど？

そう、自分の立場が脅かされるのを恐れて、宰相にあることないこと告げ口しやがったのはこのタニアだったのだ。

空っぽの素材庫を見て呆然とする二人が、そっくりな間抜けヅラだったので可笑《おか》しくて、つい笑ってしまう。わっはっは。驚いたか。ザマア！

ハッと我にかえった宰相は私が作ったポーションの質を調べもせずに、真っ赤になって怒り出した。

「ロクに役に立たないポーションばかりまた山のように作るなんて！　そんな勝手な人間にいられると困ります。城から出て行きなさい！　貴女のお仲間だって、ロクに役目を果たせない役立たずな貴女なんて、近くにいられると目障《めざわ》りだと言っていましたよ？　『野生児』だなんて、野蛮《やばん》で本当にろくでもない!!」

宰相が私に出て行けと怒鳴っているのを、緑の魔法使いのタニアはニヤニヤしながら見ている。

私がいなくなるのが嬉しいのだろう。

ケッ！　どうせ最後だもん。言いたいことを言ってやる!!

「アンタの一族のその娘が無能なのを棚にあげて、よくそんなことが言えるわね。タラタラ、タラタラお仕事して、ポーション数本作るのになんであんなに時間がかかるのよ。ヘタクソ！　ああいうのなんて言うか知ってる？　給料ドロボーって言うのよ！　大金を貰ってるくせに、ロクに役目を果たせていないのはその娘の方でしょ？　私が勝手？　騎士団からポーションが足りないって言われてるのに、必要な本数を量産できない無能をありがたがって使ってるようなヤツに言われたくないわ。数人がかりであの程度の仕事しかできないなんて、ほーんと笑っちゃう。大して魔力だってないくせに、威張《いば》りくさってさ。なーにが計画に沿ってやってるよ。魔力も能力も足りなくてポーション作りのペースを上げらんないことへの言い訳でしょ？　できるんなら、計画を必要に応じて修正し、生産ペースを上げなさいよ。それができないならば、やっぱり無能ってことでしょ？　自分の身内だからって甘やかしてんじゃないわよ。このハゲオヤジ!!　そんなにその娘が有能だって思ってるなら、その娘に毛生え薬を作ってもらえばっ!!　少ない髪の毛をべったり頭に広げて貼《は》り付けて気持ち悪いのよ!!　これでもくらえ、『脱毛』っ!!」

あ、生きてる人間相手だけど使えちゃった。テヘペロ。

まさか、見下していた私にここまで言われるとは思っていなかったのだろう。二人とも顔を真っ赤にして、ワナワナ震えている。

だが、宰相は己のわずかに残っていた髪の毛とモジャモジャの髭が全部綺麗さっぱり抜け落ちたことに気づくと、今度は真っ青になった。慌ててまわりに落ちた毛を拾い集めているけど、無駄だと思うの。お前なんか一生ピカリンでいるがいいさ。

そこに別の人間が慌てて駆け込んで来る。

「さ、宰相様!!　大変ですっ!!」

どうやら手はず通り、常滑君も同じようなことをやらかして騒動を起こしたようだ。

こうして私達二人は宰相を怒らせてまんまと城を追い出され、自由な身の上となったのだった。

あー、せいせいした。

クラスメート達が泊まりがけで初めてダンジョンに戦闘訓練に行っている間の出来事で、その後、私と常滑君はサンルート商会に荷物運び要員として雇《やと》われて、魔国に向かったという訳だ。

◆　◆　◆

こうして私が事情を説明し終わった後、クリスさんは笑いながら青筋を立てていた。なんて器用な真似《まね》をするのかしら。

「こんな小さな子を異世界召喚だなんて、あの国は本当にロクなことをしませんねえ。国をあげて異世界から誘拐とは呆れたものだ。いきなり知らない世界に連れて来られて大変でしたね、可哀相に。この件はとりあえず団長に報告して、そののち団長から領主様に、領主様から宰相様か魔王様に報告することになると思います。けれど、それによって貴女の生活や自由が脅《おびや》かされることはありませんから、心配しなくていいですよ？」

私は背後にいたシヴァさんにぎゅうっと抱きしめられる。

「家族と無理やり引き離されたのか？」

「家族はもう亡くなっていたから」

私にとっての本当の家族は、高校入学前に亡くなったおじいちゃんとおばあちゃんだけ。

母は私を産んだ時産褥《さんじょく》で亡くなったし、父は既に再婚していて別の家庭がある。

私は生まれてすぐに父方の祖父母に預けられた。父一人では仕事をしながら乳幼児の世話はできなかったからだ。

最寄りの電車の駅まで車で四十分かかるような、自然豊かな場所で私は野山を駆け回りながらののびのびと育った。

しかし、高校に入る直前におじいちゃんとおばあちゃんが相次《あいつ》いで亡くなったために、未成年だった私は東京で暮らしていた父親に引き取られることとなったのである。

新しい奥さんはいい人で、なさぬ仲の私に大層気を使って優しくしてくれたが、父は長年離れて暮らしていた娘にどう接していいのかわからなかったようだ。まるで腫《は》れ物を扱うように恐る恐る私に接した。

なんてことはない。私は仲の良いごくごく普通の平和な家庭に突然紛《まぎ》れ込んだ異物だったのだ。

虐《いじ》められたりしたわけではないけれど、気を使わせていると思うと余計にそこは居心地《いごこち》が悪く、私は早く自立するためにバイトを始め、夜遅くまで家に帰らなくなった。

あそこでは私は明らかに異分子で家族ではなかったのだと思う。あのまま一緒に暮らしていれば、いつかそうなれたのかもしれないが、三年ほど一緒に暮らしても違和感は消えなかったから、やっぱり一生無理だった可能性が高い。

私がそう言うとシヴァさんは私を抱きしめたまま言った。

「俺に出会ってくれてありがとう。絶対に守るから、大事に大事にするから、だから俺の側にいてくれ」

こういう状況で、そういう不意打ちの口説《くど》き文句をサラッと吐《は》くのは卑怯《ひきょう》だと思うの。

乾いた心にシヴァさんの想《おも》いが染み込んでいく。

異世界に来て二カ月近く、たぶん私の心はずっと張り詰めっぱなしだったのだ。

異世界に喚ばれた時、二度と父の家に帰らなくていいことにどこかホッとしていた。でも、これから先どうすればいいかはわからなかった。

だってあの国では勝手に喚んだくせに、誰もが私をいらないと言ったから。

私はみんなのように、言われるがまま戦いに身を投じるなんてできなかった。誰かが死んだらその人の家族が悲しむもの。

私のおじいちゃんとおばあちゃんはもうずいぶん年だったけれど、それでも亡くなった時は悲しかった。心が張り裂けそうで、辛かった。自分のせいであんな想いを誰かにさせるの？　そんなことは耐えられない。

この世界で生まれたわけじゃない私は誰ともどことも繋がっていない気がして怖かった。ここでもまた私は『異物』なのかって。

シヴァさんが「ありがとう」と言ってくれた言葉にホロリと涙が出る。『私……この世界に来ても良かったんだ』って、そう思えたから。

ああ、心が傾く。こんなふうに子供みたいに抱っこされて、優しく包み込まれたら、もう無理だ。

泣きたくなんてないのに、嗚咽《おえつ》が洩《も》れる。

私はシヴァさんにしがみついて、逞《たくま》しい胸に顔を埋《うず》め少し泣いた。彼は私をあやすようにずっと頭を撫《な》でていてくれた。

その後、その日は一日ベッドから出られないことが判明。足はプルプル、腰はガクガク。うん、無理だ。

原因を作った男を泣いて赤くなった目で軽く睨《にら》むが、何故かニッコリ笑顔を返され、よしよしと頭を撫でられた。なんでじゃ。

そうしてシヴァさんは明らかに上機嫌な様子で「仕事に行って来るから、いい子で待ってろよ」と言って、みんなと部屋を出て行った。

マテ。今こそ回復魔法をかけて行けよ。私にはこんなところでのんびりしている暇《ひま》はないのだ。一日も早くお仕事見つけたいのに〜。

一人部屋に残され、気怠《けだる》い身体を持て余しながらベッドでゴロゴロしているうちに再び眠くなって、結局グースカ寝てしまった。図太い神経ですみません。

お昼頃、クリスさんがご飯を持って様子を見にやって来てくれる。ハッ、涎垂《よだれ》らしたマヌケな顔で寝てたかも！

柔らかいパンに味のついたお肉とシャキシャキのお野菜を挟んだ物で、ちょっと味が濃いめだけど美味しかった。

両手で持ってかぶりつくと、肉の旨味《うまみ》とお野菜のパリパリした食感が口の中で合わさって、ウマウマだ。そういえば固形物を食べるのも、自力で食べるのも久しぶりかも〜。

「体調はいかがですか？」

「足に力が入らない以外は問題なしです」

「ああ……まあ、それは許してあげて下さい。せっかく出会った番《つがい》がいきなり魔力切れで死にそうだったなんて、卒倒しそうな事態を目の当たりにした後だったので、その反動で。貴女が目覚めるまでは、本当に寝る間も惜しんで付きっきりで看病してましたよ」

「そうなんですか？」

そういえば、いつ目を覚ましても側にいた気がする。モフモフのわんこ姿で。

でもなんでわんこの姿だったのかしら？

「あれ？　そういえばその間、お仕事は？」

「みんな喜んで代わりましたよ。獣人達は誰もが番の大事さをよくわかっていますから」

「そういうものなんですか？」

「ええ、そういうものなんですよ」

喋りながら、クリスさんは持って来た果物をナイフで手際よく剝《む》いて、一口大に切って渡してくれた。

うーん、なんだろう。メロンっぽい味だ。甘くて美味しー。

「ねえねえ、クリスさん。ここで私に出来るお仕事ってありますか？」

クリスさんは軽く首を傾《かし》げて、不思議そうに言った。

「シヴァ副団長はかなりの高給取りですよ。飛びぬけて戦闘力が高いので、害となる魔獣を狩った際に出る戦利品による副収入も凄いです。狩った魔獣の素材は狩った者に権利が発生しますからね。数人で協力して倒した場合は山分けですが、副団長はたいていの魔獣を一人で討伐できてしまう力の持ち主ですから。もっとも副団長は売りに行くのが面倒だと言って、大半はそのまま死蔵してますけど。ですから、貴女が働かなくても一生贅沢《ぜいたく》出来るくらいの私財は既にお持ちです」

ほえ〜。

「いやいや。それはシヴァさんのものであって、私のものじゃないし」

「世の大概の女性は、旦那《だんな》様の財産は自分の財産でもあると思っていると思うんですが、貴女のいた国では違ってたんですか？」

うーん。うちはおじいちゃんもおばあちゃんも一緒に米や野菜を作っていた農家だった。だから収入は二人で一緒に働いて稼《かせ》いだものという認識で、稼いで来て貰ったものを使うというのとは違ってたと思う。もちろん私も小さな頃から、できることはお手伝いしていたし。

「んー、そう思ってた人もいるだろうけれど……でも私の生まれ育った国には『働かざる者食うべからず』っていう言葉がありましてね」

「ええ」

「養ってもらわなきゃならない子供ならともかく、小さいなりですが一応大人の部類なので、自分の食い扶持《ぶち》くらいは自分で稼ぎたいと思うわけですよ」

「ふふっ。なるほど。それは素晴らしい考え方ですね～。では職業斡旋所《あっせんじょ》に行くことをオススメします。きっと貴女に合ったお仕事が見つかりますよ。シヴァ副団長は明日非番のはずですから、案内してもらうといいでしょう。魔国の職業斡旋の仕組みとか、場所とか。来たばかりでは町中の様子もわからないでしょうし。家を借りるにしろ、住み込むにしろお給金の相場とか、色々教えてもらいながら、条件の良いところを探した方が効率的です。副団長が身分を保証してくれるというのも色々有利に働きますよ？　まあ、仕事と住むところが見つかるまでは、ここにいても良いと団長に許可をもらっていますから、心配しなくていいですけれどね？　ですから、仕事も住む場所も焦って飛びつかず、じっくり選んで決めて下さいね」

長いお耳をふるふる揺らしながら、クリスさんは優しくそう言ってくれた。

でもサンルート商会へ行き、預かっている荷物を引き渡せば、荷物運びのお仕事が終了となって、たぶんお金がもらえると思うの。

そうしたら、良さげな宿屋を紹介してもらって、仕事と住むところが見つかるまでは、とりあえず宿屋に泊まろう。いつまでもここにお世話になるわけにもいかないし。

今後のことについて密かにそう決心した私だった。

種族的ストーカー気質らしい蒼銀《そうぎん》わんこのことは、ちょっと頭から退《ど》けておいた。考えると頭が痛くなりそうだったからね〜。

三章 ミホ、お仕事を探しに町に出る

I've come to the other world, my occupation is "wild child".

翌日、私は出かけるためにストレージから着替えを取り出して着替えた。エビール国で用意してくれたもので、ごくごくシンプルな生成《きな》りの襟《えり》付きシャツと焦《こ》げ茶色のひざ丈スカートだ。はっきり言って肌触りが超悪い。他に着替えがないから仕方なく着ているが、お金に余裕ができたらもう少し肌触りの良い服が欲しい。そしていざ出かけようとした時……靴がないことに気づく。

「シヴァさん。私の靴、知りませんか？」

「うーん、ここに連れ帰った時には既に履《は》いてなかったぞ？　もしかしたら飛んで連れ帰って来る途中に落として気づかなかったのかもしれん」

なるほど～。私は意識を失ったままだったしなー。どうやら空中を移動中、いつの間にか靴は無くしてしまったらしい。まあ、ちょっとサイズも合ってなかったしね。しかし靴の替えまでは持ってないのよ、困った。

こんなでっかい人達の靴なんて借りれないし、どうしよう。サンルート商会に着いたら、まずは靴を買うにしても、そこまで裸足《はだし》で歩いて行って平気かしら？

「まあ、靴なんてなくても問題なかろう。ほら、用意できたなら行くぞ」

その言葉と共にひょいと抱き上げられる。シヴァさんは左腕に私のお尻を載《の》せ、右手で落ちないように背中を押さえてくれる。これは子供抱っこというやつでは？

え？　まさかこれで行くの？

抱っこのまま移動ですと？　町中をずっと？　問題ないどころか、大アリでしょ？　むしろ問題しかないと思う。

「一人で歩けるから下ろして～」

私はジタバタ暴れつつ、てしてしとシヴァさんの腕を叩《たた》いた。しかし彼は私をしっかりホールドしたままで、私の主張は全く取り合ってもらえずスルーされる。部屋から出て廊下を速足《はやあし》で移動。

「靴がないんだろ？　町の道路は整備されているが、流石《さすが》に靴下一枚じゃ危ないぞ。とりあえず、靴を買うまではおとなしく抱っこされとけ。ちっさくて可愛《かわい》いから大丈夫だ。じゃ、行ってくるわ」

最後の一言は玄関先で行き会ったクリスさん達に向けたもの。クリスさんはニコニコしながら、手を振って見送ってくれた。

「お気をつけて。いいお仕事が見つかるといいですね。まあ、仕事が見つからなくても副団長のところに永久就職すればいいですよ。ワタクシ的にはそれをオススメします。副団長は狩りが上手ですから、一生食いっぱぐれませんよ」

そうねー、食いっぱぐれないって大事よね。って、チガウわっ！

魔国に来たばかりで、しかも会ったばかりの人に永久就職とか流石にどうなのよ。

いや、まあ、そうはいっても、エッチなことしちゃった相手なんだけどさ。

シヴァさんがどうとかじゃなくてね、うーんともうちょっとこう、時間をかけて段階を踏みたいわけですよ。奥手な日本人なのでっ！

一人脳内で悶《もだ》えるが、もちろん口には出さない。

「行き先、まずはサンルート商会でいいのか？」

私の抵抗などこの細マッチョには無意味だった。なので「はい。お願いします」と答える。うん、人間、諦《あきら》めが肝心《かんじん》だ。そして魔国に来て初めてのお外だっ！　うわあ、視線が高い！

賑《にぎ》やかな通りを抜けて行くようだが、あのう……なんかみんなすっごくこっちを見てるんですけどっ！　なんかたまに頬《ほお》を抓《つね》ったりしてる人がいるんだけど、大丈夫かな？

私も恥ずかしいなら、顔を伏せていればいいのかもしれないが、賑やかで活気のある町の様子が気になって、ついキョロキョロ見回してしまった。

根がお子様なので好奇心には勝てず。私の羞恥心《しゅうちしん》は好奇心よりも断然弱かったようだ。

建物は煉瓦《れんが》っぽい作りや木造が多い。まるで中世ヨーロッパのような町並みで、どこもかしこも可愛かった。そしてここはどうやら結構大きな町のようだ。

「ねえねえシヴァさん、ここは魔国のなんていう町なの？」

そういえば町の名前を聞いていなかったよ。旅の間にも町の名前は聞かなかったような。

「『東の砦《とりで》の町』だ」

びっくりするほどそのまんまの名前なのね。

歩きながらシヴァさんはこの魔国について色々と教えてくれた。

この魔国はど真ん中に高く険しい山がそびえたっている。その山を囲むように東西南北と四つの領地があるのだという。王都は北の領地にあって、大きなお城に魔国を治める魔王様が住んでいるんだって。

東、西、南の三つの領地にはそれぞれ領主様がいて、領地を治めている。領地の中には更にたくさんの自治区が存在し、自治区を治める長《おさ》がいる。

この東の領地の領主様は竜人族の方らしい。東の領地は気候に恵まれており、土地も緑が多く豊かだ。農業や牧畜が盛んで、多くの獣人が住んでいる。

南の領地はとにかく暑い。ここには身体《からだ》の大きな巨人族や鬼族が多く住んでいる。寒いのが大の苦手らしい巨人族と鬼族は、一年を通して寒くならない南の領地を望んだんだって。寒くはならないが、夏がすっごく暑いみたい。

西の領地は沼や大小の湖が数多く点在するため、人魚族や魚人族、水辺が好きな獣人族などが多く住んでいるのだとか。聞きました⁉　人魚ですって！　ところで魚人と人魚はなにが違うのかしら？

そして王都のある北の領地。ここは年の半分が雪と氷で閉ざされる、寒さ厳しい場所らしい。普通、王都って一番気候に恵まれた住みやすい場所に作ると思うんだけど、どうして一番住みづらそうな場所に王都を作ったのかしら？

話を聞きながらも、見たことないものを指差しては『あれはなあに？』と聞くと、シヴァさんは全部ちゃんと説明してくれた。ただ説明はだいぶ大雑把《おおざっぱ》だったけれどね。

そして獣人さんがいっぱーい。モフモフ好きな私には夢のような場所だ。あ、あの尻尾《しっぽ》はなんの獣人さんかしら？　まるで映画やゲームの世界に紛《まぎ》れ込んでしまったようだ。まあ、異世界なんだけども。

東魔《とうま》大門は東の砦と繋《つな》がっている。防衛団の本拠地はもちろんその砦。広い敷地の中には食堂や団員の宿舎、訓練場や医療棟など様々な機能を備えている。その門を出て、町中に向かう大きな道が一本。それを進んでいくと、そのまま町のメインストリートに繋がっているようだ。

賑やかな町のメインストリートにはたくさんのお店が並んでいて、並んでいる品物も豊富だった。行き交う人々の格好はみんな小綺麗《こぎれい》だし、エビール国の町で見た、飢えた目をした痩《や》せ細った子供もここでは見かけない。建物は木で作られたものと石や煉瓦でできたもの半々くらいかな？

道は広くきちんとレンガが敷かれていて、ゴミなども落ちていなくて綺麗に整備されている。ところどころに花壇《かだん》なんかもあって、色とりどりの花が寄せ植えされ、行き交う人の目を楽しませてくれた。

（なるほどねー。これはあの国王の国なんかじゃ太刀《たち》打《う》ちできないわ）と私は内心で呟《つぶや》いた。

あの国は王都でさえももっと荒廃が進んでいたもんね。人心も町中も荒れてすさんでいた様子を思い出す。

魔国はキョロリと見回したどこもかしこも豊かで清潔で綺麗だ。こういうところで、この国にいかに余力があるかがわかるもんなんだよね。人心が荒れている国や町は公共の場がたいてい汚れている。自分が生きることに精一杯で、余計なことに力を使えないからだ。

公共の場所を綺麗に保つにはお金がかかるからねえ。もしもこれを公共機関ではなく、住んでいる人が自発的にやっているのだとしたら、なお素晴らしい。彼ら自身にそれだけ生活や精神的ゆとりがあるってことだからね。

そうして町中を少し歩いた先に、一層賑やかでいかにも新しい建物の大きな店があった。どうやらそこがサンルート商会の店舗《てんぽ》らしい。

「ほら、ここだ。邪魔するぜ」

広く開け放してあった出入り口を抱っこされたままくぐり中に入る。

「いらっしゃいませ！　おや、副団長様ではありませんか。今日はずいぶん可愛らしい方を連れておいでですね？　いつの間に作られたんで？　確か奥方様はいらっしゃらなかったと記憶しておりますが」

すぐに対応してくれたのは大柄な老人だった。どうやらシヴァさんと顔見知りらしい。

「子供じゃねえ。これは俺の嫁だ」

一瞬で賑やかだった店内がシーンと静まり返り、視線が集中。

これはあれか？『あんな子供が不釣《ふつ》り合いな』とか思われてるんだろうか。しかも、確かに番《つがい》だとは言われたけど、まだ嫁にはなってない……はず……だよね？

まさかエッチしちゃったら、即日嫁になるルールとか？　こっちの結婚のシステムがわからーん。こんなこと今更誰《だれ》に聞けばいいの？

老人はシヴァさんの言葉を聞いて大胆に笑う。

「ほうほう、幼妻《おさなづま》がお好みだったのですか？　まあ、育てる楽しみもございますからな。もちろん、人様の趣味にとやかく言ったりはいたしませんとも……ふぉっふぉっふぉっ!!」

「言葉を返すようだが幼く見えてもミホはもう成人してるぞ。お前んとこの若旦那《わかだんな》に荷物運びで雇われたと聞いているが？」

「荷物運び？　ああっ！　ではこのお嬢さんが息子達の命の恩人だったのですね？　フォレストド

ラゴンの群れの暴走から、守ってくれた娘がいると聞きましたが、こんなに小さなお嬢さんだとは思いませんでした。息子達がお世話になり本当に感謝します。おい、誰かダンカンとミンミンを呼んで来てくれ」

声をかけられた店員が、慌《あわ》てた様子でパタパタと奥に駆けていく。

「ああ、俺達が駆けつけるまで、旅団の全荷馬車ごと防御魔法で守ってたな」

「本当にありがとうございました。私の息子夫婦を助けて頂いて……」

ん？　夫婦？　誰と誰が？

一緒に旅したメンバーの中に、夫婦らしき人はいなかった気がするんだけど……。

「夫婦？」

コテンと首を傾《かし》げると『可愛い。なんだこのイキモノ。ヤメロ、俺の理性を試しているのか？』という呻《うめ》くような声が、耳のすぐ近くから聞こえてくる。よし、とりあえず無視しよう。

「ええ。私の息子とミンミンは夫婦なのですが、ご存じありませんでしたか？」

「ええ――っ!!　あの二人が夫婦!?」

思いあたるフシがあるようなないようなと思っていたら、私の名前が大声で呼ばれたではないか。

「ミ――――ホ――――!!」

店の奥から凄《すご》い勢いで飛び出して来たのは、ミンミンさんだった。キャラメル色の髪を三つ編みにして、頭の両サイドでくるくるお団子に纏《まと》めているキリッとした美人さんだ。旅に出る前の準備では、随分《ずいぶん》色々とお世話になった。

「体調は大丈夫なの？　会いに行きたかったんだけど、砦の防衛団の敷地内はおいそれと入れる場所じゃないから、会いに行けなくて。みんな心配してたのよ？」

「ご心配をおかけしましたが、なんとか回復しました」

魔力はね……。体力と精神力はビミョウかな。

抱っこされたまま下ろしてもらえないので、精神は今もガリガリと削《けず》られ中デスヨ。

ミンミンさんに続いて出て来たのは頭を短く剃《そ》り上げたガッシリ体型の大男、ダンカンさん。顔の造作ははっきり言って怖い。絶対に客商売向きではないと思う。これがサンルート商会の次期会頭だなんて大丈夫なのかしら？

「おうっ！　ミホじゃねーか。なんだなんだ、色男に抱っこされて。早速男を捕まえるなんてなかなかやるな!!」

よくねー。全然よくねー。若旦那には、そういうことをあえて言わないデリカシーが必要だと思うの。山賊《さんぞく》みたいな見かけだけど、客商売なんだからさ。

ここで色々聞かれると面倒だから、サッサと用件を終わらそうっと。

「あの、お預かりしてた荷物を……」

そうなのだ。私と常滑《とこなめ》君はエビール国の王都で荷運び要員として雇《やと》われ、サンルート商会の商団に混ぜてもらい魔国を目指したのである。右も左もわからない異世界で、いきなり二人きりで旅に出るような無謀《むぼう》なことをする常滑君じゃなかったからね。彼はきちんとその辺の算段もつけた上で、城を出奔《しゅっぽん》する計画を立て、タイミングを図って決行したのである。【ストレージ】という異空間収納スキルを持っていた私達はサンルート商会のお引っ越しには非常に得難《えがた》い人材だったというわけだ。

預かったまま時間が経《た》ってしまったけれど、違約金みたいなのが発生するかしら？

「ああ、じゃあ倉庫に行くか。こっちに来てくれ」

一旦《いったん》外に出てから、店舗の裏にある大きな倉庫に案内された。私は抱っこされたまま移動。みんながなんだか微笑《ほほえ》ましげに見てくるのはナゼ？

この【ストレージ】の収納力は持ってる魔力の大きさによって変わるらしい。魔力が多ければ多いほど、たくさん収納できるのさ。しかも時間の経過がないため、温かいものを入れれば温かいまだし、生肉を入れても腐《くさ》ったりしないのよ。

私ねー、魔力量だけはあるのよ。つまり収納できる量が膨大なんだわ。かなり重宝だよね？大きな岩だろうが木材だろうが、この身ひとつで運べちゃうのよん。お仕事見つかんなかったら引っ越し屋さんをやろうかしら。

案内されたのはどうやら大きな物ばかりを保管するための倉庫だったらしく、工事現場みたいな様相だった。指示されたスペースに預かっていたものをどんどん出していく。

レンガでしょ、材木でしょ、あとは大きな石の塊とかよ。あら、重いものばっかりだけど床が抜けたりしないかしら？

「ストレージ持ちなのはともかく、この量が入るストレージなのかよ。チッ、おい、ダンカンとやら。わかってるとは思うがこのこと、やたらと人に言うんじゃねーぞ」

背後で唸《うな》るような声を出してるのはシヴァさんだ。

「もちろん。うちでは俺と妻のミンミンともう一人にしか、ミホのストレージの容量が凄いことは知りませんぜ。護衛として雇った冒険者の中にストレージ持ちがいたと偽の情報を残して来ているし、魔国についてきてくれたうちの店の奴《やつ》らは口が堅いから心配いらん。それよりもミホ自身に気をつけさせた方がいい。自分がいかに特殊であるか自覚がなくて危なっかしすぎる。まあ、アンタが側《そば》で旦那として目を光らしているなら、そうそうミホをどうにかできる輩《やから》がいるとは思えんがね。そういう意味ではミホは強運なんだな。魔国に着いてすぐにこんな強力な保護者を確保したんだから」

おおっ。若旦那がわりと丁寧《ていねい》な言葉で喋《しゃべ》っとる。でも、山賊みたいな見かけだから、違和感が半端ないわー。

若旦那の言葉を聞いてシヴァさんがふうっと小さく息を吐いた。

「なるほど。サンルート商会は魔国では新興だが、今代も次代も有能だと聞こえて来ている。覚えておこう」

「是非ともご贔屓《ひいき》に」

私が預かっていた荷物を全部出した後に、若旦那が書類と照合。問題がなかったので、無事にお仕事終了となって報酬《ほうしゅう》を貰《もら》った。引き渡しが遅れた分の違約金などは特にとられないで済みそうだ。よかった〜。

およよ、なんか中身がいっぱい詰まった小さな革の巾着《きんちゃく》を渡されたんだけど……。この世界、紙のお金ってないのかしら。全部コインとか嵩張《かさば》るし、重くて嫌だわ。

「本来の報酬の他に、親父《おやじ》から特別報酬も出ているぞ。詳細を言うか？　息子夫婦が死んで、積荷も全部パアになる可能性もあったわけだからな。ミホの仕事に護衛業務は入っていなかったから、その分の報酬は親父がかなり大盤振る舞いしたみたいだぜ？　命は金では買えないってな」

ちょこっと巾着の紐《ひも》を緩めて覗《のぞ》き込むと……げげっ!!　なんか銀色と金色が半々くらいで入っているんだけど。

金貨って確か小さいのでも一枚十万円相当とかじゃなかった？

こわいー。いきなりこんな大金、持つの怖いよー。とりあえずストレージに仕舞《しま》っちゃえ。

あ、でもこれで当座の生活はなんとかなりそう。良かった～。金銭的ゆとりってやっぱり大事よ。

「そういえば常滑君は？」

一緒に城を出奔してきた同級生はどこにいるのだろうか？

「サトルならば、仕事が見つかったって言って、昨日ここを出ていったぞ？」

一緒に異世界転移してきたクラスメートの一人である常滑君は、元の世界に帰る方法を見つけるために魔国へ行くことを決めた。まあなんにせよ、生活基盤を整えないことには、何もできないもんね。

「すごーい。もう決まったんだ？」

流石クラス委員長。そつが無い。私も頑張らなくちゃ。

「おうっ。なんでも武具や防具、魔道具の製造、整備なんかをする工房での仕事だって言ってたぞ？　そこの親方のドワーフに気に入られたらしい。ほとんど弟子をとったことがない人らしいが……」

私は何か知ってるんじゃないかと思って、シヴァさんを見上げた。

「ああ、そういえば。砦の連中が騒いでたな。鍛冶師《かじし》のドワンゴが弟子をとったと……。腕はいいが気難しい職人でな、珍しいこともあるもんだと思ってたが知り合いだったのか？」

「うん」

「ふうん。ま、ドワンゴのとこにいるならいつでも会いに行けるさ。今度連れてってやる。じゃあ、報酬も受け取ったなら次に行くぞ」

シヴァさんは私を抱えたまま、長い足でスタスタと歩き出し、サッサと店を後にした。

ああっ、靴を買いたかった!!

「くつ～」

私が悲しげに呻くと、ヨシヨシとあやすように撫《な》でられる。

「靴は後でいい店に連れて行ってやるから。せっかくならば足に合った良いものを作って貰った方がいいぞ」

そういうものなの？　でも、靴なんてすぐにはできないでしょ？　いい加減、歩きたいんだけどなー。

「そろそろ自分で歩きたい」

「可愛いから、今日はだめだ」

無表情のまま何を言ってんのよ。意味がわからん。

歩きながらそれぞれの貨幣の価値を具体的に教えてもらった。

鉄銭　十円
鉄貨　百円
銅貨　千円
銀貨　一万円

金貨　十万円
大金貨　百万円
白金貨　一千万円
なんともらった報酬には大金貨が数枚混じっていたことに後で気づいて、大いにビビった。

◆　◆　◆

さて、私は現在『魔国職業斡旋所《あっせんじょ》』に来ている。

カウンターの向こうには、垂れたお耳が可愛い犬獣人のお兄さん。きゅるるんっという感じのラブリーな笑顔で対応してくれている。

ここに来る前、町を歩きながらシヴァさんが説明してくれたとこによると、今の私が魔国でお金を稼《かせ》ぐには主に二つの方法があるらしい。

まず一つ目は『魔国冒険者ギルド』に行き、冒険者登録をする。その後、依頼を受けて達成し、報酬を貰うという方法。

冒険者になるための規制は『犯罪者じゃないこと』というくらいで、能力によって制限されていたりはしない。ただ、受けられる依頼には当然ランクが存在する。低ランクから始めて、依頼を達成して経験を積み、自分のランクをあげれば、高額報酬の難しい依頼も受けられるようになる。いわば個人事業主のような形だ。

誰でも簡単になれるけれど、収入が安定しないのが玉に瑕《きず》。

二つ目は『魔国職業斡旋所』で働く場所を斡旋して貰うという方法。この場合は雇い主から『働く条件や技能』を提示されている。

食べ物屋ならば料理スキルがあった方がいいとか、農業関係ならば緑魔法や茶色魔法を使える人を求むとかだ。

ただどちらに行ったとしても、『簡易鑑定石』を使っての、基本能力鑑定は必須だという。

ハア、ちょっと心が重い。鑑定にはイヤな思い出があるのだ。

それはステータス表に表示される、私の職業欄に書かれていることが原因だ。私の職業はちょっと変わっているのである。

なんと私のステータス表の職業の欄《らん》には、『野生児』と書かれている。一緒に転移してきた子達が勇者だったり、魔法使いだったり、剣士や格闘家《かくとうか》など格好いい職業を有していたのにもかかわらず、私は『野生児』。見た瞬間、そりゃあもう落ち込んだ。

だってせっかくならば、魔法使いとかになりたいじゃないか。その方がわかりやすいし、何よりも格好いい。

そりゃあ私はサルのように、野山を駆け回って遊んでいたけれどもねっ!!

その職業を見て、みんな嘲笑《あざわら》った。明らかに馬鹿《ばか》にした笑いだった……ような気がする。

右も左もわからない世界で、自分よりも明らかに立場が低い人間を見つけた安堵《あんど》から来る嘲笑《ちょうしょう》。

その瞬間、クラスメート達だけでなく城の人々さえも、私は見下していい人間なんだと決められたように思えた。

全員ではないけれど、実際にその後の周囲の人間の私に対する態度は、酷《ひど》いものだった。

昨日まで、ごくごく普通に付き合ってきたクラスメート達の変貌《へんぼう》は、私を軽い人間不信にしかけたが、残念ながら私は大変神経が図太かった。

もう一人、バリバリの生産職だった男の子と共に、城から出奔。晴れて自由の身となって、こうして魔国に辿《たど》り着いたのだ。

ただ、あのイヤな視線は未《いま》だに忘れられない。また、同じことがここでも起こったらどうしようと暗い気持ちになる。

馬鹿にしたような蔑《さげす》んだ目で見られるのは、いくら私の神経が図太くてもやっぱり辛《つら》いのだよ。

シヴァさんの膝《ひざ》の上に座ったまま、目の前の鑑定石に手を置くのを躊躇《ちゅうちょ》していると、大きな手が私の頭を優しく撫でた。

振り返ると、「気が進まないならば、無理にやらなくてもいいぞ？」と背後の男に言われる。

「サッサと俺の嫁になればいいだけだしな。でろでろに甘やかして、部屋から一歩も出なくても生活できるように一から十までぜーんぶ面倒見てやるぞ？」

なんて恐ろしいことをそんなに楽しそうに言うんだ、この人は。そんな廃人《はいじん》みたいな生活ヤダー。

私はまっとうに働きたいです。

勇気を振り絞《しぼ》って鑑定石に手を置くと、ピカリと光った後、何やら書かれた紙が、鑑定石の下の台から吐き出されて来た。なんとなくみんなでそれを覗《のぞ》き込む。


【清水美穂（きよみず　みほ）】

18歳（♀）

体力　514
魔力　84322
かしこさ　108
適性魔法色　緑色／青色／茶色
スキル　料理／掃除／解体／鑑定／テイム／製薬・調合
特殊スキル　まねっこ／ストックボックス／異世界言語／ストレージ（異空間収納）
職業　野生児
称号　銀狼《ぎんろう》の番（仮）

あ、体力も魔力も増えてる。かしこさもちょびっとだけ上がってる。うーん、体力と魔力に比べて、かしこさの上昇値がしょぼいのは何故《なぜ》。

シヴァさんは称号を見て、ニンマリしていた。一方、犬獣人のお兄さんは何故か物凄く興奮している。

「うわぁあああ。凄い、凄い。こんな魔力値、魔国でもあんまり見ませんよ？　しかも魔法色、三色もお持ちだなんて!!　スキルもたくさんで素晴らしいですね。しかも職業『野生児』様だったなんてっ!!　感動ですっ！　伝説や噂《うわさ》では聞いたことありましたけれど、お会いするのはもちろん初めてで！　確か初代魔王様の奥様、魔王妃様がお持ちだった職業ですよね！　初代魔王様がこの魔国を作る時の仲間のお一人で、彼女のおかげで、魔の森の中での国作りが非常に上手《うま》くいったって本で読みました。魔国、東の砦の町にようこそ!!　こんな素晴らしいステータスをお持ちなのに、見せるのを躊躇《ちゅうちょ》される謙虚《けんきょ》さ。流石、自然に愛される『野生児』様ですね！　こんなに素晴らしい能力をお持ちなら、お仕事だって引く手あまたですよ？　わぁ、どこがいいかなあ……。どこに紹介しても喜ばれるだろうなあ」

お兄さんは見るからにウキウキしながら、ファイルのようなものをペラペラ捲《めく》り始めた。白っぽい尻尾がブンブン左右に振られている。

どうやら、何らかのお仕事は紹介してもらえそうだ。どこも紹介できませんって言われなくて良かった！

するといきなり、横からにゅっと何かが出て来て、私の鑑定用紙にたしっとモフモフの手（前足？）が乗せられた。

こんなに大きな手ならば、きっと肉球も大きくてプニプニでさぞ触り心地がいいだろう。どうか心ゆくまでフニフニさせてくれまいか。無心で肉球をフニフニするあの至福といったらないよね。

手の持ち主を見ると、なんとそれは巨大な二足歩行の猫だった。グレーの虎柄《とらがら》が美しい。身体は毛足が長いのでより大きく見える。

長くてもっふりした尻尾がピンと立っているのがまたイイ。長いお髭《ひげ》もピシッと張っていて立派だ。猫好きにはたまらないその姿に、私はズキューンッと心を撃ち抜かれる。

思わずシヴァさんの膝から飛び降りて、人目もはばからず、ボスンッとそのデカイにゃーに飛びついて、柔らかい毛に包まれたお腹《なか》にスリスリと頬ずりした。

仕方ないのよ。だってモフモフ成分が不足していたんだもの。

ああ、気持ちいい!!　でも、ちょっと毛の手入れが足りないわ。

私だったら丹念にブラッシングしてあげて、もっと毛艶《けづや》を良くしてあげるのに!!

「どこの子ニャ？　ずいぶん人懐《ひとなつ》っこいちびっこだニャー。フフフ、話は聞いたニャ!!　そんな素晴らしい人材ならばうちによこすニャ!!　うちはずーっと人手不足ニャよ。そろそろ過労死しそうだニャ!!　いい加減、誰か欲しいニャ――――!!」

「いやいや、貴方《あなた》のところが人手不足なのは仕方ないでしょう？　だって何人送っても、送り返されて来るんですから。この一年でいったい何人ご紹介したことか」と呆《あき》れたように言う、犬獣人さんの声が聞こえる。

「それは仕方ないニャ。アイツらに気に入られなかったら、ウチでは仕事にならないニャ。送り返してるんじゃなくて、みんな勝手に出て行くニャ」

毛皮のモフモフをスリスリして堪能《たんのう》していると、背後から腰を摑《つか》んで引き寄せられ、べリっとニャーから引き離されてしまった。

「あうぅ、モフモフ」

私があんまりにも悲しそうな声を出したからか、パサリとシヴァさんの尻尾が私の頬を撫でた。

「ほら、尻尾を貸してやるからここで大人しくしとけ。むやみに他の男に抱きつくんじゃねえ」

男になんて抱きついてないもん！　でっかいニャーをモフモフしただけだもん!!

膝の上に戻されてお腹の前に手を回され、膝から降りられないようにがっしり固定された後、ふわっふわのシヴァさんの尻尾を与えられる。

私は大人しくそれを抱き込んだ。これはこれで、また良し!!　ん、モフモフ〜。安心する匂《にお》いがする。

「むむっ！　冷血と名高い東の砦の副団長が昼間から人前で幼女に尻尾を触らせてナニやってるニャ！　破廉恥《はれんち》ニャッ!!」

「うるせー、殺すぞ？」

「ギャ――――！　堂々と殺人予告されたニャ!!」

私は構わず大きなにゃんこさんに聞いた。

「にゃんこさんのお仕事はなんですか？」

「なんて失礼ニャ！　オイラは猫じゃないニャ。ケットシーという妖精族《ようせい》ニャ!!　そして仕事は薬屋ニャ!!」

頭の中に思い浮かべる。

二足歩行の猫さんが、薬を作って売っているとな。……イイっ!!　すっごくイイっ!!

そんなところならば働きたい！　だってきっとモフモフし放題だもの。私にとっては夢のような職場だ。それにそこなら製薬のスキルや緑魔法の能力が役立つかも！

なので私は即答した。

「私、そこで働きますっ!!」

「「ええっ!?」」

ちょっとー、なんで猫さんまで驚くのよう。猫さんは何故かあわあわしながら言った。

「ほ、ほんとに働くニャか？　うちには口うるさいババアとか、住みついているデカイ魔虫とかそういうのがいるが大丈夫ニャ？　相性が良ければ、素材が好きなだけ使いたい放題、季節の果物食べ放題のいい職場ニャ。でも、相性が悪いと朝早くから扱《こ》き使われるだけの酷い職場になるニャよ」

いったい、働いて欲しいのか、欲しくないのかどっちなのよ？

すると犬獣人のお兄さんがおずおずと口を挟んだ。

「あのお、よかったら紹介状を出しますから、試しにババ様に会いに行ってみたらどうですか？ だめでも、ミホさんならば他にもいい職場をいくらでも斡旋できますから、気楽なカンジで。アノ魔法薬屋ほど、条件の難しいところはあまりありませんから、後学のためにも行ってみるといいと思いますよ？」

「はいっ！　どんな職場なのか気になって仕方ないので、行ってきます!!」

こうして私はおっきなニャーのいる薬屋に、面接に行くことになったのだった。

◆　◆　◆

町中を通り抜け、あまり周りに建物のないかなり離れた場所にその魔法薬屋はあった。建物の背後には広い広い薬草畑が広がっている。

木造の平屋建ての建物に緑色の屋根が乗っている可愛い造りのお店で、見た瞬間に気に入った。

上半分がすりガラスになっている木のドアを開け、チリンと軽やかなドアベルを響かせながら中に入る。

何かを煮ているような香りが漂《ただよ》う店内は、かなり広さがある割には余分なものが何もなくてちょっと殺風景。中に入った猫さんがカウンターの奥に向かって叫ぶ。

「ただいまニャ。ババ様ぁー」

「はいはい、おかえり。納品と買い物にずいぶん時間がかかったね、ティゲルコ」

店の奥から出て来たのは、長く尖《とが》った耳を持つ背の高い老婆で、ティゲルコと呼ばれた大きいにゃんこの後ろに立つ私達を、目を眇《すが》めて見た。

「お客さんかい？」

「うんニャ。違うニャ。ちょっと人をスカウトして来たニャ。いい加減誰か雇《やと》わないと、ウチはこのままじゃ二人して過労死ニャ。オイラ、こんなしわくちゃのババアと二人して過労死とか、絶対に嫌ニャ」

ティゲルコはかなり口が悪いようだった。

「お前の口はいつか縫《ぬ》い付けて開かないようにしてやりたいものだよ。で、その人材とやらはどこにいるんだい？　まさかその副団長をスカウトしてきたとか、ふざけたことを言わないだろうね？」

「そんな可愛くない人材、オイラだっていらないニャ。新人で入って来ても、先輩の言うことなんて聞かないタイプニャ。そのくせ、先輩よりも仕事ができて、先輩にストレスを与えるイヤな後輩になるに決まってるニャ。そんな新人が来たらストレスでオイラの自慢の毛皮にハゲができてしまうニャ。じゃなくて、そっちの抱っこされてるちびっこのほうニャ」

老婆は呆れたように言った。

「まだ、子供じゃないか」

「でも副団長の嫁らしいニャ。そして聞いて驚くニャ。職業『野生児』らしいニャ!!　適性魔法も緑と茶と青を持ってるから、うちの仕事にピッタリニャ」

「そりゃあまた……とんでもないのをスカウトして来たもんだねえ。そんな伝説級の職業、初代魔王様の時代以来、現れたことがないよ。王都へ行けば、高額の報酬をザクザク払ってくれる場所からスカウトや嫁に欲しいって高位貴族が押し寄せるだろうに」

「嫁は無理ニャ。もう副団長のものらしいニャ」

「ほう……。まあ、働く気があるならちびっこだろうが副団長の嫁だろうが構わないが、うちはそんなに高額な給料は払えないけどいいのかい？」

「はい。私、是非ともここで働きたいです」

だってやたらと高額な報酬をくれるところって、絶対に面倒事とセットだと思うの。そんな職場はごめんです。田舎でのんびりスローライフが目標なのよ。

「アンタ名前は？」

私は床に下ろしてもらって「ミホです。よろしくお願いします」と頭を下げた。

ババ様は紹介状につけられていた、私の鑑定用紙を見ている。

「ふうん、魔力量は申し分ないみたいだねえ。後は質と相性の問題か。って、アンタ靴はどうしたんだい？　副団長、嫁だと言うなら、靴の一足くらいサッサと買ってやんな。自由にどこへでも行ける女が、自ら帰って来たいと思えるような男こそがいい男なんだよ。まさか逃げられないように靴を取り上げてるとかじゃないだろうね？　そんなんじゃ結婚したって上手く行かないよ？　まあ、いい。おいで」

言われるがままババ様の後をついて行く。

そのまま歩いて行こうとしたら、背後から脇《わき》の下に手を入れられて、ひょいと持ち上げられた。そして再びの子供抱っこ。

ああ、短い自由だったわ。切実に靴が欲しい。

一度建物から出て家の裏に回る。たくさんの薬草やハーブや花が広い敷地一面にこんもりと植わっていて、家の周りが一面鮮やかな緑色。

生まれ育った場所を思い出す風景だ。ああ、こういう景色ってホッとするなあ。

奥の方に果樹などもたくさん植えられているらしく、ポツポツ実をつけているのが見えた。

お花がたくさん咲いてる場所もある。深く息を吸い込んだ。うわぁ、いい匂い〜。

その敷地の右奥に一本の大きな木が立っていた。大きく枝を横に張りながら、たくさんの葉が青々と茂っている。

なんて立派な木なんだろう。太い幹。樹齢は何年くらいかな。きっと、とっても古いんだろうなあ。

下に下ろしてもらって、引き寄せられるように木の近くに寄って行き、両手を広げてぴとっと木に抱きついた。耳を澄《す》ますと、中を流れる木の命の音が聞こえる。ああ、いい木だ。

いつの間にか背後に来ていたババ様が言った。

「あんたには、その木が見えるんだね？」

「うん。だってこんなに立派な木だもの」

こんな大きなものが見えないわけないよね？

「魔力水は作れるかい？」

「魔力水ですか？　はい、一応作れます」

「では作ってごらん。ってこらこら、そんなにいっぺんに魔力を注《そそ》いだら駄目だよ。魔法で出した水に自分の魔力をゆっくり少しずつ混ぜ込むんだ。透明な水に青い色水を少しずつ混ぜるようなイメージをするとわかりやすいかもしれないね。魔法はイメージする力が大事なんだよ。ムラにならないように、少しずつ均等に注いで混ぜ込むんだよ？」

「やってみます」

作り出す水に自分の魔力をゆっくり少しずつ混ぜ込むイメージね。あら？　体内の魔力循環を良くして貰ったせいか、魔力の操作が楽ちん。

「それをこの木の根の部分にたっぷり撒《ま》いてくれるかい？　もしも、できるならば更に魔力水を雨のようにして、木全体を濡《ぬ》らしてくれれば言うことないんだが」

ババ様の言葉を聞いて、頭の中でイメージする。

降らせるのはしとしと降る優しい恵みの雨がいい。木全体に充分に行き渡るように。

「マジックウォーターレイン」と、頭に思い浮かんだ呪文《じゅもん》を口が勝手に紡《つむ》ぐ。

細かい水の粒が大きな木に優しく降り注ぐ。太陽の光が当たって、そこに虹《にじ》ができた。葉に乗った雫《しずく》がキラキラ光って眩《まぶ》しい。

しかしその直後、とんでもないことが起こる。風もないのに突然、枝が身震いするようにバッサバッサと激しく揺れ始め、たくさんの葉っぱがヒラヒラと落ちて来たのだ。私は一気に青褪《あおざ》める。

ええええええっ!!　ど、どうしよう。これってもしかして木が怒ってるの？　作った魔力水が下手だったから？　それともなんか変調をきたす前兆《ぜんちょう》とか？

だってこんなに葉っぱが落ちたらマズいでしょ？　さっきまで、周りに一枚も落ちてなかったのに～。もしも枯《か》れちゃったりしたらどうしよう。

私が内心でバクバクしている横で、ティゲルコが呑気《のんき》に言った。

「これは凄いニャー。流石『野生児』ニャ。オイラ、こんなに世界樹の葉っぱがいっぺんに落ちるの初めて見たニャ」

「世界樹はずいぶんこの子の魔力を気に入ったみたいだねえ。まあ、『野生児』ならば当然か。野生児ってのは、何故か自然界から異常に愛されるらしいんだよ」

ん？　二人共怒ってないみたい。よ、良かった～。

「ミホ、今落ちて来た世界樹の葉っぱを拾い集めておいで。これはミホが貰ったものだからね」

どういうことかよくわからないが、私は言われるがまま、地面に落ちた葉を全部集めた。私の手のひらよりも少し小さいくらいの大きさで、色は鮮やかな緑色。表はツヤツヤしているが、裏側はビロードみたいな指触りだった。ちょっと厚みもある。

汚れないように靴下は脱いでしまったので、裸足《はだし》で歩き回った。柔らかな土が直接肌に触れて気持ちがいい。

私が三十枚ほどあった葉をババ様に差し出したが、ババ様は受け取らなかった。

「この世界樹の葉はねえ、エリクサーという魔法薬の材料になるのさ。エリクサーはどんな病気、どんな怪我《けが》でも治せる超万能な魔法薬だ。けれど、世界樹の葉はあくまで木が分けてくれたものじゃないと、材料として使えなくてね。

自分の魔力を捧《ささ》げて、その代わりに木が自ら分けてくれた葉だけが魔力を帯びていて、薬の材料になるんだよ。盗人《ぬすっと》が勝手に枝から葉を千切って持って行っても、それはただの枯れた葉でしかなく、材料としては使い物にならないのさ。しかも、不思議なことにほとんどの者にこの木は見えない。まあ、そこの副団長さんは見えたみたいだけれどね。たくさんの者がここを訪れるが、この木が見える者はごくわずかだ。私はエルフで森をよく知る一族のものだから、この木との付き合い方を知っているけれど、世の中では知らない者の方が遥《はる》かに多い。エリクサーの材料としての世界樹の葉の存在を知っていても、手に入れるきちんとした作法は知られていない。それにしたって、驚いたよ。その世界樹がこんなにたくさんの葉を落とすなんてねえ。長らく生きているが初めて見た。その世界樹の葉を冒険者ギルドで売れば、あんたはたちまち大金持ちさ。どれだけの大金を積んででも手に入れたいヤツがごまんといるからね。一生働かなくてもいいだけのお金がすぐに手に入るだろう。で、どうする？　その葉を持って、このままここから出て行くかい？」

これはきっと試されているんだろうなー。

確かにお金は大事だけれど、たくさんのお金があるだけじゃあ人は幸せになれないって私は知っている。たまたま手に入れたあぶく銭で、一生ぐうたら生きる気はないの。貧乏性だからそういう生活は性に合わないのだ。何もしなくていいってある意味拷問《ごうもん》よ？

それにね、そういう高く売れる特別な物を不用意に売ったりすると、良くないフラグが立って、ろくでもないヤツらに目をつけられたりするのよ。ガクガクブルブル。

滅多に手に入らないモノなんて、一般ピープルの手には余るから、余程のことがない限りはこれはストレージにナイナイしたまま、死蔵しようっと。もしくは薬師であるババ様に丸投げ。うん、それが一番いい気がする。

なので私はふるふると首を横に振った。

「お仕事をしないで生きて行くのは嫌なんです。根が貧乏性なもので」

ババ様はふわりと笑って私の頭を撫でてくれた。私はホッとする。

ああ、働き者の手だ。私のおじいちゃんやおばあちゃんの手がそうだったように。

「じゃあ、よろしく頼むよ」

どうやらおめがねにはかなったらしい。やったー、お仕事が決まったぞ。

私は枝葉の生い茂る巨木を下から見上げながら、気になっていたことを聞いた。

「ねえ、ババ様。あれはなんですか？　もしかして木の上に家があるのかしら？　誰かあそこに住んでいるんですか？」

実はさっきからものすごーく、気になっていたのだ。世界樹の木の枝の間にあるお家《うち》が。

秘密基地だとか、ツリーハウスだとかって、子供の憧《あこが》れだよね。

実際に私は子供の頃《ころ》、真剣に家の裏の木の上に、秘密基地を作ろうとしたことがある。まあ、作りかけているうちに冬になってしまい、雪の重みでアッサリ壊れてしまったのだが。

「おや、あれも見えるのかい？　いいや、あそこは空家さ。誰も住んじゃいないよ。というか誰も入れないだけなんだけどね」

「私が借りて住むことはできますか？　ツリーハウスって、住んでみたかったんです」

「ふふっ、世界樹が良いって言えば住めるかもしれないね。野生児のあんたならば大丈夫かもしれん。世界樹に聞いてみてごらん」

私は再び世界樹に抱きつき、樹皮におでこをくっつけてお願いした。

「ねえねえ、世界樹さん。貴方の持つツリーハウスに住んでもいいかしら？　もしも住まわせてもらえるなら、お礼に毎日たっぷり魔力水を撒くわ♪」

すると私の目の前、世界樹の太い木の幹にいきなり小さな扉が現れた。私がかがんでやっとくぐれるくらいの小さな扉だ。

いきなり開けたりせずコンコンとノックすると、バイーンッと勢いよく内側に扉が開く。

おおっ！　入れてくれるみたいだ。中はどうなっているんだろう。ワクワクする！

「ちょっと行って来ますね～」

ババ様達にそう声をかけてさっそくと中に足を踏み入れると、何故かそこには木製の螺旋《らせん》階段があった。

ぐるりと一周、まわりながら登って行くと、登り切った場所に再び扉が現れる。

ゆっくりと扉を開けると……そこは可愛らしい作りのこぢんまりとした、住みやすそうな部屋だった。大きな窓からお日様がいっぱい入って来ていて、明るい。

ストレージからタオルを取り出して、魔法で水を出して濡らす。

そうして足を拭《ぬぐ》って綺麗にしてから、ダークブラウンの木の床板に足を踏み出した。木の匂いっていいよね、ホッとする。

奥の部屋にある大きな掃《は》き出し窓を開けてみると、下の方にみんなが見える。とりあえず手を振ってみた。

わぁああ、ツリーハウスだなんてテンションがあがるわ――――っ!!

みんなを待たせたままなので、あまり長居しちゃマズかろう。でも、でも、一通りは見てみないとっ。というか見たいっ！

　入ってすぐの部屋がどうやらダイニングキッチン的なもののようだ。広さは十畳くらいだろうか。かなり広い。右手側一番奥が調理スペースのようで、流しの前が出窓になっているのが可愛い。窓の前の部分にハーブの小さな鉢植えなんかを置きたいかも。ああ、夢が広がる〜。

　コンロとオーブンが一体化したものも備え付けられているようだ。いわゆる家電的なものなのだろうが、外側が無機質な金属製ではなく木製なのが、なんともこの可愛らしい部屋の雰囲気に合っていた。

　調理スペースの手前、部屋の真ん中にダークブラウンの木でできた大きな四角いテーブル。机はきっとダイニングテーブルなのだろう。机の大きさの割に椅子《いす》の数が少なくて、ふたつしかなかった。どちらもなんとなく使われた形跡があるから以前住んでいた人がいたようだが、生活に必要な食器類やカトラリー、お鍋《なべ》などの調理器具は一切見当たらなかった。

　ダイニングキッチンから壁を隔てて右側に続く部屋も十畳ほどの広さだ。どうやらこの家、L字型になっているみたい。しかも外から見たよりもだいぶ広い。なにか魔法的な仕掛けでもあるのかしら。まあ、ストレージなんていう異空間収納方法が存在するんだから、不思議じゃないのかな？

　なにせ異世界だもんね。

　狭い場所に広い部屋を作れる魔法が日本にもあったらよかったのにね〜。

　奥の部屋は居間として使われていたようだ。広い部屋の真ん中に大きなソファーがぽつんと置かれている。私の身長ならば充分足を伸ばして寝られそうな大きさだ。ちょっと座ってみたがふかふかで座り心地バツグン。ダークグリーンの落ち着いた色合いの布張りのソファー。座り心地の良さからいっても買ったらすっごくお高いんじゃないかしら。

ソファー以外には何も置かれていないから、がらんとしていて生活感が感じられない部屋だ。もしもここに住めるならば、自分でお気に入りのものを探して歩き、ひとつひとつ揃《そろ》えていくのも楽しかろう。ちなみにトイレは玄関扉を入ってすぐ右隣のドアがそうだった。トイレちゃんとあったよ～。良かった。

ソファーの正面には何も入っていない作り付けの大きな棚。日用品なんかを収納するのに便利そうね。お揃いの籠《かご》とかで整理整頓《せいとん》したら可愛くて使い勝手もよさそう。

その棚と横の壁の間には上に登る階段がある。どうやらお二階があるらしい。なんなのだ、このワクワクする作りはっ！

十段ほどの階段を足取り軽くあがってみると、そこには大きなベッドが置いてあり、両開きの窓と天窓がある八畳ほどの部屋に着いた。どうやらここが寝室のようだ。木製のベッドの上には、マットレスのようなものなのだろうか、かなり分厚い布団みたいなのが敷かれている。シミや汚れもついていないし、埃《ほこり》も被《かぶ》っていなくて綺麗だった。ただ、枕や掛布団、シーツなどは見当たらない。

一人で住むには贅沢なくらいの造りだと思う。間取り的には１ＬＤＫになるのかしら？

台所が広いのも嬉《うれ》しいなー。ダイニングテーブルが大きかったから、色々な作業するにも便利だろう。これからどんなお部屋にしようかなあと、ウキウキしながら私は外に戻った。

木の幹の扉を振り返ってみると、いつの間にかドアに『ミホのおうち』というプレートがかかっている。どうやらさっそく住人認定されたらしい。

わーい、お仕事だけじゃなくて、住むところまで決まっちゃった♪　お家賃はババ様に払えばいいのかしら？　あとでいくら払えばいいか確認しなくちゃ。ビバッ、憧れのツリーハウス!!

こっちに来てからは西洋式の生活様式で、お部屋でも靴を履いていたけれども、ツリーハウスの中では脱ぐことにしよっと。自分のお家だもん、いいよね。

こうして、私は無事に仕事と住むところが決まったのだった。いやあ、一番気がかりだったことがいっぺんに解決したよ。本当に良かった♪

◆◆◆

引っ越しは明日、お仕事始めは明後日《あさって》と決まった。なんとお家賃はタダでいいという。ババ様ってばなんて太っ腹な。でもとってもありがたい。毎月の住居費ってバカにならないもん。これからは自分で働いて生活するんだから、しっかりしないとだめよね。

魔国に来たばかりならば、必要な物を買い揃えたりもしたいだろうし、家の中を整える必要もあるだろうから、お仕事は明後日からでいいとババ様が言ってくれたのだ。

そうね、せめてお布団と枕とシーツくらいはないと困るもんね。まあ、屋根があるだけでも有り難いかな。

お鍋とかの調理用具は色々とストレージに入っているからいいとして。

まあ、ほとんど貰いものみたいな感じで格安で手に入れたんだけど。

そもそも私がサンルート商会で荷物運びに雇われたのは、サンルート商会が魔国に引っ越しをするためだった。エビール国の店舗《てんぽ》を全《すべ》て閉め、魔国に拠点を移すことにしたのだという。

サンルート商会の大きな倉庫には、この先もたぶん売れないだろうと判断された物がひとまとめにされていて、それらはどうせ処分してしまうから欲しい物があればタダ同然の値段で持って行っていいと言われたのだ。

どれでも鉄貨一枚（百円）ナリ。処分する手間が省けるから少しでも引き取ってくれたら助かるんだそうだ。

そこには新しい材質のお鍋が売り出されたために売れなくなった、大きくて重いお鍋とか、重いフライパンなんかもあって、私は喜び勇んでそれを頂いた。大丈夫、腕力にはなかなか自信があるの。

そこでずいぶん色々と役立ちそうなものを発掘したのさ。なので調理器具は案外揃っているのだ。

包丁なんかも欲しいけど、今のところ常滑君が作って渡してくれたよく切れるナイフで充分なんとかなってるから、急いで買わなくてもいいかなあ。

あ、カーテンくらいは欲しい。まあ、誰にも覗《のぞ》かれないだろうけど。

あとフワモコのラグマットと小さな靴箱。お家の中は土足厳禁の日本式にするつもりだからね。

掃除用具は『クリーン』の魔法があるからなくていいし、着替えもまあおいおいで大丈夫でしょう。

食器なんかも欲しいけど、どうせ買うならば吟味《ぎんみ》したいから、焦《あせ》って買うのはやめようと思う。

抱っこされたまま、明日買わなければならない物を思い浮かべているうちに、約束していた靴屋へ到着した。

賑やかな通りに戻り、大通りから一本中に入った少し静かな場所にそのお店はあった。

こぢんまりとした店構えだけれど、『マダム・ソニアとこびとのおみせ』と書かれた看板が出ている。

中に入ると、左の壁際に水色のソファーと小さな木の机があった。

ソファーの後ろの壁には、優しい色合いの絵が飾られている。通りに面した出窓には、お花やグリーンの小さな鉢植え。

部屋の真ん中にある大きな机には、様々な商品がセンスよく並んでいた。おサイフやポーチ、小物入れやハンカチなどだが、可愛らしいデザインのものが多い。

そんな可愛らしい店内で「いらっしゃいませー」と迎えてくれたのは……二メートル以上はあろうかという大きな人。男？　女？

あ、茶色い熊《くま》の耳がついてる!!　きっと熊の獣人さんだ!!　種族はすぐにわかったが性別はわからないという不思議。

「あら、あらあらあら、シヴァ副団長ってばいったいいつの間にそんな可愛い娘さんをお作りになったの？　んー、お顔はお母様似かしら？」

声を聞いて性別が判明。確実に男の人だわー。

私とシヴァさんが似ていない？　ええ、ええ、それはそうでしょうとも。

一滴たりとも血が繋がってませんからね。似ていたらその方がびっくりするよ。

「おう、すっげー可愛いだろう。でも、娘じゃなくて嫁だ」

シヴァさんのその言葉に熊獣人さんの笑顔が固まった。

「副団長？　いくら貴方が強くて、財力も持っているからって世の中にはやっていいことと悪いことがあるのよ？　明らかに幼体でしょその子。そんなちっさな娘に無体なマネなんて、私の目の黒いうちは絶対にさせないわよっ。あんなデカいイチモツをこんないたいけな子の中に突っ込もうだなんて!! この変態っ!! モテるくせに女に見向きもしないからおかしいと思ってたら、まさか幼女好きだったとはねっ」

「ミホ、お前の年齢教えてやれ」

はいはい。でもね、この子供抱っこの体勢もいけないんだと思うの。誤解される要因の一つは絶対にこの体勢よ？

「キヨミズミホ。十八歳です」

しかし、本当のことを言ったけれど全く信じてもらえず……。

「可哀相《かわいそう》に。そう言えって脅《おど》されたのね？ 大丈夫よ、私も案外強いから安心して？ こんな外道は魔王城の地下牢《ろう》に繋いで、魔王様のペットのケルベロスにアソコ食い千切られちゃえばいいと思うのっ」

それはなかなか過激なご意見ですね。魔王様のペットはケルベロスなのか。ケルベロスってアレだよね、頭が三つあるワンコ。

「おいっ！」

「冷血だろうと、面倒くさがりだろうと、それなりに尊敬はしてたのにっ！ 今この瞬間からは幼女好きの変態だと思って軽蔑《けいべつ》してやるわっ!! この鬼畜《きちく》!! 元いた場所にちゃんと返してらっしゃいっ！」

扱いが捨て猫や捨て犬のようだと思うのは私だけ？

元いた場所には残念ながら帰れないんですよ～。なにせ異世界なので!!

そしてなんだか、殴《なぐ》り合いでも始まりそうな雰囲気である。

せっかくこんなに可愛いお店なのに、巨大な獣人が暴れたりしたら、めちゃめちゃになっちゃって大変っ!! なんとか止めなきゃ。

「あ、あの、あの、年齢は本当です。ここでは小さいけれど私の生まれ育った国では、そこまで小さくないんです。えっと、たぶんあんまり大きくならない種族なんです」

元の世界でも日本人は全体的にコンパクトな体型だったもんね。うん、嘘《うそ》じゃない。

熊獣人さんがそれを聞いて、私を見つめながらコテンと首を傾げ「あら、そうなの？」と言ったので、コクコクと一生懸命首を縦に振った。

「これで成人してるだなんて信じられないわあ。人族にしても随分小さいわよねえ。うふふ、ちんまりしてて可愛い。私、可愛いものが大好きなの。あ、私はこのお店の主人、マダム・ソニアよ。よろしくね」

無表情のままシヴァさんがツッコむ。

「マダムって、お前男だろーが」

声を聞いてそうだと思ってはいたが、やっぱり男だったのか。

「うるさいわよ。人生一度きりなんだから、私は好きに生きるわ。別に誰に迷惑もかけてないんだからいいでしょ？ それで今日は何をしに来たのかしら？ まさか可愛い嫁を見せびらかしに来ただけじゃないでしょうね」

「ちげーよ。この子の靴を注文したい。あと、試作品かなんかで今日履いて帰れる靴はないか？ 履いてたやつをなくしちまってな。もしも、なければ他で探すが……」

シヴァさんがそう言うと、先程までの剣呑《けんのん》な雰囲気はどこへやら、マダム・ソニアはにっこり笑った。変態には容赦《ようしゃ》なくても、きちんとしたお客様には愛想《あいそ》が良くなる質《たち》らしい。

「まあまあ、ありがとうございます。靴を作るならまずはサイズを測らなくちゃ。じゃあそこのソファーに座って、ちょっと待っててね。小人ちゃん達〜、お仕事よー」

するとの奥から数人の小人が一列に並んでトテトテと行進しながら出て来た。みんな身長が十センチくらいだが、お揃いのお仕着せを着ていて可愛らしい。

シヴァしゃん、できればソファーにはお膝の上ではなく、一人で座らせて頂きたいんですが……あ、ダメですか。そうですか。

「このお嬢さんのお靴をご注文頂いたの。サイズを測ってあげてくれる？　って、あらやだ靴下一枚でほぼ裸足じゃないの、可哀相に。可愛いからってどっかから攫《さら》って来たんじゃないでしょうね!?　あ、大丈夫よ小人ちゃん。お仕事始めちゃって♪」

小人さん達はコクコクとみんなで揃って頷《うなず》くと、メジャーを持ってみんなで協力しながら、手際よくあちこち測りだす。うきょー、ちょっとくすぐったい。

「だから靴はなくしたって言ってるだろーが」

シヴァさんが私の髪を梳《す》きながら言う。

「いつよ？」

マダム・ソニアはまだちょっと疑っているようだ。ツッコミが早い。

「気を失ってるのを魔法で飛んで運んでいるとき」

うん、間違っていないけど説明が足りないね。その物言いだと誤解されても仕方ないかな。

「やっぱりどっかから攫って来たんじゃない!!」

「全然ちげーわ！　助けたんだ!!」

「本当に？　嘘だったら承知しないわよ？　まあ、それはさておいて、どんな靴がいるのかしら？」

どんな靴？　そっか、ある中から選ぶんじゃないんだ。

丈夫で履きやすいものならば、なんでもいいんだけど。あと、できるだけリーズナブルで!!

オーダーメードの靴なんて高いんじゃないのかな？　お金が足りなかったら分割払いでお願いできるかしら？　サンルート商会でもらったお金があるからたぶん平気だとは思うんだけど。

そもそも、靴のオーダーメイドなんてしたことがないので、どう言えばいいかわからない私を置いてきぼりにして、サクサクとシヴァさんが注文を出す。

「室内用の柔らかい物と、外出用の履きやすい物と森歩き用の頑丈な物のとりあえず三足だな」

「優先順位は？」

「言った順でなるべく早く」

「オッケー、オッケー。素材は持ち込むのかしら？　っていうか副団長、どうせいい素材いっぱい持ってるんでしょ。そ～ねえ、ジャイアントディアとかグリーンディアとかレッドカウの皮があったら、とりあえずサッサとここに出して頂戴」

ソニアさんが大きな手で床を指さす。

そしてシヴァさんが指輪に手をやった次の瞬間、何故か突然目の前の床に頭が付いたままの茶色の鹿《しか》と緑の鹿の敷物のような物と赤い牛の敷物のような物がデーンと現れた。

その時は知らなかったが、それらの皮を持つ魔獣はどれもA級の魔獣で、簡単に手に入れられる代物《しろもの》ではなかったらしい。

どうやらシヴァさんのしている指輪には、私のストレージと同じような、異空間収納の力があるようだ。

「いくら魔力が多くて収納の指輪にたくさん入れられるからって、何でも入れっぱなしにする癖《くせ》、なんとかしなさいよ。しかも、どれも頭も角も牙《きば》や爪《つめ》までついたままじゃない。相変わらずものぐさねえ。ジャイアントディアの角もレッドカウの角と牙も高く売れるんだから、サッサと売っちゃえばいいのに」

「売りに行くのが面倒くさい」

「まったくもう、これからは奥様がいるんだから、ちゃんと甲斐性《かいしょう》のあるとこみせなさいよ？　まあ、おかげで急な発注があった時とか、卸値《おろしね》で譲《ゆず》ってもらえるからウチは助かるんだけど。あら小人ちゃん達、お仕事終わったの？　ありがとう。デザインを決めたら行くから、作業部屋で待っててくれる？」

しゅたっと、みんなが揃って敬礼してから一列に並んで、行進しながら去って行った。

もちろん可愛さに悶《もだ》える。なに？　あの可愛い生き物達はっ!!

しかも小人が靴屋だなんてっ。小さい頃大好きだった絵本を思い出しちゃう。

できれば作業している姿をこっそり覗き見てみたい。きっとずっと見ていられる。

「室内履きはこのレッドカウの皮にしましょ。一番柔らかいし、ピッタリ。色も可愛いわ。緑色の糸で縁を飾り縫いして、ところどころお花の刺繍《ししゅう》も入れましょうね」

マダム・ソニアは大きな手でサラサラと紙に靴のデザインを描いていき、私に見せてくれる。

「どうお？」

とっても可愛いのだが、室内用っているのかな？

「ああ、いいな。それでいい。レッドカウの皮は防水性にも優れているから、魔法薬屋で働くならばピッタリだろう」

「あら、お嬢さんは魔法薬師なの？」

「ババ様のところの魔法薬屋『メディシーナ』で働くことが決まったんだ」

それを聞いてマダム・ソニアが巨体をのけぞらせた。

「ええっ!?　前に勤めてたポルカちゃんが団長のお嫁さんになるために辞《や》めた後、何人も挑戦したけど、みんな泣いて帰って来た魔窟《まくつ》でしょ、アソコ。一番もったヤツで三日って聞いたけど、大丈夫なの？」

「ババ様が仕込みがいがあるって言ってたが……まあ、ダメでもかまわねーよ」

「そうよねぇ。その指輪に溜《た》め込んだモノを全部売っぱらえば、使い切れないくらいのお金になるんですもの。彼女が無理に働く必要ないわよね。でも、副団長ってば狼《おおかみ》族でしょ？　独占欲強そうでイヤだわぁ。いくら可愛くても監禁《かんきん》はダメよ？」

ガクガクブルブル。コワイでちゅー。いくら愛されてても、監禁はイヤでちゅー。

大きな獣人二人の間でキョロキョロする私だったが、話はサクサク進んでいく。

「さてと普段用の外履きはグリーンディアの皮がいいわね。ゆったりしたショートブーツにしておけば脱ぎ履きも楽だし、使いやすいわよ。この焦げ茶色のジャイアントディアは丈夫な森歩き用にしましょう。走ったりしても絶対に脱げないよう、編みあげブーツにするわ。それでいい？」

描き起こしてくれたデザインはどれもとってもステキだった。でも三足も作ったらいったいいくらかかるの？　まずはお値段を確認しないとっ！

「あのお、三足作って頂いたらおいくらになるんでしょうか？」

「素材が持ち込みだから、そんなに高くならないわよ？　まあ最初は木で足型を作るから、その分ちょっと上乗せにはなるけれど、絶対に満足していただける物をお作りするわ。あ、もしかしてお金の心配をしてるの？　でも、支払いはもちろん副団長でいいのよね？」

「いえ、自分で……モガッ」

払いますと言おうとしたのに、やんわりと口を手で塞《ふさ》がれて言えなかった。

「ああ、仕事が決まったお祝いにプレゼントするつもりだからな。俺が払うから良いものを作ってやってくれ」

「男はそうでなくっちゃね。毎度ありがとうございまぁす♪　薬師ならば基本立ち仕事でしょう？　足に合ったいい靴を履いているのといないのとでは、疲れ方が全然違うのよ。ここは甘えて買ってもらいなさい。あとでお礼にほっぺにキスでもしてあげれば、充分お釣りがくるわよ。可愛い女の子の特権ね」

いえいえ、私の初心者まるだしの拙《つたな》いキスにそんな価値はございません。めっそうもない！

「魔法付与もつけたいんだが、頼めるか？」

「魔法付与の刺繍できる子がうちにはいないから外注になるけど、もちろんできるわよ」

「じゃあ頼む」

「ええ」

ええっ⁉　そんなのつけたらお高いでしょう？

いいのよ、特に冒険とかする予定ないから普通ので。

でも結局、その三足は絶対に必要だと二人に言われ、注文させてもらうことになった。

なので「よろしくお願いします」とペコリと頭を下げると、「やん、かわいー」と大きな手でワシャワシャ撫でられた。

「うふふ～、ちっちゃいのに礼儀《れいぎ》正しいこと。偉いわね～」

いいえ、身体はちっちゃいですが中身は十八歳で、そこそこ大人なんです。

「室内履きは三日後にはできると思うわ。後の二足はもうちょっとかかるわね。はい、これがそれぞれの靴の引き換え券よ。ステキなのが出来上がっていくから、楽しみにしててね」と三枚の薄い木の札を手渡される。

ええっ⁉　靴がそんなに早く出来上がるの？

「あのっ、小人さん達に無理しないでって言って下さいね。夜通しお仕事とか大変でしょう？」

「うふふ、優しいのねえ。大丈夫よぉ。ウチの小人ちゃん達は元々夜に仕事するのが好きなの。みんなが寝静まった夜中の方が、静かで集中できるんですって。朝方まで仕事してから寝て、起きてくるのは夕方近くね。彼らは今さっき起きてきて、ご飯食べ終わったところだったのよ」

なら良かった。夜中にお仕事するって、やっぱり童話の『小人の靴屋』と同じだ～。萌《も》える～。

「あと、今日履いて帰るのが一足欲しいって話だったわよね？　これはどうかしら？　ある貴族の方にご注文いただいて納品もしたんだけど、事情があってうちに戻ってきた品なの。革もいいものを使ってるし、刺繍なんかも凝《こ》った作りなのよ？　もちろんお安くしておくわ。サイズも大丈夫だと思うんだけど、良かったら履いて試してみて？」

出してきてくれたのは、澄み切った青空みたいな青い色の革で作られた靴だった。

靴の横には木の枝と葉っぱが刺繍してあり、靴の甲の部分には、枝に止まった二羽の黄色い小鳥が向かい合わせに刺繍されている。いわゆるスリッポンタイプの靴で脱ぎ履きもラクそうだ。

何より手が込んでて可愛い。

試しに履かせて貰うと、なんと誂《あつら》えたようにピッタリだった。

柔らかい革がやさしく足を包み込んでくれる感じで、軽くて歩きやすい。

「凄い、ピッタリです!!　軽くて歩きやすいし、何より可愛い。気に入りました。これ下さい」

靴のある生活って素晴らしい！

「まあ、本当にピッタリねえ。きっとこの靴は貴女《あなた》に出会うために、うちに戻って来たんだわ。嬉しいこと。人だけでなく、モノにもご縁があるものなのよ。この靴がいいご縁に出会えて本当に良かったわぁ。うふふ、ご主人様を幸せにしてあげてね♪」

ソニアさんは愛《いと》おしそうに青い靴を撫でてそう言った。

これだって、きっとあの小人さん達が一生懸命作ってくれたものなのだ。一針一針丁寧に縫われているのがわかるもん。うん、ご縁って大事。私にご縁のあったこの靴はありがたく買わせていただこう。

ソニアさん大丈夫です！　この靴は間違いなく、私を幸せにしてくれますよ！

何しろ町を自分の足で歩いて帰れるんだからね!!　ブラボー!!

四章　ミホ、魔国で新生活を始める

I've come to the other world, my occupation is "wild child".

　お仕事と住む場所が決まった次の日、私は砦《とりで》の防衛団にある宿舎のシヴァさんのお部屋から、メディシーナの敷地内にあるツリーハウスへお引っ越しをした。

　クリスさんとライトさんが、シヴァさんに抱っこされて朝早くに宿舎を出る私を見送ってくれる。

　自分で歩けるって言ったのにっ！　靴だって昨日買ったのにっ！　何故《なぜ》にまたこの体勢？　みんなの生温《なまぬる》い視線が痛いよう。

　シヴァさん、いい加減お仕事しましょうよ。こんなに休んじゃだめだと思うの。え？　私を送り届けたら午後からは仕事に行く？　朝から行こうよ～。お仕事大事よ？

「道はわかるのか？」

「…………なんとなく？」

　言われてみれば魔国の町を歩いたのは昨日が初めてだったわ。

「こんなに可愛《かわい》いのにもしも攫《さら》われたらどうする。もちろん俺はすぐに助けに行くし、攫ったやつはその場で皆殺しにするがいいか？」

　コワイヨ～。言ってることが完全に本気なのがわかるから、超コワイ。

　ええ、諦《あきら》めてそのまま抱っこで運ばれてお引っ越ししましたがなにか？

「あ、行く前にサンルート商会に寄って欲しいの。生活用品を買いたいから。石鹸《せっけん》とかタオルとかシーツとか」

「はいよ。他の店はいいのか？」

「うん。とりあえず最低限必要なものだけでいいかなって。あとは、吟味《ぎんみ》しながらちょっとずつ揃《そろ》えていくつもり」

私はサンルート商会でタオルや石鹸やシーツ、木でできた桶《おけ》など生活を始めるうえで必要そうなものを買った。

本当は玄関を入ってすぐのところに敷くフワモコなマットも欲しかったが、気に入ったのがなかったのだ。今度、時間があるときにゆっくり探そうっと。

ミンミンさんと若旦那《わかだんな》に仕事と住む場所が決まったことを報告すると、二人ともすごく喜んでくれた。もしも私が仕事や住む場所に困るようならば、うちにおいでと言ってくれるつもりだったらしい。若旦那は強面《こわもて》だけれど本当に面倒見のいい人なのだ。

またお買い物に来ますと言って店を後にし、私達はメディシーナのツリーハウスに向かった。ちなみにこの間、私の足は地面を一度も踏んでいないと言っておこう。このままじゃイカン。運動不足になってしまう。足が退化してしまったらどうするのだ。

私がツリーハウスに入るのを確認してシヴァさんはお仕事に戻っていった。あんな調子でお仕事大丈夫なのかしらと心配になる。チラッと見ただけだけど、メディシーナのお店には人がひっきりなしに出入りしていた。忙しそうだから後で引っ越しのご挨拶《あいさつ》に行くことにしようっと。

私は世界樹に「今日からお世話になります」と声をかけてから扉をくぐった。ここが私のお家《うち》になるんだと思うとくすぐったい気持ちになる。

昨日入った時も感じたけれど、この部屋は長年使われてなかったようなのに埃《ほこり》などが全く積もっていなくてすごく清潔だ。まるでつい昨日、誰《だれ》かが全部綺麗《きれい》にお掃除をして出ていったみたい。

家には住んでいる人の匂《にお》いがつくものだ。たとえ、余分なものが何もない生活臭《しゅう》の薄い部屋であっても、誰かが住んでいるのなら、そこには必ず人の気配がするものである。けれど昨日この家に入った時、その気配が微塵《みじん》も感じられなかった。空き家特有のぽっかりとした空気だけが漂《ただよ》っていて、部屋の雰囲気はどこか寂《さび》しげだった。

さて、どこも汚れていなくても、これから住まわせていただくのだからやはりご挨拶がわりにまずはお掃除をしようと思う。あと、掃除しながら作り付けの棚のサイズを測るんだ。

幸い、私は元の世界からメジャーを持ってきている。なんでそんなものを持っているのかって？四月から一人暮らしの予定だったから、引っ越し先の棚に合う大きさの、可愛い籠《かご》とかを学校帰りに見に行くつもりだったからだよ。

ネットとかでも売ってるけれど、やはりちゃんと素材とか色とか強度とか見て、手にとって質感なんかも確かめてから買いたかったのさ。

まあ、異世界に来ちゃったから準備してたものが全部パアになったけれどね。おばあちゃん達が残してくれたお金で入学金とか前期の授業料とか払ったのに！　ちくしょー、エビール国のバカチン共め、大学に払った金返せ。あー、ムカつく。

いかんいかん、自分ではどうすることもできないことに怒ってもしょうがない。せっかく新しい生活が始まるのだから、明るい気持ちで頑張らないと。

『悪い心には悪いモノが寄ってくる　暗い顔には暗いモノが寄って来る　引きずられないように気をつけなさい』

これは私を育ててくれたおばあちゃんの言葉だ。おじいちゃんやおばあちゃんが亡くなってから、私は二人がよく私に言ってくれていた言葉を思い出すようになった。私のためを思って何度も言い続けてくれたからだろう。その大切な言葉達は私に遺された目に見えない財産だ。

『おてんとうさまの照らす明るい場所で胸を張って生きていきたいならば、自分が正しくないと思うものに引きずられてはいけないよ』と言われたっけ。

『美穂《みほ》、明るい場所に自分の足と意志で踏みとどまれる強さを持ちなさい。安易な気持ちで一度、暗い場所に足を踏み入れると戻るのは容易でなくなるからね。得てして正しいことというのは、損をしているような気になることも多いけれど、おてんとうさまはちゃんと見ていてくださるものなんだよ』と。

そうだよねー。こうして無事に魔国に着いて、自分の能力を生かせそうなお仕事にもつけたし、住む場所もすんなり決まったんだからこの幸運に感謝しないと。おじいちゃん、おばあちゃん、異世界の空から見守っててね。

家中の窓を全部開け放して、空気を入れ替える。爽《さわ》やかな緑の匂いが家の中の止まっていた時を動かしたような気がした。私はうーんと両手を上にあげて伸びをすると、よしっと気合を入れる。ミンミンさんがくれたお掃除用の古い布を水に浸して絞《しぼ》り、丁寧《ていねい》に拭《ふ》き掃除をしていく。「これからよろしくね～」と言いながら。

こうして私は無事に魔国に腰を落ち着ける場所を得たのであった。

◆　◆　◆

さて、私がババ様の魔法薬屋『メディシーナ』で働き始めて一週間ほどが経《た》った。ちなみにこの世界の一週間は六日間である。曜日は赤の日、青の日、というふうに色で表される。使われる色は赤・青・黄・緑・茶・白の六色。つまり魔法属性の色になぞらえているのだ。一週間は赤の日で始まり、白の日で終わる。これが五回繰り返されてひと月となるから、一カ月は三十日ってことだね。月にも名前がついている。光の月、雪の月、水の月、花の月、葉の月、風の月、雷の月、炎の月、雨の月、双月の月、氷の月、闇《やみ》の月の十二カ月だ。なんとも風流だよね。ちなみに今は風の月の第四週目。日本ならば六月の後半くらいかな？

明日は白の日でメディシーナに勤めてから初めてもらうお休みだ。特に問題は起きていない……と思う。むしろワタクシ的にはここでの生活は快適とさえ言っていい。なぜならおばあちゃんやおじいちゃんと暮らしていた田舎での生活によく似てるからだ。

まずは朝は薄暗いうちに起きる。だいたい五時くらいかな？　夜も早くに寝てしまうので、この時間に起きるのも全く苦ではない。

そもそも私が育った家が農家だったので、こういう時間に起きて働き出すことに慣れているのだ。もぞもぞと掛け布団から這《は》い出す。この軽くて柔らかな掛け布団とフッカフカな枕は鳥の羽根入り。そう、これは魔国に来る前にエビール国の城の裏山で狩りまくったグリーンコッコーの羽根を詰めて作られているのだ。

解体するために抜いたあと一応とっておいたものの、羽根なんて使い道があるかしらと思っていたら、なんと常滑君《とこなめ》がそれを使って掛け布団と枕を作ってくれた。もちろん常滑君は自分の分も作っていたよ。体力のない彼にとって睡眠はなによりも大事なものなんだそうだ。快適な睡眠を得るためには寝具はとっても大事ってことらしい。

作ってもらった掛け布団は大きめサイズで、端っこに取り付けてあるボタンとボタンホールを全部留めていくと、なんと寝袋にもなる便利仕様。あの時はもう、マジ神だと思ったよ。

私ってば旅の間、それをずっと寝袋として使っていたから、掛け布団だったことをすっかり忘れていたのさ。思い込みってコワイ。いやコワイのは私の記憶力の悪さか。

起きるとまずは洗面所で顔を洗う。トイレの扉の横に鏡のついた小さくて可愛い洗面台があるのだが、なかなか重宝している。ちょっとクラシカルなカンジの金色の蛇口と陶器《とうき》でできた水受けがついていてとっても可愛い。水受けの下には木の扉があって、タオルや予備の石鹸などをしまえるようになっているのだ。

顔を洗ったら着替えて外に出る。手には木の蔓《つる》で編んだ籠を持ち、植物をカットするためのハサミも必需品。このハサミはメディシーナに勧め始めてすぐに、ババ様がくれた。

まずはツリーハウスのある世界樹に、「おはよう」と挨拶したあと、たっぷりと魔力を込めた水をあげる。太い木の根に充分に染み込むように根元に撒《ま》いた後で、雨のように木全体に水が降り注《そそ》ぐようにするのだ。

流石《さすが》に初日のように、バッサバッサと激しく枝葉を揺らすことはなくなったが、それでもサワサワと気持ち良さそうに小さく枝を揺らしてくれるので、その反応が嬉《うれ》しくってついたくさんあげてしまう。

少しすると世界樹の木からぽたぽたと雫《しずく》が一カ所に溢《あふ》れ落ちて来る。その雫を手のひらに受けて集めるのも私の大事な仕事だ。

世界樹の葉よりは効能が落ちるが、この『世界樹の朝露《あさつゆ》』も魔法薬の素材としては大変高価で貴重なものなのである。

毎朝、きっちり手のひら一杯分。何故かどうやってもそれ以上は集められないものらしい。

ただ、葉っぱよりも朝露の方が遥《はる》かに採取しやすいので、もちろん値段は高いが出回っていないわけではないようだ。

実際にメディシーナでも、世界樹の朝露を使って作った『超万能魔法薬（効果絶大）』が売られている。ただし、すっごく高いけどねっ!!

世界樹にわけて頂いた朝露は準備しておいた瓶《びん》に入れてきっちり蓋《ふた》を閉め、あとでお店の素材保管庫に入れておく。

世界樹さんは何故か毎日必ず、一枚葉を落として私にくれるからそれも拾った。お仕事初日にババ様に拾った葉を渡そうとしたら『それはミホのものだから』と言われ受け取ってもらえなかったため、ストレージにナイナイ。『必要な時はわけてもらうかもしれないが、とりあえず自分で持っておきなさい』とのこと。なので現金化の目処《めど》の立たない財産が増殖中なのだ。

世界樹に魔力水をあげた後は、魔法薬の大事な素材になる、特殊な薬草が植えてある一角にまず向かう。一角と言ってもかなりの広さだ。

うちで作っていた水田、十五〜十六枚分くらいはあるだろうか。まあ、うちの水田は山間《やまあい》のせいでか一枚の面積が普通よりかなり狭かったんだけどね。やはりここでもたっぷりの魔力水を撒いて、薬草や薬花にお水と魔力をあげる。『マジックレイン』という魔力水を雨みたいにして降らす魔法を覚えたので、時間はそんなにかからない。かかるのは魔力だけ。

ここに植えてある薬草や薬花は一定以上の魔力を注いで育ててやらないと、枯《か》れてしまったり、薬効がなくなってしまったりする特殊なものなのだそうだ。

その代わり、薬効成分が高い。ケットシーのティゲルコが品種改良した、ここにしかないものもたくさんあるんだって。すごいよねー。

城にいた給料ドロボーの緑の魔法使い達は、ティゲルコの爪《つめ》の垢《あか》でも煎《せん》じて飲めばいいと思うの。いや、だめだ。アイツらにはティゲルコの爪の垢でさえもったいない！

私がその一角に魔力水を撒き終わると、まるで待っていたかのように、人の頭程もある大きな蜂《はち》の魔虫がブーンと飛んで来て、咲いている花から蜜《みつ》を集め始める。

最初見た時は襲われるのかと思ってビビったが、なんとここで共生しているのだそう。

魔力をたっぷり吸い上げた花の蜜が彼らの好物なので、それを提供する代わりに、二十四時間この家の敷地を巡回してくれていて、侵入者などが来たら彼らが撃退してくれるのだという。

縄張り意識の強い種族なので、家のガードをしてもらうのにぴったりなのだとか。

ゴールドアベランという金色の針を持つこの蜂の蜂蜜は幻の美味《おい》しさと言われる程、美味《びみ》なのだ。

おまけにこの蜂蜜を食すと、若返ってシミやシワが消え、肌がぷるぷるすべすべになるとか、無くなった髪の毛がまた生えてくるとか、怪しい噂《うわさ》がいくつもあるらしい。

ただし、普通ではまず手に入らない代物《しろもの》らしく、その蜂蜜をオークションなどで売ろうものなら、どうしても手に入れたい好事家《こうずか》達によって値段は天井《てんじょう》知らずになるとも言われているのだ。

理由はゴールドアベランの蜂蜜は、採取が大変難しいから。

もしも野生のゴールドアベランの巣を強襲し、そこから蜂蜜を取ろうとするとまず失敗する。

ゴールドアベランは外敵の存在を見張り役が感知すると、彼らは仲間だけにわかる警戒音を出す。するとゴールドアベラン達は外で敵を撃退するものと巣の中に残るものとの二グループに分かれるのだ。

外の撃退組がまずは敵を迎え撃つが、それでも巣が襲われそうだと、最終警戒音と呼ばれる音を出して中に知らせる。

それを聞くと巣に残った個体は、巣の中で羽を高速で動かして高熱を発生させ、その熱で巣を形作っているモノを溶かす。溶けた物質が蜜と混じり合うと、他の生物に毒となる有害な物質や異臭《いしゅう》が発生するらしい。そうして、その異臭と毒で巣を襲って来た敵を撃退するのである。

一度異臭を放った巣の中の蜜は、それはもう不味《まず》くて人には食べられたものではなくなってしまう。

巣の中にいるゴールドアベラン達を魔法で眠らせようとしても無駄《むだ》だ。ゴールドアベランの巣には魔法を弾《はじ》き返す機能が備わっており、巣に向かって放たれた魔法を感知すると、その魔法の痕跡《こんせき》を辿《たど》って兵隊蜂が術者に襲いかかる。恐ろしいことにどんなに巣から離れても執拗《しつよう》に追いかけて来て、針で刺すのだとか。

ゆえに、ゴールドアベランの蜂蜜を力ずくで強引に手に入れることはほぼ不可能と言われている。

ゴールドアベランの蜂蜜を手に入れる唯一の方法は、美味しい魔力をゴールドアベランにふんだんに提供し、そのお礼として蜜玉を貰《もら》うこと。

ゴールドアベランがお礼として自ら渡してくれた蜜玉に入っている蜂蜜は、巣の成分と混ざらないので、熱を加えてもちゃんと美味しいままだ。

しかし、普通ならば東の魔の森の奥深くにしか生息しないゴールドアベランにお礼をもらえるほど、魔力をふんだんに提供するなどなかなかできるわけもなく、よってゴールドアベランの蜂蜜は幻の食材と言われている。

ちなみに、魔力を提供すると言っても、間違っても巣に魔力をぶつけたりしてはいけない。そんなことをしたら、激怒した兵隊蜂に攻撃されるだろう。ゴールドアベランの毒針に刺されたら、数時間であの世行きだ。

ゴールドアベラン達が好んで集める花の蜜に自分の魔力が混じるように、テリトリー内の花に魔力水を大量に撒いてやり、蜜がゴールドアベラン達によって集められるのをジッと根気よく待つ。魔力は人それぞれ違うから、ゴールドアベランの女王がその魔力の質や量を気に入るかどうかがポイントだ。

女王が気に入って巣の外に出て来てダンスを踊れば、成功だ。女王の夫が魔力の持ち主にお礼として蜜玉を持って来てくれる。

そんなゴールドアベラン達が、この敷地の一角に巣を作っているのだ。まあ、ここにはお花とかいっぱいあるもんね。

「今日も可愛いダンスが見れるかな〜」

花畑や花壇《かだん》や果樹園、ハーブ畑なども巡って次々とそこにも魔力水を撒いていくと、奥の方のそれなりに大きな二本の木の間に、でっかい蜂の巣が見える。

たくさんのゴールドアベラン達が巣から出たり、入ったりして忙しそうだ。

私が近づくとお尻がモフモフのピンク色の毛で覆《おお》われた、女王蜂が巣から出てきた。黒いお目々がつぶらで可愛らしい。なんとなく女子力高めな魔虫さんだ。そして、彼女は巣の前でホバリングしながら、お尻フリフリして踊るのだ。

ああ、今日も可愛くて癒《いや》されるわー。いつもありがとう。

それが終わると女王蜂よりも二回りほど大きくて、微妙に目つきの悪い全身真っ黒の蜂が、蜜玉を持ってやって来た。どうやら今日も、お礼の品をくれるらしい。ちなみにこの黒い蜂が女王の夫。

巣にいる働き蜂、兵隊蜂達はみんなこの二匹の子供だ。

女王と女王の夫以外の蜂はお尻がピンクと黒のシマシマなのよ〜。

それにしても嬉しいけれど、いいのだろうか？　こんなに毎日蜜玉くれたら、巣の中がスカスカになってしまったりしてないか心配。

蜜玉は透明なガラスのような球体でできていて、中にみっちりと黄金色の蜂蜜が入っている。玉の大きさはだいたい直径十五センチくらいだから、結構大きい。

玉に穴を開けてそこから蜂蜜を出し、蓋のできる他の容器に移して使う。だいたい、蜜玉ひとつで二リットル近く蜂蜜が入っている感じかな。

この透明な玉も【鑑定】してみると、いわゆる『みつろう』でできていることがわかった。みつろうには、肌に膜《まく》を張る作用があって、手作りコスメなどでは重宝する素材なのよ。

思いがけず天然のみつろうゲットでちゅー。ラッキー。

これを使って、是非ともハンドクリームなどマイコスメを作りたい。冬場のカサカサお手々をしっとりツヤツヤにしてくれそうだ。素材が素材だけに、売ったら大変なことになりそうだけど。

もらった蜜玉はすぐにストレージにしまう。その後、昨日摘《っ》んでおくようにババ様に頼まれた、薬草や薬花を山のように摘んだり、朝食のデザートに使えそうな果物をもいだり、新芽が出たハーブを摘んだりしながら戻る。

朝から結構な距離を歩き回るが、農家とはそんなものだったので特に大変だとは思わない。

ここの小道はレンガが敷かれていて、途中にお花のアーチだとか、可愛いベンチなんかもあって、イングリッシュガーデンみたいな雰囲気でステキなのだ。毎日ちょっとずつ発見があって楽しい。しかも蜜玉を貰ったり、デザートを好きに物色できたりするのよ。毎日タダで果物狩り。しかもどれも抜群に美味しい。

今日はいい感じに熟したオレンジがたくさんあったので、それを全部もいで来た。時期的にそろそろ終わりな種類なんだろう。

三十～四十個くらいあったんじゃないだろうか。持ったら重いが、ストレージに入れてしまったので平気。

こっちの世界の果物、大きさがちょっと違うんだよね。今日もいで来たオレンジは軽く小玉スイカくらいの大きさがあったし。うふふふ～、絞ってオレンジジュースにしても美味しいだろうし、煮てマーマレードジャムにするのもいいよね～。コンポートって手もあるわね。ドライフルーツやオレンジピールにしたならば、他のものに混ぜこんで楽しめる。皮を乾かして、お茶とブレンドしたらどうだろう。フレーバードのお茶を自分で作れるなんてステキ。

美味しいものを作ることを考えるの、たっのしいなー♪

そのままルンルンしながらお店の方に行き、扉を開けて中に入る。まずはお店の中のお掃除だ。と言っても『クリーン』の魔法を使えば、あっという間に綺麗になってしまうのさ。お仕事なのに、こんなにラクしていいのかしら？

お店が綺麗になったら次は朝食の準備に取り掛かる。朝食はお店の奥にある台所で作るのよ。最初、動き出す時間が違うので、朝食はそれぞれ別々で食べるという話だったのだが、私がここで店の開店準備をしながら朝食を作っていたら、匂いに釣られて二人が起き出してくるようになった。

ご飯は一人よりはみんなでおしゃべりしながら食べた方が美味しいし、今日の仕事の予定なんかも話せるから都合がいい。

ご飯を作る手間は一人前も三人前もほとんど一緒だから、自然と私がみんなの分もまとめて作るようになった。

さて、パンを焼こうっと。小麦粉とひとつまみの塩、天然酵母《こうぼ》を入れて手で混ぜる。混ざったらこねよう。最初は優しく。生地がまとまってきたら力を込めてしっかりと。こねこね、こねる。まあるくひとまとめになり、表面がつややかにこね上がると、もう手にはベトベトくっついたりしないのよ～。

本来ならば、ここからの一次発酵《はっこう》に時間がかかるのだが、あーらびっくり、お料理スキルを持っているので、『発酵』を魔法でできちゃうのだ。これが超便利。

パン作りで何が時間がかかるって、そりゃあとにかく発酵なのよ。でも、この時間のかかる発酵をお料理スキルの『発酵』魔法を使うと短縮できちゃうのさ。

「ほい、『発酵』っと。パン種ちゃん、よろしくね！　美味しくなーれ♪」

パン種がふっくら大きくなる様子をイメージして、魔法をかける。

するとあっという間に、むくむくとパン種が大きく膨《ふく》らんできた。約二倍半に膨らんだら、フィンガーテストで発酵具合を確かめる。

人差指を第二関節くらいまで生地《きじ》に押し込んで、生地が戻って来なければオッケー。

ガス抜きして、軽くこね直し、六分割して成形。閉じ目を下に向けて並べる。濡《ぬ》れふきんをかぶせて二十分ほど休ませたあとに成形しなおして二次発酵だ。二次発酵はまたまた料理スキルの『発酵』魔法を使って短縮。

これはじめよりはるかに大きくなったパン種を温めたオーブンで焼く。

二十分くらいで焼きあがるので、この間にキャベツとベーコンと玉ねぎのスープを作った。

パンの焼ける幸せな匂いが、建物全体に充満していく。ほーら、パンが焼けるぞお。

みんな起きてきてーっ!!

「おはようさん。今日もいい匂いだねえ」

いつも通り、先に起きて来たのはババ様だった。

「おはようございます！　パンもうすぐ焼けますから、座ってて下さいね。卵とかベーコンは焼きますか？」

「スープはなんだい？」

「キャベツとベーコンと玉ねぎの具だくさんスープです」

「じゃあ、卵やベーコンはいらないかねえ」

「はーい。オレンジが熟してたんで、たくさんもいできました。デザートに出しますね。残りは何か作ってもいいですか？」

「もちろん、好きにして構わないよ。私とあの駄猫だけだったら、熟したあと、腐《くさ》らせちまっただけだっただろうからね」

「わーい、ありがとうございます♪　あと、今日も蜜玉を貰っちゃったんですけど、本当に私が頂いちゃっていいんですか？　だってアレ、すっごく高価なんですよね？」

「いいんだよ。従業員が貰ったものを取り上げるほど、落ちぶれちゃいないつもりさ。欲しければ、自分で魔力水を撒いて分けてくれるようお願いすれば済むんだから。ここのところ忙しくて、あんまりたくさん魔力水を撒いてあげられなかったんだよねえ。アンタが来てくれて、毎日女王がダンスをするほど喜んでくれてるなら良かった。ありがとうね」

「へへへ、魔力だけは無駄にたくさんあるみたいなので、お役に立てて良かったです」

「魔力があるだけじゃ、あのグルメな女王様は踊っちゃくれないよ。今まで何人もが蜜玉目当てでうちの従業員になったが、中には欲望駄々漏《だだも》れでひどく不味かったのか、怒った女王の夫に敷地を出るまで追いかけ回されていたヤツもいたからねえ。そいつは二度とうちの敷地には入れなかったよ。入ろうとすると、兵隊蜂に襲われるんだ」

　こわっ!!　女王の夫は超がつく愛妻家のようだ。

　そのうちティゲルコも起きてくる。目をコシコシとこすりながらゆっくりやってきた。

「おはようニャ」

「おはよー。ぎゅー」

ティゲルコが起きてきたら私は、まず抱きついてモフる。なにをおいてもモフる。これだけは譲《ゆず》れない。

そのフワモコボディに顔を埋めスーハーと猫吸いする瞬間の至福といったら。やはり朝モフはいい。今日も頑張ろうって、元気が出る。

シヴァさんの狼《おおかみ》姿での毛並みは、ふんわりかつ肌に馴染《なじ》むような少ししっとりした感じでこれまた素晴らしい。だが、ティゲルコのふわふわほわほわな毛並みもまた私を天国に連れて行ってくれるのだ。

あー、幸せ!! よし、モフモフ成分充塡《じゅうてん》完了!!

「ちびっこは今日も甘えん坊だニャー」と言いながら、ティゲルコは私の頭をふにふにのでっかい肉球でポンポンしてくれた。ああ、そっちもなんて幸せな感触なのかしら～。

ちびっことという呼び方でもわかるように、ティゲルコにとって私は甘えん坊でもいい『小さな子供』という立ち位置のようだ。おかげでこうして毎朝ご挨拶がわりに抱きついても邪険にされることはない。ラッキー♡

さて、毎朝恒例の朝モフが終わったのでご飯を食べよう。台所の丸いテーブルに座って三人で朝食ターイム。

でっかいにゃんこが椅子《いす》にちんまり座ってご飯を食べる姿は、それはもう可愛くって、毎回飽きずに身悶《みもだ》える。横目でチラッチラッと見ながらこっそりハアハアしちゃうの。ちょっと危ない人みたいだけど許してね。

ああ、いいっ！　もっともっとモフりたい!!　あのフワモコの毛皮に顔を埋めてずっとグリグリしていたいっ!!

そんな溢れ出る欲望を抑えつつも、お肉が大好きなティゲルコのために、厚く切ったベーコンを三枚焼いて出してあげた。ティゲルコはそれを見て嬉しそうに尻尾《しっぽ》を左右にブンブン振る。

「パンは焼き立てでふかふかだし、ベーコンも焼き加減が絶妙でうまいニャー。はぁ、幸せ。ちびっこが来てからご飯が美味しいうえ、ちゃんと休む時間が取れるようになったから、オイラ毛艶《けづや》がよくなったニャ」

毛艶がよくなったならば、是非とももっともっとモフらせていただきたい!!　ブラッシングもしてあげたいなー。

うふふ、私のストレージの中にはリトルブヒタンの毛で作られた、極上ブラシがあるのだ！

リトルブヒタンはあんまり肌触りの良くない毛皮だったからどうしようかと思っていたら、なんとその毛を使って、常滑君がいくつものブラシを作ってくれたの!!

その中でも一番大きなやつは現在シヴァさん専用。

狼姿のシヴァさんをそれでブラッシングしてあげると、ツヤッツヤでふわぁんてなって、なのにしっとり滑《なめ》らかっていう極上の毛並みになるのよっ!!　でも番《つがい》に対する独占欲の強いタイプだから、同じブラシで私がティゲルコをブラッシングしたら怒りそう。

飼ってたコにもそういうタイプいたなー。毛の性質もちょっと違うし、ティゲルコには別のを探そうっと。

ご飯の間、今日のお仕事の予定や、町の噂《うわさ》話、昨日来たお客様からもたらされた情報など話題

は尽きず、食卓は賑《にぎ》やかだ。一人のご飯は寂しいからこういうのはすごく嬉しい。

オレンジを食べやすい大きさに切ってから、魔法で冷やしてこれもデザートで出してあげる。

さらにはオレンジの果肉をたくさんポットに入れて、濃いめに煮出したお茶をそこに注いだ。フルーツティーというやつよ。

カップに注いで飲んでみると、オレンジの果汁とお茶がいい具合にブレンドされ、爽やかな香りがするうえ、ほんのり甘くなってて美味しかった。なんかすごく贅沢《ぜいたく》なお味〜。

「ほう、このお茶美味しいねえ。生のオレンジを入れたのかい？」

どうやらババ様は気に入ってくれたようだ。

「はい。たくさんあったので、オレンジを贅沢に使ったフルーツティーにしてみました。これ、アイスティーにしても美味しいでしょうから、いっぱい作って冷やしておきますね」

「それは嬉しいねえ。美味しいご飯やお茶があると、仕事も捗《はかど》るってもんさ」

お仕事でどうしても調合室に籠《こも》りっぱなしになることが多いので、ご飯はお仕事の能率を上げる大事なファクターなのだとか。

食べ終わったら台所を片付けて、ババ様達が作った、今日売る分の魔法薬を保管庫から出して来て、カウンターの後ろの棚に並べていく。

ポーションにハイポーション、魔力回復薬などは冒険者ギルドにも多少卸《おろ》しているが、特殊な解毒薬や傷薬、熱冷ましや腹痛止めの魔法薬など、ギルドに卸していないものもたくさんあるので、お店に買いにくるお客様は多い。ただし、ほとんどが常連さんだ。

高いけどエクスポーションとか万能薬も一応あるのよ？　たまーに買って行く人がいるんだけど、

値段にビビる。

あとねー、ティゲルコの作る腹痛止めは大変効《き》きがいいらしく、お腹《なか》の弱い人には人気の商品なの。

小瓶に入った小粒で緑色の丸薬なのだが、舌の上で溶けやすく、味も美味しく作ってあるから、出先でお腹が痛くなったら、すぐに水なしでも飲めるのだとか。

そうねー、森に入ってから腹痛起こしても、トイレなんてないもんね。お腹に力が入んなかったら戦えないし。

人が周りにいなければトイレはどこでもできるかもしれないけど、その間に魔獣に襲われたらお終《しま》いだし。うん、納得。そんなマヌケな死に方、誰だってイヤよね。

私は商品を棚に並べ終わったら、扉の外のプレートを『開店中』に変えて、お店を開ける。

びっくりなことにこの時点で既にお客様がドアの前で数人並んで待っているのだ。

朝早くから、依頼を果たすため魔の森へ行く人や、旅立つ人が朝イチで薬を買いに来るからららしい。

私はお客様に言われたものを棚からカウンターに出し、計算してお金を受け取る。この繰り返しだが、しばらくは次から次へとやって来るお客様を捌《さば》くので、ひたすら忙しい。

私がお店で売り子をしている間、ババ様とティゲルコは調合室に籠ってひたすら薬を作る。

ここしばらく魔法薬のストックが切れ、店が自転車操業状態だったので、午前中から薬作りに集中できることを二人はそれはもう喜んだ。

一年前まではお店番に来てくれる人がいたのだが、お嫁に行ってしまったのだとか。

薬草の手入れや採集、在庫管理なんかまでやってくれていた人だったので、抜けた穴を埋めるのは大変だったと言っていた。

お店番も二人だと交代でやらなければならず、それはもう目の回るような忙しさだったらしい。

魔法薬づくりとお店番の他に、広い敷地内にある薬草や薬花などの世話や採集もしなければならないのだ。時間はいくらあっても足りないよね。

ティゲルコが『過労死する』と言ってたのも大袈裟《おおげさ》ではなく、このまま人が見つからなければ、作る薬を減らして、販売も全《すべ》てどこかに委託《いたく》しなければならないかと思っていたのだそう。

だが、他に販売を委託するとなると、向こうから『発注』を受ける形になるから、流行《はや》り病や突発的な事態の時に対処が遅れる可能性が高い。

ババ様は毎日冒険者達からもたらされる情報によって、かなりの確率で流行りだす病気や魔獣の大量発生などを予測できるらしい。

予測できれば、ギルドを通して情報を流し、注意喚起《かんき》することもできるし、対処するための魔法薬を事態に先んじて作り溜《だ》めしておくこともできるから、被害を最小限に抑えることができるのだという。

しかし販売を委託してしまうと、その情報が入らなくなる。結果、前兆を見逃して被害が拡大してしまったら、薬の用意や対処が後手《ごて》に回ることになるのを恐れ、なんとか頑張って店を開け続けていたのだ。

しかし、なにせ接客で忙しいと薬作りが終わらず、お店が終わってからも夜中まで薬を作ることになり、睡眠不足が続いていたらしい。タイミング悪く、集団感染しやすい熱病が今年に限って大流行したり、特殊な毒を持つ虫の大発生の年に当たったりしたことも、事態を悪化させることに拍《はく》車《しゃ》をかけたようだ。

ここにゴールドアベランが共生していることは有名だったから、何人もがチャンスとばかりに蜜玉などの副収入を目当てに働きにやってきたが、結局どの人も三日と保《も》たなかったとのこと。

やめていく理由は様々で知識はあるが妙にプライドが高くて掃除などの雑用は嫌がったり、やる気と知識はあるけど体力がなかったり……などなど。

後は魔力の質が気に入らないとゴールドアベラン達に追い出された人も多かったようだ。欲にかられた邪《よこしま》な想《おも》いが多い人の魔力は特にダメだったらしい。

魔力をたっぷり含んだ朝露を集めるとか、根気のいる作業もあったりするしね。

薬の瓶は一本一本はそんなに重くないけど、いっぱい入った補充用の籠はかなり重いし。

私はストレージ持ちだから、重い物や嵩張《かさば》る物を運ぶのに苦労しないが、普通に手で持って運ぶんだったら、毎日かなり大変だと思う。案外重労働なのよね、ここの仕事。

ババ様やティゲルコが魔法薬作りで使う、薬草などの素材を用意するのも大事な仕事だ。覚え切れないほどの種類がある中から、必要な薬草を毎日たくさん集めて来なきゃならない。

私は【鑑定】スキルがあるから、だいたいの場所を聞けば後はなんとかできてるけど、知識があやふやな人には難しいだろう。だって、似たようなのがいっぱいあるんだもの。似てるけど効能が真逆なのとか、間違えたら大変よ。

まあ、それでも私だって時間を見つけてどこに何が植わってるかの地図を作ってる最中なんだけど。教えられたのを一回で覚えられるほど頭が良くないからさー。

あと魔力があまり多くない人だと、魔力水を敷地全体に撒くだけで魔力切れを起こしそうになり、その後の時間はぐったりしてしまって使い物にならなかったりもしたらしい。

その人は次の日からもう来なかったそうだ。『たんねーよ。もっと魔力寄越《よこ》せや』とばかりに、蜜を集めるゴールドアベラン達にずっとブンブンついて回られるのもストレスだったのだろうと、ババ様が言っていた。

はっきり言えば『メディシーナ』の薬は決して安くない。他ではなかなか手に入らない薬草なども自分のところで育てて品種改良までして使っているし、それなりの技術や知識や工夫の結晶だからだ。

二人は薬で暴利を貪《むさぼ》ろうとしているわけではない。対価として相応《ふさわ》しい金額を貰っているだけである。

なのに、それが人によっては、楽してボロ儲《もう》けしているように見えたという。ここに勤められれば、その甘い蜜を自分も吸えると考えるなど勘違いもいいところだ。

さて、開店から二時間ほどでお店は一旦《いったん》落ち着く。そうしたら私はちょっとした作業を始める。

【製薬・調合】のスキルを持っているので、薬草を乾かしたりする魔法『ドライ』や、植物の葉や花から精油を作ったりする魔法『抽出《ちゅうしゅつ》』が使えるのさ。

どうやらこの【スキル】ってやつは、前の世界で身につけた技術や能力を反映しているらしい。

私の場合、【料理】はおばあちゃんに教わって、毎日のように一緒に作っていたし、枇杷《びわ》の葉やどくだみ草なんかを使う、手作り化粧水や簡単な薬は家でよく作っていたから、【製薬・調合】のスキルがついたんじゃないだろうか。薬草も薬花も、そのままではなく乾かして粉末にするなど、下処理してから使うものも多い。そういう作業は結構手間がかかるものなのよ。

だからこうやって空いた時間に少しずつやっておくの。

精油やハーブチンキなんかも空いた時間に作り溜めている最中なので、生活が落ち着いたら、それらを使って色々作ろうと計画中。

薬草や薬花はモノによっては魔法で乾かすのではなく、お日様に当てて乾かした方がいいものもあるので、そういったものは束ねて外に干しておくのよ。

カウンターから出て、お店の端っこ、窓際の位置に置いてあるテーブルの上に布を敷き、朝に採ってきた薬草や薬花、ハーブなどを出して広げる。この椅子とテーブルのセットは私が来てから、置いて貰ったものだ。

お店の中は結構スペースが無駄に余っていたので、端っこでいいから机と椅子を置きたいと言ったら、アッサリとOKされた。

買い物を待つ間、お客様に座っていて貰ってもいいし、私がこうやって店番しながら作業するにも便利である。

カウンターは幅はあるが奥行きがない上、私にはちょっと高いので作業しづらかったのだ。

四角い大きめのテーブルはちょっと太めの脚が四本ついていて、天板の縁に沿ってグルリと一周、蔦《つた》が飾り彫りされていてお洒落《しゃれ》。テーブルがあまりが高くない作りなので、私には丁度いい。

ただ、全体的に大柄な獣人族の人々にはちょっと高さが足りなかったらしく、日常で使うには不便ということで売れ残っていた。おかげでこんなに素敵な造りなのに格安で買えたのだ。

置いてある四脚の椅子は形がみんな違っているのがポイント。色はテーブルと同じだが、形はバラバラ。

それぞれに味があって、私は大変気に入っている。その日の気分で座る椅子を選んでみたりね。

お客様の中でも、人によってお気に入りの椅子が違っていたりと面白いのよ。それを発見すると、接客中でも思わずニヤリとしてしまう。

「今日のはどれも『ドライ』で乾かしちゃっていいってババ様言ってたよね～。ほい、『ドライ～』。こっちのお花も『ドライ～』。かーらーのー、葉っぱを粉末状にする『クラッシュ』発動!! うん、できた。そうしたらそれぞれを瓶に入れて保管してっと。このお花は粉にせずに使うから、このまま瓶に仕舞《しま》ってっと。ハーブもドライハーブにして、お料理に使お。お塩と何種類かブレンドしたハーブを合わせて、ハーブ塩を作っておくのもいいかな。お肉を焼いた時とかに便利なんだよね。ティゲルコが喜びそう。ハーブオイルも作っておくと、ドレッシングやソース作る時とかにいいよね。空き瓶あるからそれも作っておこっと♪」

作業の合間にもポツポツお客様はやって来るのでその都度、手を止めて対応。作業が一段落したら店番しつつ、お昼の準備に取り掛かる。

この時間はもうあんまり人が来ないし、来たとしてもドアベルが鳴るから台所にいても大丈夫。

ま、昼ご飯の準備とは言っても、今日は朝に焼いたパンを上下半分にカットして、作っておいたマヨネーズを塗り、お野菜とハムとチーズを挟むだけの簡単サンドイッチなんだけどね。

朝に作ったスープを温め、そこに牛の魔獣の乳を加えてミルク仕立てに味を変更。さっき乾かして細かく刻んで作っておいた、ミックスハーブを彩りと香り付けにちょっとだけ散らす。

よし、完成っと。ジューサーミキサーが欲しいなあ。

ポタージュスープとか、お野菜と果物のスムージーとかお料理の下ごしらえに便利なんだよね。

明日のお休みに常滑君に会いに行って、作れるか聞いてみよっと。

お店の扉にかかっているプレートを『閉店中』に変え、調合室にいるババ様とティゲルコに声をかけた。お店はお昼ご飯中は閉めちゃうの。二人ともご飯は休憩《きゅうけい》がてらゆっくり食べたいんだって。

「お昼ご飯、できましたよー」

朝と同じように、三人でテーブルを囲む。冷やしておいたフルーツティーもコップに注いで、配っておこう。

ん、やっぱりこのフルーツティー、アイスにしたらウマウマだわ〜。

こんな感じで、私の午前中は終わる。

◆　◆　◆

さて、午後になるとティゲルコかババ様のどちらかとお店番を代わる。そして残った方が、薬を作りつつ私に魔法薬の作り方を教えてくれるのだ。

確かに私は緑魔法が使えるのでポーションなどを既に作れたが、実は作り方がてんでなってなかったのである。

ゲームではスキルを得ればポンポン簡単に薬が作れるようになるが、現実は違うのだ。

作り方にもやはり上手に作るコツや方法があって、私のやり方だと効果が微妙。

実際にババ様やティゲルコの作るポーションと比べると、回復量が全然違っていた。今は色々コツとかを教わりながら修行中といったところ。

エルフであるババ様と妖精族《ようせい》のティゲルコの持つ知識は膨大《ぼうだい》で、他にも様々な役立つ魔法薬のレシピを持っているようだ。

ここにいる間はいくらでもその知識を教えてくれるというから、かなりラッキーだと思う。

だってそういうものって、普通はお金を払ったっておいそれと教えてもらえるようなものじゃないでしょ？　しかも、素材はここにあるものならばほとんどなんでも使って練習していいって言うし。

今日は一番基本的なポーションを教えてもらったんだ。素材の下処理の仕方、材料の混ぜ方や魔力の溶かし方など覚えなきゃならないことはたくさんあったけれど、おかげで教わる前に作ったものより遥かに出来がいいのができた。最後に蓋をして、魔力が漏れないように封印の呪文《じゅもん》を書く。

それだって魔力の込め方を一定にして書かないと、封印の効力にムラができてしまうのだそう。

ババ様やティゲルコがやると百年はそのままの状態を保持できるらしい。すごいわー。

「何事も練習さね。あんたの作ったポーションだって、悪くはないよ。でも、もう少し練習しないと『メディシーナ』の商品としては売り出せないかねえ。でもそれだって需要はあるよ。薬師見習いが作った商品だと正直に言って、冒険者ギルドで普通よりも安く売ればいいのさ。そのために瓶も、うちのポーションとは違うデザインの瓶に詰めさせたんだからね。まだ駆け出しの冒険者やら、お金があまりない連中にはありがたい商品で、たぶんすぐに売れるから心配いらないよ」

ババ様はそう言って、私の頭を優しくポンポンしてくれた。

夕方になると、もう一度お客様がたくさん来る時間になるので、私は接客に戻る。魔の森から帰って来た人からもたらされる情報は貴重だから、しっかり見聞きするよう言われた。

季節や状況によって、森の状態は当然変わる。毒や麻痺《まひ》、石化など状態異常を起こさせる魔獣はたくさんいて、用意すべき薬も多岐《たき》に亘《わた》るのだとか。

魔獣の種類によって、持つ毒の種類が違うのだから当然で、いくら魔法薬といえども全ての毒に効く薬などあまりない。

世界樹の雫をほんのすこーし混ぜて作る超万能解毒薬やほぼ全ての状態異常に対処できる超万能薬も存在するが、そういったモノは素材が素材だけに当然バカ高い。

普通では手が出ないような値段になっているので、持てる人間はごくごく稀《まれ》だ。

なのでほとんどの人が魔獣の発生分布や季節にしたがって、持っていた方がいい薬を揃え、持ち歩くのが一般的。

魔獣や魔虫が大量発生や大量出現する前兆は必ずあるので、ババ様達は森から帰って来た人の情報を精査し、作っておいた方がいい薬を予測して、足りなくならないよう準備する。

薬によってはすぐに素材が手に入らないものもあるから、この情報は薬屋にとって重要だ。

お客さん達も、イザというときに薬が手に入らないのは命に関わるから、目についた変化や魔獣の発生状態などは自ら教えてくれるのだとか。

話を聞きながら今日はティゲルコと二人でお客様を捌く。

それが終わったら、私のお仕事は終了。お店はまだもう少し開けておくが、あがってしまっていいと言われた。

魔法薬が以前と同じくらいストックできたら、お休みももう少し増やしてもらえるらしいし、夕方もっと早くあがれる日が増えると言われた。

お仕事楽しいから、今のままでも全然かまわないのになー。

その後はツリーハウスに戻って夕食の準備。作った夕ご飯はババ様とティゲルコにもおすそ分けするが、食べるのは別々。

あ、ご飯の材料を買うお金はババ様がちゃんとくれたの。

世界樹の葉だの、幻の蜂蜜だの、色々副収入があるから（今のところどっちもフラグが立ちそうだから現金化の目処《めど》は立ってないケド）、いらないって言ったんだけど、タダだとかえって作ってもらいづらいからって。

チーズやバターやミルク、あと卵は、ババ様お気に入りの牧場があってそこから直接買っている。週に一度、まとめて配達してくれるんだ。聞いたら、生クリームやクリームチーズなんかもあるっていうのでお願いした。今度おやつにチーズケーキを焼いてあげるんだ。

魔石を利用して食品を冷やしておける冷蔵庫もちゃんと存在するのよっ!!　ビバッ！　文化的な生活。

私は確かにストレージ持ちだけれど、台所にある冷蔵庫を覗《のぞ》いて、『中になにがあったかなー。何を作ろうかなー』と考える時間が好きなのだ。

家で夕食を作りつつ、今日の朝にもいだオレンジのいくつかでマーマレードジャムを作ったり、ドライフルーツを作ったりしてのんびり過ごす。

テレビもゲームも手元にない現在、やれることは限られる。とりあえず私は美味しいものを作り溜めることに夢中だ。

濃い濃度の砂糖水を火にかけ、ちょっと厚めにスライスしたオレンジを投入してグツグツ茹《ゆ》でる。これを後で乾かすのよ。砂糖の膜《まく》でうっすら白く覆《おお》われたオレンジのドライフルーツは、最高に美味しいんだから。

甘いものは女の子には必需品なの。豊かな食生活には必須なのよ!! だって甘いモノは別腹だからね〜。

そんな感じでゆったり過ごしていると、コツコツと誰かが窓を叩《たた》いた。

大きな掃き出し窓の外に浮かぶのは、蒼銀《そうぎん》の毛皮を持つ大きな狼。なんと魔法で飛べるらしい。

「お疲れ様〜。おかえりなさい」そう言いながら、窓を開けて迎え入れる。

もふっとした塊《かたまり》が窓からスルリと入って来て、私の顔をぺろりと舐《な》めた。こぢんまりとした部屋におっきなわんこ。うん、和《なご》む。もふもふの毛皮に抱きついてスリスリ頬《ほお》ずりするのが、日課になりつつある。ああ、癒されるわぁ。

毎日、こうしてシヴァさんはやって来る。ここに引っ越した夜も、当然のようにやって来てそのまま泊まっていった。

だって仕方なかったの。モフモフわんこ（本当は狼だけど）の姿で来るんだもん。

掃き出し窓の外にあるベランダにお座りして、お耳をぺたんってして『入れて？』って首を傾《かし》げるのよ？　拒否できると思う？　絶対に無理。

入れちゃうよ。断れるわけないよ。モフモフ大好きな私の萌えポイント鷲掴《わしづか》みだったよ。

その日はそのままモフモフに包まれて寝ました。至福だった〜。

次の日も、その次の日もモフモフわんこの姿で夜、寝る前にやって来て、添い寝だけして帰って行くの。そりゃあね……絆《ほだ》されるよ。

だって異世界に来て初めて自分のお家を手に入れたけど、ひとりなんだもの。

もしもシヴァさんが来てくれなかったら、寂《さび》しくてちょびっと泣いちゃったかもしれない。

でもシヴァさんの毛皮と匂いに包まれてトクントクンという心臓の音を聞いていたら、なんだか安心しちゃってぐっすりと眠れたの。

思えば、異世界に来てこんなに安心して眠れたのは初めてかも。ずっと神経がピリピリしてて、気が休まらなかった。今思えば、眠りも浅かった気がする。

だって自分を守れるのは自分だけって思ってたからね。先行きの見えない不安でいっぱいで、張り詰めていなかったら、立ち上がれなくなっちゃいそうだったのだ。

今は仕事が決まったので、毎日やることがいっぱいだ。楽しくってたまらない。自分の居場所ができたことで、えも言われぬ不安からは逃れられたと思う。

お礼にご飯をと思いついたので、シヴァさんに『よかったら一緒に夜ご飯を食べませんか』って言ったのは引っ越しして四日目の朝のことだった。

一緒にご飯を食べるって、歩み寄りの段階の最初としてはいいと思うの。もの凄《すご》く上機嫌でお仕事に行ったシヴァさんは、その日の夜とんでもなく大きな鳥をお土産に、いつもよりもだいぶ早い時間のうちにやって来た。

そんな感じでなんとなく彼が毎日ここに帰って来て、一緒にご飯を食べて、抱っこされて眠るのが当たり前になってしまったのだ。

帰って来る時は何故か必ず獣体。大きくてモフモフなの。格好良くて、なおかつ可愛いの。だってでっかいわんこにしか見えないんだもん。

勝てない～。あの姿で『入れて？』って首をコテンってされたら絶対に勝てない～。

今日は狩ってきた魔獣のお肉がお土産だった。早々に獣体をといて、イケメンがお部屋に座って、ご飯ができるのを待っている。どうやら私の作るご飯は彼の口に合ったらしい。

はいはい。ご飯が楽しみなのね？　無表情だけど、尻尾がブンブン左右に振られてるもんね。ちくしょー、ごっつ可愛いじゃないかっ!!

今日のは牛肉みたいなお肉だぁ。魔法で熟成させて、さっそく焼いて出そうっと。いいお肉だから、今日の昼間に作ったハーブ塩を振りかけただけで、ものすごく美味しいと思う。

牛丼とか肉じゃがとか、牛カツなんかも喜びそうだよね。

誰かが『美味しい』って喜んでくれるのを想像しながら、メニューを考えるのは楽しい。

毎夜、抱っこされて一緒に眠るけれど、あれからエッチはしていないのよ。

そもそも、あんなの毎日されたら身体《からだ》が保たないしね。流石に気を使ってくれたもよう。

しかし、今日はちょっと様子が違っていた。

ご飯を食べ終わって台所を片付けていると、背後に人の気配がして、覆《おお》いかぶさるように抱きしめられる。

髪に啄《ついば》むようなキスが落ちて来た。次いで、カプリと耳を口に含まれる。あ、それだめなやつ。

「ひゃうん」

はむはむとそのまま耳を甘噛《あまが》みされる。ゾクゾクと首筋に電気が走った。

「ミホ、すっげー可愛い。食べていい？」

残念、ご飯の時間はもう終わったでちゅー!!　見ての通り、ワタクシお片付け中でちゅー!!

「こんなに甘い匂いさせて……俺専用のデザートを用意してくれてたんだろ？　だって、デザートはベ・ツ・バ・ラ、なんだもんな？」

そうそう、デザートはワ・タ・シって、ちがうわっ!!

一人、脳内でノリツッコミしていても状況は変わらない。むしろ悪化する一方ですな。

チュッとリップ音を立てながら、首筋を吸い上げられる。

ハァっと息を耳に吹きかけられたら、「ああ……」と甘い吐息《といき》が洩《も》れた。

一週間前の快楽を私の身体は忘れていなかったらしい。彼の優しい愛撫《あいぶ》の前に、私は無力だった。

◆◆◆

二階の寝室にドナドナされ、服はアッサリとぜーんぶ剝《は》ぎ取られた。

現在、温かく湿った口腔《こうくう》にワタクシのお胸がぱっくりと吸い込まれてマス。

繊細《せんさい》で器用な動きをする彼の舌が口の中で動きまくって、敏感な粒を舐め転がすのでそこから快感が絶賛生産中。

あうっ、み、耳が！　シヴァさんのモフモフの三角お耳が肌を掠《かす》めるたび、ちょっとくすぐったくて甘い痺《しび》れが身体から生まれる。長い絹のようなサラサラの髪も、彼が動く度に肌を掠っていき、その刺激がヤバイ。

もう片方の胸は放っておいてくれて構わないのに、彼の指でクニクニと押しつぶされたり、引っ張られたり、ムニムニと揉《も》まれたりと淫《みだ》らな刺激を絶《た》え間《ま》なく与えられていた。

一応、無駄《むだ》かもしれないけれど首を横に振ってイヤイヤしてるのよ？

あ、でもこういうジェスチャーって、元の世界でも国によって意味が違ってたわー。

まさか、『NO』って通じてない可能性大？

このジェスチャーがこの世界では『もっとやって』とかだったらどうしよう!!　いー────やぁああ──。誰か、この世界の常識を私に教えて下さいっ！

私の意志に反して、身体は与えられる快楽にしっかり反応。ビクビクと震える身体、しなる背中、洩れる鼻にかかった声。だめじゃね？

トロトロと足の付け根から蜜が溢れたのがわかった。

おー─い、勝手に受け入れ準備始めんなー。いいって言ってないぞー。

けれど、身体は流される。やばい……きもちいい……。

シヴァさんの空いた手が首筋をスルリと撫《な》でた。

腰のあたりがゾクリとなって、身体がフルリと震える。くすぐったいのとは明らかに違う感触だと、気づいてしまって慄《おのの》く。

「んぁ……ハァ……あっ」

さらにはもふりとした感触のモノが脇腹《わきばら》を掠めるように、何度も往復し始めた。

「ああっ、やっ、ひぃぅっ」

『ゾクゾクが止まらなくなるからやめて』などと言ったら、嬉々《きき》として益々《ますます》やられそうだ。

うん、それ言ったらだめなやつ。

すると脇腹をさわさわと撫でていた尻尾が、私とシヴァさんの身体の隙間《すきま》にスルリと入り込んで来て、内腿《うちもも》と既に蜜でドロドロの蜜口をスルリと撫でた。

「にゃぁあああん」

この無防備な状況で、柔らかくほわほわの毛がそんなところを撫でてごらんなさい。

発情期の猫みたいな声も出ちゃうってもんさ。断じて、私が悪いんじゃなーい。

シヴァさんはチュッポンッと音を立てて、私の胸から口を離すとニヤリと笑った。

「ミホのやらしい蜜で俺の尻尾がぐっしょり濡れてしまったぞ？　凄いな、アソコがドロドロでぐしょぐしょだ。まだ、触れてもいないのにな？」

そういうことは恥ずかしいからワザワザ言うなー。ばかぁ！　こちとら、こういうことに慣れてないの!!　何が普通かわかんないの!!　思いっきりビギナーなんだからねっ!!

しかし、ヤツの口は止まらなかった。

「ミホは俺の尻尾が大好きだもんな？　今日は尻尾でアソコをスリスリ撫でて、死ぬほどイかせてやろうか？」

確かに尻尾は大好きだけど、そういう意味の好きじゃないもんっ!!

至高のモフモフをエログッズみたいに使うのはやめて――――っ!!

軽口を叩く間も彼の手と尻尾は休むことなくせっせと愛撫を続けているので、喘《あえ》ぐのに忙しくて反論の言葉を発せない私。ちくしょー。

更には尻尾が割れ目をぬって入ってくる。スリスリと割れ目に沿って動いて、敏感な場所に刺激を与え始めた。

頭が芯から蕩けるような快感に襲われる。尻尾でアソコにそんなことをされたら、身体がぐずぐずになっちゃうよ〜。

「やっ、やっ、だめ、それだめ……」

くくっと、喉奥で笑いながらからかうように言葉を紡《つむ》ぐ。

「みーほ？　腰が揺れてるぞ？　益々、やらしい汁もたくさん出て来てて、気持ち良さそうなエロい顔してるのになんでだめなんだ？　ん？」

柔らかい毛皮であらぬところを擦《こす》られて、快楽の渦《うず》に巻き込まれかける。

その淫らな渦にどっぷり巻き込まれたら、身体は快感に支配されて大変なことになってしまうだろう。

でも、でも、止める術《すべ》がないのよー。

あれよあれよという間に昇り詰めていく。

快感で頭が朦朧《もうろう》となってきた。いつの間にか大きく広げられた足の間に彼が座り、割れ目を指でパカリと左右に広げ、剝《む》き出しになった肉襞《にくひだ》を尻尾がゆっくり擦りあげてくる。

気持ち良すぎて、下半身が溶けそう。

よがりまくる私に、エロ狼の声が降ってくる。

「いい子だ。もっともっと啼《な》いて、よがりまくってイケ。じっくり見ててやるからな」

「やだ……みちゃ……やぁっ」

見下ろされながら、一人だけ気持ち良くなって喘ぎながらイクとか、どんだけ恥ずかしいと思ってんのよー。

せめて一緒にハアハアしててくれないとっ!!

そんなどさくさの中でイクならば、まだ耐えられる気がする。

冷静に見下ろされてるなんて恥ずかし過ぎるでしょ!!　なので思わず私は言った。

「やぁっ！　一人でイクのや……。いっしょがいぃ」

それを聞いてシヴァさんは目を見開く。見開いた後に笑みを深くした。

あれれ？　なんだかシヴァさんの雰囲気がなんか……言葉の選び方間違った……カモ？

「お前は相変わらず俺を煽《あお》るのが好きだな？　そんな可愛いことを言ったら、どうなるかわかってるか？　また、気絶できないように回復魔法をかけながら、朝まで入れっぱなしにするぞ？」

いやん。ナニソレ、怖ぃ。

「らめ……あした……おでかけ」

喘ぎで口が回らずカタコトに。

明日はお仕事お休みだから、市場を見たり、いろんなお店を冷やかしたりしたい。あと常滑君にも会いに行かないと。

「ん、俺も休みだから一緒にお出かけしような？　大丈夫だ。また、抱っこしててやるから」

切実に、い――――や――――だ――――。

「やらぁ、あるくぅ」

「でも、煽ったのはミホだぞ？」

「あおってないー」

「一緒にイキたいなんて、可愛いことを言ったのにか？」

「うぅ……」

「くくっ！　お前は本当に可愛いな。冗談だよ。今日はこの前みたいな無茶はしない」

そう言うと、蜜でどろどろの蜜口に指が添えられ、隘路《あいろ》にゆっくりと入り込んで来た。

「とろっとろだな。もう、イキそうだろ？　指と尻尾で一回イッとけ。ほら、ナカのここのところ撫でられるの好きだろ？」

二本に増やされた指を曲げて、感じる場所を探し当てるとソコを執拗に責めだした。

もう片方の手で割れ目を開き、包皮に包まれていた淫核《いんかく》を剝き出しにして、ソコを尻尾で刺激する。

神経が剝き出しになったような敏感な場所だが、柔らかい毛での刺激は恐ろしく気持ち良かった。

一気に快楽に飲み込まれ、頭が真っ白になって、昇り詰める。

全身汗だくになりながら、ビクビクと腰を跳《は》ねさせながらイッた。くったりとした身体にハクハクと乱れる息。

息が整うよりも前に、足を抱えあげられ、アノ信じられない大きさの剛直の先端が、蜜口に当てられる。

「そんなおっきなのはいんないからぁ。こわれちゃう」

断じて言うが、煽ってなどいない。見たまま、思ったままを口にしただけだ。

「そんなに俺を煽んなくてもいっぱい可愛がってやるから、心配すんな」と言って、シヴァさんは私のおでこにチュッと口づける。

ヤツと私には海よりも深い認識の差が存在した。

いっぱいは無理です。ほんのわずかで結構なんです。それでも手に余ります。

けれど認識の差は今日も埋まることなく、みっしり隙間がないほど埋められたのは私の蜜壺《みつつぼ》だった。

ゆっくりとしたストロークで、襞が擦りあげられる。

奥のキモチいい場所をピンポイントで執拗に愛撫されて、再び私はアッサリとイッた。

私がイッてる最中だというのにヤツのモノはまだまだ元気で、刺激に敏感になっている内壁をこれでもかと嬲《なぶ》る。

結果、再びイク私。短いスパンでイッて脱力、再び喘ぐを繰り返す羽目に。

ええ、ええ。イク瞬間、蜜壺がきゅうきゅうとヤツのモノを締め付けたので、無駄に悦《よろこ》ばせることになったさ。

『本当にもう無理』、と泣きそうになったあたりでヤツがフィニッシュ。

やっと終わりかと安堵《あんど》したのを、嘲笑《あざわら》うかのように、やってくれやがった。

「みーほ、コレ好きだろ？　ほら、気持ち良いぞ」

ヤツは、私の体内に入ったヤツの魔力を、ぐるうりと巡らせたのだ。

前回と違って魔力の巡りは良くなってるから、やる必要ないのにっ!!

肌の内側にある性感帯を全部いっぺんに撫でられたような、快感に襲われる。ブワッと全身の毛穴が開いたような感覚の後に、すぐさま絶頂がやってきた。

これをやられると、いきっぱなしになるのは前回経験済。

頭が真っ白になって思考停止。悲鳴のような喘ぎ声しか口から出ないから、悪態《あくたい》をつくこともできない。

だが、私は心の中で誓った。

『明日からしばらく、シヴァさんのご飯は全部生野菜にしてやるぅ!!』

お肉大好きな彼にはさぞ辛《つら》かろう。

◆
◆
◆

今日は『メディシーナ』で働きだしてから、初めてのお休みだ。そんな貴重な休日の朝だというのに、ぎゅうっとされてて身動きが取れない。

やりたいことはいっぱいあって、時間がもったいないからサッサとベッドから出たいんだけど。

私を胸元に抱き込んで、両手で私の身体をいましめているのは、もちろんシヴァさんだ。

まだ薄暗い部屋に彼の蒼銀の髪が浮かび上がる。うーん、なんでこんなにキラキラしてんのかしら? ラメ入りなの?

まあ、いいわ。とりあえず起きよう。私の腰にまわる手をテシテシと叩く。

「おーーきーーてーー」

「ぐう」

あらぁ、起きやしないわ。

もう少し強くしないとだめ?

テシテシをペチペチに変えてみる。

「おーーきーーてーー」

「ぐう」

マジか。

これでも起きないんか？

ペチペチはベシベシに変わる。

それでも起きないので、ジタバタ動いて腕から抜け出そうと試みたら、さらにぎゅうっと抱きしめられてしまった。う、動けない。

「どこに行くつもりだ？」

そう耳元に囁《ささや》かれた挙げ句、チュッとリップ音が響く。朝起き抜けでいきなり髪の毛にキス。ひぃええええ。田舎育ちのおなごにそんな外人みたいなご挨拶はちょっとハードルが高い。

「まだ、薄暗いじゃねーか……今日は仕事休みなんだろ？」

背後から聞こえる声はまだ眠そうだ。

「だって、だって、せっかくのお休みなんだもん。早く起きなきゃもったいないでしょ。あと、お店はお休みだけど魔力水は撒きたいの。ちょっと行って来るから、まだゆっくり寝てていいよ？あ、でもお約束通り回復魔法はかけてね？」

「起きて一緒に行く」

「魔力水を撒くだけよ？」

「ああ」

「じゃあ、一緒に行こう♪」

サクッと回復魔法をかけてもらい、二人でベッドから降り簡単に身支度して外に出る。

身体がベタベタしてないところをみると、『クリーン』の魔法をかけてくれたらしい。

あんなに中で出されて平気なのかって思うでしょ？

なんと、行為の前にピンク色の液体の魔法薬を飲むと、中で出されても妊娠しないんだって。ただし、軽い媚薬《びやく》効果付。

そして『クリーン』の魔法はあるけど、『やっぱりお風呂《ふろ》が欲しーなー』って思ってたら、なんとある朝突然できてました。

寝室の横にいきなり扉が出現してるから、何かと思ったらお風呂だったの。

わりと大きめな木の浴槽《よくそう》がしつらえてあり、下は薄い緑色のタイル張り。ちゃんとシャワーも完備の至れり尽くせり設備。

窓があるけど、ちゃんとすりガラスなので外からは見えない仕様になっている。

それにしてもびっくりだわー。こんなに簡単に部屋が増設できちゃっていいのかしら？

お風呂大好きな日本人なので、嬉しくって毎日入っている。バスボムとかバスソルトとか作りたいなー。ちょうど時期なのか香りの強い花がたくさん咲いてるんだよね。

精油とか花びらを乾かしてドライフラワーとかも作って使いたい。ああ、やりたいことがいっぱい過ぎて困る。

恐れていた『抱っこで水やり』はなんとか回避したが、手を繋《つな》いで水やりすることに。しかも指を絡《から》ませての恋人繋ぎで。

いらなくない？　普通に並んで歩けばよくない？　敷地内なんだから迷子になんかなんないよ？

広大な敷地の中を一回りして、魔力水を撒きながら見回る。色々と収穫できそうなものがたくさんあったな〜。明日からがまた楽しみ。

さあ、お家に戻って朝ご飯を食べてお出かけだっ。

まず最初にずっと気になっていた、常滑君のところを訪ねることにした。

武器や防具、魔道具の製作なども請《う》け負っている『ドワーフの店　東の砦の町店』。名前、そのまんまですね。なんか全国展開してる店の支店みたい。

ただ単に店の名前を考えるのが面倒くさいだけだったらしい。

他にも同じ名前の店が魔国内にいくつもあるので、東の砦の町店とつけてるのだとか。

カランカランと朗らかに鳴るドアベルを鳴らしながらお店の中に入ると、そこにはカウンターと椅子が数脚あるだけだった。そしてカウンターの横にドアが二つ。

武器や防具のお店なのに、商品が展示されてないのはなんで？

カウンターの中には丸い耳に細長い尻尾を持つ、ネズミの獣人さんがいて明るい声で迎え入れてくれる。青い髪の毛がいかにも異世界っぽい。そしてネズミ獣人だけど小さくない。

「いらっしゃいませ!!　ドワーフの店にようこそ！　おや、シヴァ副団長様ではございませんか。どうなさいました？　剣の手入れはこの前したばっかりですよね？　ん？　今日はずいぶん可愛らしいお子様をお連れですねえ。お子様用の練習用の剣か初めての防具のご注文ですか？」

ガックシ。どーせちみっこだよ！　その扱いももう慣れたよ!?

「俺の番だ。可愛かろ？」

そしてこの台詞《せりふ》もいつも通り。もうそれも慣れっこなので、私は適当に聞き流す。そしてキョロキョロ。

うーん、商品はどこ？

「ええっっ！　シヴァ副団長様の番が見つかったんですか？　それは良かったですねー。おめでとうございます！　副団長様にはいつもご贔屓《ひいき》にして頂いておりますから、番様の防具や魔道具など、ご入用な物がございましたら優先的にお作りいたしますので、是非ともご用命下さいませ」

「そうだな。そのうち頼むと思う。今日は注文じゃなくて、人に会いに来たんだ」

「ドワンゴ親方に御用ですか？」

「いや、一週間ほど前に弟子《でし》入りした男がいるだろう？」

「サトルですか？　ええ、おりますけれど彼が何か？」

「俺の番が彼に会いに来たと伝えてくれ。彼女とその男は同郷なんだ」

「まあまあ、そうでございますか。では今ちょっと奥の工房に行って、こちらに出て来られるか聞いてみますね。いやあ、彼が来てくれてから親方の機嫌がいいので、大変助かっているんですよ。職業斡旋所《あっせんじょ》もなかなかいい人材を紹介してくれました」

「ドワンゴの機嫌がいいなら、その男、相当だな」

「親方の琴線《きんせん》に触れるものがあったらしく、怒鳴りもせず、ずっと側《そば》においてますよ」

「そりゃあすげえな。じゃあ、悪いが出て来られるか聞いてみてくれるか？」

「ええ、少々お待ち下さいませ」

私はシヴァさんを見上げながら聞いた。

「ねえねえ、なんでお店の中に商品が置いてないの？」

うおっ、なんですかその蕩けるような笑顔はっ！　ま、眩《まぶ》しい。

「ああ、ドワンゴの店は基本全てオーダーメイドだからな。腕がいいので、みんな自分の特性や体型に合わせた武器や防具を作ってもらうんだ。一度、ドワンゴの作ったものを使ってしまうと、大量生産品は使えなくなる奴が多い。もちろんフルオーダーだから安くはないが、自分の身を守るためのものだと思えば、決して法外な値段ではない………と俺は思っている。高ければいいというものではないが、ドワンゴの作る物に関しては高いことには理由がある」

「へええ」

「まあ、気難しいところがあって、気に食わない相手にはどんなに金貨を山と積まれても、ガンとして作らないようなところもあるがな」

おおっ！　いかにも頑固なデキル職人っぽい。職人はそうじゃなくっちゃね。

すると店の奥からドアを開けて常滑君が出て来た。

眼鏡《めがね》をかけた茫洋《ぼうよう》とした容姿だが、彼は頭脳が明晰《めいせき》でなかなか腹黒い。そして私は知っている。

彼が二次元大好きなケモナーだということを！

実は彼がそれらしい理由をつけて魔国に行くと言ったのも、本当は獣耳《ケモミミ》、尻尾持ちの獣人さん達に会いたかったからではないかと疑っている。

そんな常滑君は私を見た途端、ホッとしたような表情になった。

「清水《きよみず》さん？　良かった、無事だったんだね？　住むところと仕事が決まったとはミンミンさんから聞いてはいたんだけど、僕もまだ仕事を始めたばっかりだから勉強しなくちゃならないことがたくさんあってさ。会いに行けなくてごめんね？」

そう、彼と会うのはフォレストドラゴンの群れと遭遇《そうぐう》し、大変な目に遭《あ》ったあの日以来なのだ。

おおよそ十日ぶりくらいだろうか？　いや、もっと経ってるかも？

「常滑君こそ、体調はもう大丈夫なの？」

そう、あの日何故私が一人で防御魔法を展開しなければならなかったのか？

なぜなら、常滑君は前々日あたりから熱を出し、荷馬車の片隅でグッタリしていて、とても魔法が使えるような状態じゃなかったからなのだ。

「町に入ってベッドで寝られるようになったらすっかり良くなったよ。僕、あんなふうに野宿なんてしたことないから、全然眠れなくってさー。酷《ひど》い寝不足と疲労が原因で、熱出したみたいなんだよね」

ちくしょー、おぼっちゃまめっ！　どうせ私なんか、野宿だってすぐ寝られたさ。毎晩ぐっすりだったよ。なにせ『野生児』だからねっ！

常滑君はニコニコしながら喋《しゃべ》っているが、私と手を繋ぎながら隣に立つシヴァさんが気になるのか、チラチラ見ている。

デスヨネー。十日ほど前に別れた同級生が、いきなり美形と手を繋いで訪ねて来たら、『誰？』って思うよねー。

「え――っと、そちらは？」

やはりスルーはしてもらえなかったか。でも、なんて答えればいいの？

私にはこの世界の『番』ってものが、どんなものなんだか今ひとつ理解できてないのよ～。

日本ならば『結婚』して、役所に届け出れば公的に夫婦として認められたから、わかりやすかったし身分の保証もされていたでしょ？　でも、ここでは？　番＝結婚になるの？　しかも番（仮）な立場だし。

私が答えられないでいると、シヴァさんがあっさりいつもの台詞を言い放った。いやぁ、この人ブレないわー。

「俺はミホの番だ」

「番？　清水さん結婚したの？　いつ？」

わからん。それは私こそが聞きたいことなんだよ、常滑君。

「よくわかんない」

そう答えた私を常滑君が可哀相《かわいそう》な子を見るような目で見た。仕方ないじゃん、本当によくわかんないんだもん。

「まあ、居場所ができたんなら良かったんじゃないの？」

流石だよ委員長。いい具合に適当に話をまとめたね！

「それよりもさ、食材代を払いたいんだけど？　旅の間に清水さんがご飯用意してくれたでしょ？　魔国に着いたら払おうと思ってたんだけど、ずっと会えなかったから気になってたんだ。ずっと美味しいものを食べさせてもらったし、その分僕が多く払うから金額教えてくれる？」

相変わらず律儀《りちぎ》な人だ。確かに魔国に来るまでのご飯の担当は私だった。料理に慣れていたし、一人分も二人分も手間は一緒だったからね。

かかった食材は折半という話でもあったのだが、城の裏山で自分で狩った肉なんかもあったから、具体的な金額がよくわからないんだよねー。

作った食事はかなり多めにストレージにストックしたのだが、魔国に入る前の最後の夕食の時、一緒に旅していた人達に頼み込まれ、残っていた料理のほとんどを放出して振る舞ってしまった。しかも最後の二日間は常滑君は具合が悪かったため、ほとんど食べてない。だから、食材を買ったお金を全部折半というのも違うなーっと思うんだよねえ。

私がどうしたもんかと考え込んでいると、側で聞いていたネズミ獣人のマッキーさんがこう言った。

「もしも金額が提示しづらかったら、サトルに何か魔道具を作ってもらったらいかがですか？　魔国に引っ越して来たばかりならば、生活するうえで欲しい道具などもおありでしょう？」

欲しい道具？　欲しい道具ねえ。

あ、ジューサーミキサー欲しい！

「ジューサーミキサーが欲しい！　超強力で大容量なやつ。できれば冷蔵機能と温め機能がついたらなお良し!!」

「ジューサーミキサー？」

「うん。生の果物を入れてジュースにしたり、煮たお野菜をポタージュスープにしたりするのに便利だよね。冷やす機能をつけて、回転をゆっくりにできればアイスクリームもできると思うんだけどなー。果物を贅沢に使える環境にいるから、スムージーとかも作りたいし」

「まあ、構造は難しくないから作ってあげられると思うけど……。温度調節機能は魔法でなんとかできる部分も多いからイケるんじゃないかな」

「ほんと？」

「うん」

私は小躍《こおど》りして喜んだ。

おばあちゃん達と田舎で暮らしていた頃《ころ》、アメリカ製の超強力大容量のミキサーがうちにあって、毎日大活躍だったのだ。

ジュースやスムージー、スープにも使ったが、トマトケチャップを作るために、トマトを潰《つぶ》したり、マヨネーズ作りなんかもこのミキサーを使えば楽チンだった。

ああいうのが欲しいなー。

ミキサーはかなりのお値段だったが、パワーがあるうえに大変丈夫で、素材も軽くて使いやすかったんだよね。

おばあちゃんは節約家だったけれど、必要なものを買う時にはケチらなかったなあ。

必要だと納得できて、使い勝手のいい物ならば高くてもバーンとお金を出す人だった。

容量やスピード調節機能やパワー調節機能のことなどを細かく話し合って、ジューサーミキサーを作ってもらうことにする。

どうやらこの世界には同じような道具はないらしい。マッキーさんも興味津々《しんしん》な様子で、私達の話を側でニコニコしながら聞いていた。

あんまり時間かからずにできるそうだ。わーい、楽しみ～。

◆
◆
◆

「そういえば、今日は市が立つ日だな。行ってみるか？」

なんでも十日にいっぺんくらい、町の広場で市が立つらしい。

自分の畑で採れたものを売りに来たり、作ったチーズやハム、ベーコンなどの加工品を売りに来たり、古道具のお店なんかも出るのだそうだ。

市場って楽しいよね～。ワクワクしちゃう！

果物や野菜が山と積まれている様は、外国のバザールみたいな雰囲気だ。

あ、南国フルーツがある～。そういえばババ様のところで南国フルーツはなかったな。どうやら南の領地から売りに来てるらしい。

スムージーを作るならば、バナナが欲しいところだ。よし、買おう！

どうせストレージに入れておけば腐る心配がないので、たくさん買っちゃう！　暑くなったら冷凍バナナも美味しいよね。バナナマフィンとかバナナケーキとかにしてもいいし。

他にもマンゴーやパイナップルなどが美味しそうだったので大量に買い込んだ。日本での物価を考えるとかなり安い。

そのまま食べてもいいし、ドライフルーツを作ってもいい。南国フルーツは甘みが強いので、ドライフルーツに向いてるのだ。

以前、召喚された人族の国の王都で買い物した時は、食べ物の値段がこんなに安くなかった。

魔国に来てびっくりしたのは、ここでは生活必需品がとにかくお安いのだ。

各領地を繋ぐ交通網も整備されているし、警備なども行き届いているから盗賊《とうぞく》や野盗《やとう》の類《たぐい》も出ない。

なにせ女の人だけで旅ができるくらい、魔国内は安全なのだ。ゆえに物流も盛ん。

さらにはなんでも緑魔法の使い手さんがたくさんいるので、その人達が国から派遣《はけん》され、定期的に土地を豊かにする魔法をかけて回ってくれているのだとか。

研究者達によって、植物の実りが良くなる魔法薬の研究なども進んでいて、ここ何百年も作物が不作になったことがないのだという。

あ、リンゴも売ってる！

聞くと王都に近い北の方から売りに来たのだと、体格のいいおばちゃんが教えてくれた。

リンゴの木はババ様のとこにもあるんだけど、こちらは時期がズレているせいか、まだ全然実がなっていない。

このリンゴは去年の秋に大量に収穫して、そのまま保管庫で保管しておいたものなんだって。それをあちこちに売りに行くらしい。

ツヤツヤで美味しそう。もちろん買うよ！

リンゴはね、酵母を起こしたり、酵素液を作ったり、お酢《す》とお砂糖と一緒に漬《つ》け込んでサワードリンクやリンゴ酢にしたりと、汎用性《はんようせい》が高いのだ。たくさん買ったら、おまけしてくれた。

買ったものはシヴァさんがサッサとお金を払ってくれてしまう。しかも、どんどん収納の指輪にイン。

お金は自分で払うと言うと、「番である妻にお腹いっぱい食べさせるのは、夫の責務であり権利だ」などと真顔で言われた。

うーん、やはり番＝妻の図式が成り立つのか。しかしそれが『番（仮）』の場合はどうなるんだろう？　その辺、今度ちゃんと確認しないと。

歩いていると、たくさんの古道具をところ狭しと並べたお店があった。

そこで四～五リットルほど入りそうな、大きなガラス製の瓶を見つける。円柱型の透明なガラスの容器。

見た瞬間に思う。『これをドリンクサーバーに作り替えられないかしら？』と。

私は昔から、何故かガラス製のドリンクサーバーに強い憧《あこが》れがあった。雑誌か何かで見て、無性にステキだなと思っていたのだ。

うーわー、欲しい。この微妙に気泡の入ったガラスの感じが好きだわー。

高いかしら？　お値段がどこにもついてないなぁ。でも、ついついジーっとガン見。

「あのガラスの瓶が欲しいのか？　おい店主、そのガラス瓶の値段は幾らだ？」

提示された値段は、日本円ならば二千円くらいだった。

別段そんなに高くない。だからちょっと考えた後で、思い切って買うことに決める。

毎日一生懸命働いているし、贅沢もしていない。一個くらいちょびっと自分にご褒美《ほうび》があってもいいと思うの。生活に絶対必要かって言われたら微妙だけれど、贅沢ってそういうものよね。ときめくものを手に入れると心が潤《うるお》うのさ。

持って来た革の鞄《かばん》からお金を出して、サッサとおじさんに払う。これは絶対に自分で買う！　だって自分へのご褒美だもん！

「それくらい買ってやったのに」

あのね、いくらなんでも貴方《あなた》は私に甘すぎだと思うの。そんなになんでもホイホイ買ってあげちゃだめでしょ？

うっかりバカ高い宝石とかでも、欲しいって言ったらアッサリ買ってくれちゃいそうでコワイ！危ないからそういう場所には近寄らないようにしようっと。

古道具屋を見ていると、精緻《せいち》な模様の入ったティーセットも見つけた。ポットが大きめの割に、カップが三個しかついていない。

「元々はカップは六個あったんだが、元の持ち主がそそっかしくてな、カップを次々に割っちまったんだよ。結局、他のティーセットを買い直したからって、これを売りに出したんだ。モノはいいぜ？　安くしとくがどうだ？」

ババ様のところにはティーセットがあるのだが、やっぱり自分のお家にもティーセットが欲しかったのよね。

お値段を聞くと、千五百円ほどでいいと言う。本当にお安い。青い染料で手描きだという模様も気に入ったし、持った時の肌触りとかもしっくりくる。カップが三個しかなくても、自分が使うならば充分ステキだ。

よし、買っちゃえ！

お金を払って品物を受け取ると、古道具屋を後にして他の場所も見回る。すると、野菜の種や苗を売ってるお店を見つけた。

小さな頃から家のすぐ裏が畑で、色々作っていたから苗とか種を見るとワクワクする。

業者さんから送られて来る、種とか苗ばっかり載っている農家専用の通販の厚い冊子が家にいつもあったんだけど、見るの好きだったなー。

目新しいものがあると植えてみたいって、よくおじいちゃんやおばあちゃんにねだって発注してもらったっけ。

ちなみに東北でもキウイがなったのにはびっくりしたよ。

さて、ここには何があるかな。トマト、じゃがいも、キャベツにレタス、ほうれん草や小松菜、ニンジンに玉ねぎと様々な種類があるみたい。どれも元の世界とあまり変わらなそうで良かった。

実はババ様の持つ広大な敷地内にはかつて畑だったらしき場所があって、こっそり目をつけていたのだ。

けっこう広くて、少し前までは使われていたことが見てとれた。今は雑草だらけだけどね。

ティゲルコとババ様に聞くと、以前ここに働きに来ていた人が使っていて、野菜などを育てていたのだが、その人がお嫁に行ってしまってからは手が回らず放置されているのだという。

トマトとかじゃがいもとかキャベツなんかの常備野菜は、作った方が安上がりだし、何より朝採り野菜って美味しいんだよね。熟してから収穫するから旨味《うまみ》や甘みが全然違うの。

ずっとそういう野菜ばっかり食べて育ったから、最初東京に出て来た時は野菜の味があんまりにもしなくてびっくりしたっけ。

私は勢いに任せて、よく使う野菜の種と苗を思いっきり買い込む。やはり野菜は買うものではなく、自力で作るものだろう。食料生産はスローライフの基本よね！

せっかく使ってない畑があるのだ。使わない手はない。明日からちょっとずつ朝に雑草を刈ったり、土をおこして柔らかくしたりして畑の下準備を始めようっと。

ついでにお野菜が売ってる露店《ろてん》で明日からのお料理に使うお野菜もまとめて買い込んだ。早ければ秋くらいから、自分で作ったお野菜が食べられるかな〜。お肉はね、シヴァさんからいっぱいもらってるからストックがたくさんあるのよ。ありがたいわ♪

ひと通り広場の市を見て回った後で、町の大通りに戻る。

何故かキラキラしい宝石やアクセサリーを売ってるお店に連れ込まれた。おかしい、さっきこういう店には近づかないようにしようって、思ったばっかりだったのに。

恭《うやうや》しく店員さんに対応され、馬鹿《ばか》デッカイ宝石がゴロゴロついた首飾りだとか、腕輪だとかを見せられる。首とか肩が凝《こ》りそうだ。

「で、どれを買う？」

ビックリー!?　この人ってばナニ言っちゃってんの？　なんで買うのが前提なのさ。

さっき冗談で思ったことが現実となったため、心臓がバクバクする。

「い、いりません。そんなのしていくところがないし、首とか肩が凝っちゃいそうだから」

全力でいらないと説明し、なんとか納得してもらい店を出る。なのに、次にはドレスを売ってるお店に連れ込まれた。

こんなの着ていくとこないからいらなーい。

基本、薬を作ってるか草花の面倒を見てることが多いのに、そんなドレスどーすんのよー。

おかげで常滑君のいるドワーフの店に戻って来た時、私は息も絶え絶《だ》《た》えだった。

常滑君にさっき買ったガラス瓶を見せて、ドリンクサーバーにできるか聞く。

「うん、できると思うよ。これも保温と保冷の機能をつけるの？」

「え？　つけられるの？」

「たぶん。まあ、だめだったらごめん」

保温の機能がついたら、冬場も使えていいね！

こうして私は魔国に来て初の休日を、良くも悪くも充分満喫《まんきつ》したのだった。

◆◆◆

お休みの次の日、朝食の席で私はババ様とティゲルコに畑を耕して農作物を作ってもいいかと聞いた。

「あんたも働き者だねえ。もちろん構わないけれど、あんまり無理するんじゃないよ？」

「はーい。ゆっくりぼちぼちやります。それで、畑を耕す道具とかどこにありますか？　流石にしばらく手を入れていないから土が固くなっちゃってると思うんです」

うふふふ、いい畑の土はふかふかなのよ〜。

するとティゲルコが言った。

「畑を耕すニャか？　ちびっこは土を司《つかさど》る茶系魔法が使えるはずニャ。茶色系魔法が使えるならば、土の妖精を呼び出して手伝って貰うといいニャ」

「土の妖精？」

「そうニャ。ちびっこ、この前特殊スキル【まねっこ】でババ様の持ってるスキル【召喚】を写し取らせてもらったはずニャ。だから畑に魔力水を撒いて、土の妖精に手伝って欲しいって喚《よ》びかけて【召喚】するニャ。『野生児』のちびっこが喚んだら、絶対に来てくれるニャ」

ほほう、土の妖精ってどんなんだろう。

小さな女の子の姿とかなら可愛いけど、巨大なミミズだったらどうしよう。見た瞬間、泣いて逃げるな。けれど何事もやってみなければわからないしね。

なので「わかった、やってみる～」と元気に答えた。

その日の午後、ババ様に許可を得て私はお試しで土の妖精さんを召喚してみることにした。

魔力水をたっぷり畑があったところに撒いた後、「土の妖精さん、土の妖精さん、力を貸して欲しいの。畑の土が固くなっちゃったので、ふかふかにしたいからお願い！　耕すの手伝って。【召喚】」と言ってみた。

知らない人が見たら、何もない空間に向かって一人でブツブツ喋っているのだから、頭がイッちゃってる系のヒトに見えることだろう。

誰も入って来ない場所だからできることである。この世界、色々と精神が頑丈でないと暮らせないと思う、今日この頃だ。

さて待つこと数分、何も起きないなあと思ってお店に戻ろうとしたら、突然足元にポコンと穴が開いて、そこから何かが這い出て来た。

尖《とが》った鼻先、長い爪の生えた短い前足、黒っぽい短い毛皮につぶらな瞳で見上げてくるイキモノ。

こ、これはっ!?

「こんにちは～。喚んだのはあなたモグか？」

結論から言うと、土の妖精はモグラさんの外見でした。実際はでっかいミミズとかじゃなくて心底ホッとしてる私。

たとえ種族が妖精でも、見かけがでかいミミズだったらそう何度も喚べないと思う。

「ええっと、あなたが土の妖精さん？」

「そうモグよ～。土の妖精『モグリン』モグ。畑を耕すお手伝いして欲しいモグか？」

穴から首だけぴょこんと出して見上げてくる姿がめっちゃラブリー。

ああっ、抱っこしてナデナデしていいですか？　お持ち帰りしたいぐらい、めんこいよー。

「そうなの。お願いできる？」

「いいモグよ～。一箇所、おれっちのためにあまーいニンジン植えてくれるモグ？」

どのくらいの広さで植えればいいか聞くと、一メートル四方くらいでいいという。

「魔力水をたっぷりかけて育てて欲しいモグ」

「うん、わかった」

「あと、『おいしくなーれ』って、呪文も唱《とな》えて欲しいモグ」

『おいしくなーれ』は呪文なのかな？

「わかった。毎日、魔力水を撒く時に、おいしくなーれって言いながら撒くね」

「嬉しいモグ～。じゃあ、おれっち頑張って耕すモグ。けっこう広いから三日くらいはかかってしまうけどいいモグか？」

自分でやったらもっともっとかかるから、三日で終わるなんてありがたい。

「三日で終わるなんてすごーい。ありがとう！」

「じゃあ、今から始めるモグ。あ、魔力水はこれから毎日撒いて欲しいモグ。終わったらニンジンよろしくモグ〜」

そう言ってモグリンは短い前足でバイバイすると、穴から地面の中に戻って行った。あ、ちゃんと開いた穴を埋めて行ってくれてる。律儀なイイコだ。

元の世界にいたモグラの主食は、土の中にいるミミズや虫だったはずだけど、土の妖精モグリンは違うらしい。

「土の妖精可愛かったな〜。今度ナデナデさせて欲しいな〜」

欲望ダダ漏れだが、どうせ周りに誰もいないのだから構うまい。

そしてモグリンは約束通り、三日で畑の土を全部ふかふかにしてくれた。雑草まで全部ちゃんと処理してくれるという、丁寧な仕事ぶり。なんと素晴らしい。

私は早速モグリンのためのスペースを確保し、そこにニンジンの苗を植えた。

魔力水を撒きながら、「甘くなーれ、おいしくなーれ！」と唱えることも忘れない。

色々いっぺんに植えるのは無理だから、今日はニンジンとじゃがいもとトマトを植えようっと。

じゃがいもは種イモを一個ずつ間を開けて埋めていく。

ニンジンは種もあるけど、今日はとりあえず苗を植えてっと。

トマトも苗を植え、蔓《つる》を這わせるための木の棒を組み合わせて横に立てた。

青菜もなんか欲しいけど、今日はもう時間がないから明日にしよっと。

最後に畑全体に魔力水を撒いておく。「おいしくなーれ！　早く大きくなってね？　私の可愛いお野菜さん達」の呪文（？）付きで。

すると翌朝、びっくりすることが起こっていた。

昨日苗と種イモを植えたばかりの畑に……なんと青々と葉が茂っているではないかっ⁉

ニンジンの葉は長く伸び、トマトは横に立てた木に蔦が這って、既に実までなっている。これはもう、あと数日経てばニンジンもトマトも収穫できるレベルだ。おそらくジャガイモも、これだけ葉が繁っているならば、地下で大きくなっているのだろう。

マジか⁉　ねえねえ、これって異世界の野菜だから？　それとも魔国だから？

確かに昨日、『早く大きくなってね』とは言ったが、まさか本当にそれが叶《かな》うなんて誰も思うまい。

一日でお野菜ができちゃう異常事態に心臓がバクバク。絶対に私のせいじゃないと思いたい。

あ、きっと土の妖精さんのおかげだわー。

野菜の苗もそういう育ちが早い種類だったのよきっと。そういう研究が進んでるんだわ。流石魔国。

そうは言っても昨日は茶色一色だったのに、今日は青々としている畑の異常事態を私は見て見ぬフリをすることに決めた。が、もちろんすぐにバレる。

「ちびっこ、これはいくらなんでもやりすぎニャ」

昨日の今日でいきなり収穫秒読みになった畑を前に、呆《あき》れた声でティゲルコがそう言った。

対する私はしどろもどろだ。なにせちょびっと後ろ暗い気持ちがある。

「え、えーっと、魔国で買った苗とか種だからじゃなくて？　あ、わかった！　土の妖精さんのおかげだ！」

　しかしティゲルコはふるふると首を横に振る。

「魔国ではたしかに植物の生長促進の研究がなされているし、緑の魔法使いの中には『生長促進』の魔法を使える者がいるニャ。でも、苗や種イモから一日で実がなるとか、こんな常識外れなことをするヤツはいないニャ！　ましてや土の妖精にこんな力があるはずニャイ！　他人のせいにしちゃ駄目ニャ！」

　デスヨねー。

「ううっ……、だって魔力水あげて『早く大きくなってね』って言っただけだよ？」

「無意識で『生長促進』の魔法を使ったニャね。ここは特に魔素が濃い場所なうえ、ちびっこが『野生児』だから、相乗して効果が百倍くらいになってしまったニャ」

「小さい頃から植物に『早く大きくなってね』って数百回言ってるけど、こんなふうになったことないよ？」

「うーむ、たぶんちびっこの育った場所が魔素濃度が低いかほとんど無い場所だったのかもしれないニャ。だから、魔法が発動しにゃかったニャ。ここでは、もしもやるときは人目につかないようコッソリ目立たないようにやるニャよ？　うちの敷地内ならば、エルフであるババ様のせいにしてなんとか誤魔化《ごまか》せるけど、外では無理ニャ。こんな凄い力、悪いヤツに目をつけられたら大変ニャ。能力は全部垂れ流しちゃ駄目ニャよ？　自重して、隠すことも覚えるニャ！」

　ティゲルコは大きな肉球付きの手で私の頭をポンポンした。

「エヘヘヘヘヘ……」

「ちびっこ？　注意されているのになんで笑ってるニャ？」

私はティゲルコのフワモコボディにぽふっと抱きついた。ついでに頬をスリスリして、その感触を楽しむ。

「だって心配してもらえるのが嬉しくって」

私がそう言うとハァっと、ティゲルコが溜息《ためいき》をついた。

「副団長がちょっと気の毒になるニャ。こんなのが番だと、いくら心配してもきりがないニャ。おいらだったらきっと心労でハゲてしまうニャ」

「もしもハゲても、私が『伸びてこーい』って唱えたら生えてくるかな？」

「間違ってもそんなことをしちゃ駄目ニャッ!?　万が一それで生えてきたら、世界中のハゲ散らかしたオッサンがここに押し寄せるニャ！　そんなむさ苦しい風景、絶対に見たくニャイ！」

そだねー。それは私もイヤだから絶対にやめるわ。

◆◆◆

さて、メディシーナで働き始めてから二度目のお休みの日、私は一人でソニアさんのお店に来ていた。珍しく一人なのはシヴァさんがお仕事だからだ。異常なまでに過保護な男は私が一人で出かけるのを嫌がるが、ちっさい子供じゃないのだからそろそろ一人で出かけて道や様々なお店の場所などをしっかり覚えたい。

気になるお店もちらほらあったから、たまには一人で出かけて気ままにショッピングなんぞもしてみたいところなのですよ。

なにせシヴァさんと一緒に買い物に行くと全部彼がサッサとお金を払ってしまうので、なんだか悪くてかえってあちこち覗けないのだ。彼曰《いわ》く「番を甘やかすのは夫の特権」だそうだが、ものには限度というものがあると思うの。

なのでソニアさんのお店で、注文していた靴を受け取った後は、ちょこっとお洋服屋さんとかを覗いてみる予定。

どこがお勧めのお店かソニアさんに聞いてみるんだ。ソニアさんは大柄な熊獣人《くま》さん。本当は男の人らしいけれど、いつもセンスの良いワンピースを着ていて、言葉遣いも丁寧だ。なんていうか『面倒見のよい近所のお姉さん』って感じ。まだ出会って間もないけれど、ついつい色々相談したり、わからないことを聞いたりしたくなってしまう雰囲気なのよ。

「はい、ご注文のお品です。履《は》いてみてくれる？　もしも気になるところがあったらお直しするから、遠慮なく言ってね。特にミホちゃんは立ち仕事なんだから、足元は大事よ〜」

受け取ったショートブーツは柔らかい革でできていたので、試着してみると物凄く履き心地が良かった。この靴ならばいくらでも歩けちゃいそうな感じ。青い靴があるなら、普段履き用は要らないんじゃないかなって思っていたけれど、朝の魔力水撒きには今日受け取ったショートブーツの方が明らかに向いているだろう。

泥はねなんかもするしね。今履いているのも充分履きやすいけれど、せっかく綺麗な青い革だし、可愛い刺繍《ししゅう》も入っているから汚れちゃうともったいないもんね。これからは、この青い靴はお出かけ用にしよっと。

「ねえねえ、ソニアさん〜。そういえばこの青い靴はどうしてお店に戻ってきたの？」

かわゆい小人ちゃん達とソニアさんに、ゴールドアベランの蜂蜜を使って作った、はちみつケーキを差し入れすると、一緒にお茶しましょうと誘われた。

かわゆい小人ちゃん達とお茶ですって!?　もちろん是非とも同席させて下さいっ！　ということで現在みんなでまったりティータイム中。ふう、至福♪

小人ちゃん達が小さな小さなティーセットでお茶する姿が恐ろしく可愛くて、私はジタジタとひとり悶《もだ》えたわ。

ケーキを口に入れると、みんな揃ってほっぺたをおさえ、へにゃりと相好を崩すのよ？

はうっ!?　可愛過ぎて鼻血が出そうです。ええ、このまま失血死しても本望ですとも。

ケーキをフォークで切り取り、優雅に口に入れたソニアさんからお褒《ほ》めの言葉を頂く。

「このケーキ、蜂蜜がたっぷりでとっても美味しいわあ。ミホちゃんが作ったの？」

わーい、わーい、褒められた〜。でもこの蜂蜜ケーキは我ながら良い出来だったと思う。

「はい。頂きものの蜂蜜がたくさんあったのでちょっと贅沢に使って作ってみました♪」

嘘《うそ》じゃないもーん。だって毎日、ゴールドアベランが私にくれるんだから、『頂きものの蜂蜜』で間違っていないハズ。

けれど私の言葉を聞いてソニアさんにはすぐにピンと来たようだ。笑顔のまま固まる。

「ねえミホちゃん……ま、まさか……これに使ってる蜂蜜って……」

あっさりばれてーら。やっぱり熊獣人さんだから蜂蜜の味には敏感なのかしら。

「えへへへ、うちの近くでブンブン飛んでるやつのでーす」

これも嘘ではない。ゴールドアベラン達はメディシーナの敷地内に住んでいるので、毎日元気に私の側を飛び回っている。

あれれれ？　ソニアさんってばなんでそんなに深い溜息をつくんですか？

「貴女《あなた》ねえ、これ売ったらいくらになると思ってるの？」

「具体的な金額は知りませんが、ずいぶん高いみたいですね」

「ゴールドアベランの蜜玉なんて、もしもまるまるひと玉売りに出したら、王都でそれなりにいいお家が買えるくらいにはなるわよ？　シヴァ副団長の持つ私財だって凄い額でしょう？　ミホちゃん働く必要なくない？」

シヴァさんはかなりのお金持ちらしい。防衛団の医官であるクリスさんにも同じこと言われたもんね。でも、それと私が働かないこととは別問題なのだ。

「うーん、こういうバカ高くて珍しいものって、欲をかいて下手《へた》に売ったりするとロクでもない奴らに目をつけられて、ひどい目に遭う気がするんですよね〜。そんな目に遭うくらいなら、働きものの可愛い小人ちゃん達にご馳走《ちそう》して、喜んでもらった方が嬉しいです。それに働かなくていいって、そんなにいいことですかねえ？」

私はそうは思わないけどなあ。働いて得られるものはお金だけじゃないのだ。日々、できることが増えていく喜びとか、お客様の笑顔に元気づけられたりとかね。

「ん？」

「だって、聞きましたよ。ソニアさんだって、本当は退団した時、既に一生働かなくてもいいくらいのお金を持ってたって」

「あら、副団長ってば、番に対してはおしゃべりなのね」

「でも、こうやってお店をやってるじゃないですか。可愛い小人ちゃん達と一緒に」

「うふふ、そういえばそうね。可愛いものに囲まれて生活するのが夢だったから、私も今が一番幸せだわ♪」

「ソニアさん、センスが良くて羨《うらや》ましいです！　しかもここの靴、とっても履きやすいし。ステキなお仕事ですね」

ここで譲《ゆず》ってもらった青い靴はバッチリ私の足にフィットしてくれている。

可愛くて履きやすい靴を履いているだけで、毎日幸せ気分になれるから不思議だ。

先日出来上がって来た赤い室内履きも大変素敵な出来栄えで、毎日お店で履いている。

丁寧に鞣《なめ》された赤い革に、緑の糸で縁を飾り縫いしてあって、お花や葉っぱがたくさん刺繍されている可愛いデザインに毎日ときめく。

よく見ると、その葉っぱや花は魔法薬屋でよく使う植物達なのだ。きっと薬師見習いだから、それらを縫いとってくれたのだろうと思う。これは本当に私のために誂《あつら》えられた靴なのだと感じて、心がほっこり温かくなるのよ。小人さん達が一生懸命縫ってくれた靴だもの、大事に大事に履かなきゃね。

「元々、その青い靴をご注文下さったのは、とある貴族の男の子だったのよ〜」

「男の子？　おじさんじゃなくてですか？　お貴族様が娘さんのために注文したんだとばっかり思ってました」

「違うのよ〜。その男の子には相思相愛の幼馴染《おさななじみ》の女の子がいたんだけど、その女の子がある時暴走した馬車に轢《ひ》かれてしまったの。命に別状はなかったんだけれど、足に酷い怪我《けが》を負って、歩くのが困難になってしまったのよ。杖《つえ》をつけば歩けないわけじゃないんだけれど、足を引きずるようになってしまって。その姿をね、心ない貴族のご令嬢達に『みっともない』って人前で笑われたらしいの」

どこの世界にもいるよね、そういうヤツ。呪《のろ》われてしまえばいいのに！

「元々、女の子の方が爵位《しゃくい》が低かったこともあって、高位貴族の男の子のお嫁さんになるには自分は相応しくないって、家に引き籠ってしまったの」

「…………」

「轢いた方も悪い人ではなかったから、女の子を心配して八方手を尽くし、いいお医者様やお薬をお金を惜《お》しまず手配してくれて。治療のかいあって女の子の足は治ったはずだったのに何故か部屋から出ようとすると足が動かなくなってしまったの」

きっと精神的なショックというやつだろう。

「貴族の男の子は寝たきりの生活をしている初恋の女の子が『元気になってくれますように』という願いをこめて、うちで靴を注文してくれたの。お代は冒険者ギルドで依頼を達成して、自分で稼《かせ》いだお金で支払ったのよ。毎日、地道に頑張っていたわ」

ええ子やー。なんてええ話なんやー。

「そうして出来上がったのがその青い靴よ。刺繍してある鳥はヒヨッキーナっていう鳥でね、別名をラブバードっていうのよ。生涯《しょうがい》、たった一羽の相手と添《そ》い遂《と》げる鳥でね、結婚のお祝いのプレゼントなんかにもよく使われるモチーフね。その靴を持って、男の子は女の子に結婚を申し込みに行ったの。まあ、その時二人共まだ十一歳で子供だったから、結婚の約束だけれどね」

うわーお。異世界のお子様の行動力恐るべし。

「靴の贈り物に女の子は大喜びしたそうよ。『元気になったら結婚しようね』『いつかこの靴を履いて一緒にお出かけしようね』って、男の子と交わした約束のために、女の子は頑張って歩く練習を始めたの」

うん、うん。愛の力は偉大だわぁ。

「数年後、女の子の足はちゃんと動くようになって、見事なナイスバディの強く逞《たくま》しい女性に成長。二人は祝福されて無事結婚したわ。ただし、成長したので、靴は新品同然なままサイズが合わなくなってしまったの。思い入れのある大事な靴だけれど、靴なのだから履かれないのは可哀相だって言ってね。この靴はきっと次の持ち主も幸せにしてくれるはずだからって、二人はうちに靴を戻しに来てくれたのよ。次は靴が大切に履いてもらえるご主人様に出会えるようにって」

「じゃあ、私はその二人に感謝しなきゃいけませんね。おかげで抱っこ生活から抜け出せました。靴って本当に大事ですよ。あのままだったら足が退化しちゃったかもしれませんもん」

「うふふ、シヴァ副団長はそれでもよかったみたいだけどね」

「否定できないのがコワイです」

「仕方ないわ。だって狼族ですもの」

「それって仕方ないで済む話なんですか〜」

私ががっくりしていると、小人ちゃん達がワラワラと近寄ってきてくれて、腕をポンポンしてくれた。どうやら『元気出して』って言ってくれてるみたいだ。はあ、癒される。心のオアシスここにありだわ。

「ソニアさーん、またお菓子を差し入れに来ていいですか？」

「まあ、嬉しいこと。小人ちゃん達も喜ぶわ。いつでも来てね」

次はドライフルーツたっぷりのケーキがいいかなあ。マーマレードジャムを作ったからオレンジケーキも捨てがたいし。私は次に作るケーキで頭をいっぱいにしながらお店を後にしたのだった。

五章 ❖ 常滑君、異世界生活を満喫する

I've come to the other world, my occupation is "wild child".

「サトル、お客様が来ているんですが手を離せますか？」

工房にいた僕を呼びに来たのはお店番をしていたネズミ獣人のマッキーさんだった。青い髪を後ろで一つに結わきエプロンをしてる彼は三十代後半だというが、実際の年齢よりもずっと若々しく見える。

「お客様ですか？　僕に？」

魔国のこの町に来てまだ二週間ほどしか経《た》っていない僕に、訪ねてくるような知り合いはほとんどいない。だから、いったい誰《だれ》だろうと思い不思議そうな顔をしてしまった。それをみてとったマッキーさんが言葉を続ける。

「なんでもサトルと同郷の女の子だとおっしゃっているのですが」

そう言われて思い当たるのは一人しかいない。なので僕は慌《あわ》てて立ち上がった。

「ドワンゴ親方、ちょっと外します」

「おうっ」

お店に続くドアを開けると、そこにいたのは二週間ほど前に別れたままになっていた元同級生の清水《きよみず》さんと、三角の獣耳を持つ背の高い美丈夫《びじょうふ》だった。魔国に入る直前、魔法の使い過ぎで倒れた

と聞いて心配していたのだが、元気そうな様子にホッとする。

防衛団で保護されて療養しているとは聞いていたのだが、実際に顔を見て無事なのを確認できたので心底安心した。

ところで、ねえ……清水さん。なんでそのイケメンと手を繋《つな》いでるのかな？　まあ、いいけどさ。

僕と清水さんはこの世界の人間ではない。僕達の人生はこの世界のとある国の奴《やつ》らによって一変させられた。まさか異世界転移などということが自分の身に起こるだなんて、流石《さすが》に僕も予想しなかったよ。

エビール国という最低な人族の国でのことに僕は思いを馳《は》せた。

◆　◆　◆

卒業式前の最後の登校日に教室で地震に襲われた。運動神経に全く自信のない僕は強い揺れに対応できず床に倒れ込み、机の脚に頭をぶつける。痛みにのたうっていたが、ふと目を開けると見知らぬ場所で見知らぬ人々に囲まれているというナゾ状況に困惑。なんと異世界にクラスの連中（先生付き）と飛ばされたのだというではないか。

それって……まあ、いわゆる緊急事態だよね。そうだよね。

そして、そんな時にこそ人の本性とか本質って見えるんだなあ。緊急事態だから自分を取り繕《つくろ》えなくなるんだね。

異世界に来たら、なんと本人の魔力属性などや体力やかしこさが数値に変換され可視化されていたのだ。

ただこれだってその人間の一面を表すに過ぎないのだというのに、全員がそれに一喜一憂《いっきいちゆう》しひどく振り回されている。

子供の頃《ころ》から、全国テストや実力テストなんぞで自分の学力なんかを評価され慣れているハズの現代日本の現役高校生のクセに。

テストの評価なんて一過性。この後の行動指標にしかしちゃいけないと、身に染みてわかっているハズだろう？

うーむ、これも一種のゲーム脳って奴なのかもしれないなー。

あと、多かれ少なかれゲームに慣れてる世代だから、『勇者』だとか『魔法使い』だとか出てくるとついついはしゃいじゃうんだね。

僕達は高校三年生。先日大学受験が終わってそれぞれの進路が決定。泣いた者も笑った者もいるし、未《いま》だ結果待ちの者もいるだろう。けれどとにかくやるべきことは終わってホッとしている者が大半だと思う。けれど、大学はゴールではない。ただの通過点だ。次には就職活動が待ってるし、その後は出世競争だとか婚活だとかがやってくるんだから、普通に生きていくのもなかなか大変。

今の僕達の年齢は、自分の能力だとか将来の道筋だとかが各々わかり始める時期だ。つまり、自分は特別なんかじゃなくてごくごく普通だってことを自覚させられる。しかも、今後もごくごく普通に生きていくのは実はなかなか大変だということにも気づいてしまう。いい会社への就職活動がいかに大変か、少しネットを見れば事例がいくらでも出てくるからね。

そんな時に起こったこの事態。僕らの常識や評価は一気にひっくり返った。

ただのモブでしかなかった自分が、『救国の英雄』などというほんの一握りの選ばれた存在になれるかもしれないというウマい話に、大半が飛びついたのだ。特に男の方がひどかったね。

〝ウマい話には裏がある〟というありがたーい格言を知らんのか！　バカめ。

だいたいこんな胡散臭《うさんくさ》い奴らに自分の能力を全部晒《さら》してどうする。

そんな連中の中にあって、一人で冷静かつ楽しそうに周囲を見ている子がいた。その子の職業はなんと『野生児』だ。

彼女の職業を聞いてみんなは笑い、異世界の国の連中は軽蔑《けいべつ》のまなざしを向けたが、僕は感心していた。『野生児』って凄《すご》いことだと思うんだけど？

野生児ってことは、その本質は生命力に溢《あふ》れ本能に忠実ってことだよね。その上、子供だということでしょ？

つまりそこには無限の可能性があるってことだ。ゲームでもなんでも、能力やレベルはカンストしたらそこで終わりだからね。

しかもだよ、こういう場合変わった職業や能力は大抵チートと相場が決まっているものじゃないかい？　だから僕は彼女の今後が楽しみだった。そう、『彼女』。女の子なんだよねー。なのに、野生児。

ぷくくくく。わ、笑ってゴメン。でも、面白い方優先で。

だから鑑定の石を使う前に僕は彼女のおかしすぎるステータスの一部を偽装してあげたけれども、職業はそのままにしておいた。

うんうん、やっぱり受けたね。僕は気配を消しつつ、その時の周りの連中の態度や表情をこっそり観察する。もちろん人さらい連中とクラスメート達両方をだよ。

彼女に対する対応で、この国の連中やクラスメート達の真の人間性を測れるってものだからね。こういう突発的な非日常の時こそ、その人の本質が現れるってものでしょ？　それ次第で今後どう動くか、周りとどう付き合うかの判断をしなくちゃね。だいたいさ、よく状況もわからないのに、いきなりクラスメートを見下すような奴に信頼をおけると思う？　信頼できない人間に背中を預けるなんて僕は御免《ごめん》です。え？　誰が腹黒だって？　用心深いと言ってくれ。

まあ、しばらくは様子を見てこの世界の情報を集めないとね。他にどんな国があるのか？　地理や宗教、文化程度、法律や身分制度などなど。情報は重要だよ？　人さらい共の言うことを鵜呑《うの》みにするなんて、そんな無知蒙昧《むちもうまい》な真似《まね》、僕には怖くてできないよ。ロールプレイングのゲームの主人公じゃないんだからさ。

そして異世界に来て一カ月、僕は心の底からげんなりしていた。

うわーお。そうだろうと思っていたけれど、やっぱりこの国の王族や貴族は腐《くさ》りきっていました。

この国は背後が山、二方向が魔の森に接している。残るひと方向が隣国に続くがこちらも平地ではなく山裾《やますそ》を越えないと隣国に辿《たど》り着けない。守るに適した国で広大な国土を持つから、かつてはかなりの権勢を誇った大国だった。そう、かつては……。治めるやつがちゃんとしていないと、国って坂を転がるように落ちていけるものなのだ。かつての栄華《えいが》も今は見る影もないって状況で、国が荒れ果てている。

宗教はラウジ様という神様を祀《まつ》る【ラウジ教】という一神教。これがまた『人族こそ最高。それ以外は価値なし』みたいなことを言ってる絵に描いたような人族至上主義。ただしこの教義、はっきり言って極端すぎるので現在は他の国では廃《すた》れ気味なのだとか。でも、この国では依然として力を持っている宗教らしい。

それにしてもあいつら魔国への侵攻を僕達に全部丸投げして、全然自分達の手を汚す気ねーとか本当にふざけてるよね。よし決めた。こんな所はサッサと出て行くのが正解ってもんでしょ。

一方、野生児な彼女は色々なことがあって最近ちょっとだけ荒《すさ》んでいた。

彼女の特殊スキル【まねっこ】は他者のスキルや魔法をコピーできるという一見チート全開なものだったのだが、思ったようには使えなかったからだ。

まず、コピーしたものを他者にあげることができなかった。しかも、コピーしたものが自分で全部使えるというわけでもなかった。

さらには、異世界に来た当初からステータスに記載されているにもかかわらず、何故《なぜ》か発動できない高位の属性魔法がいくつもあったのだ。

うーん、何故だ?

属性魔法で彼女が使えたのは低位のものだけ。青系ならば『ウォーター』、茶系ならば『ソイル』程度。ゲームならば一番初期設定なタイプのもののみ。

でも、僕にはそれが彼女に能力や才能がないからだとは思えない。彼女が高位魔法を使えないことには、きっと何か理由があるはず。そしてその理由は、たぶんとっても重要なことだと思うんだよね。

魔法師団のトップはロクに考えもしなければ原因も探らずに、『絶望的に魔法の才能がない』などとひどい言葉を彼女に浴《あ》びせたらしいが、そうじゃない。

彼女の持つ魔力量を見てもわかる。本当に魔法の才能がないのなら、あの魔力量の説明がつかない。ゲームならばバグを疑うレベルなのだ。彼女の魔力量は文字通り他の人間とは桁《けた》違いの数値を表していたのだから。

もっともそれを知ってるのは当の本人を除けば僕だけだけどね。

全《すべ》ては推測でしかないが、もしも『野生児』という職業の持つ本能的な何かがストップをかけ、彼女にその能力を使わせないのだとしたら、きっとそこに意味はあるのだ。

考え続けた僕がふと思い至ったのは『安全装置』という言葉。

彼女は身体能力に特化した『剣士』や『武闘家《ぶとうか》』や『拳闘士《けんとうし》』といった奴らの、厨二病《ちゅうにびょう》くさい名前の技までコピーできてしまった。魔法がダメなら身体《からだ》を使う方はイケるかもと試してみたらしい。

まあ、結果は不発だったわけだが。

ちょっと落ち込んで「なんでだと思う？」としょんぼりしながら僕に聞きに来たので、その時に僕は推測したことを伝えておいた。それは身体を守るための『安全装置』なのではないかと。

あんな同じ人間とは思えない無茶な動き、必要以上に負荷がかかるはずでしょ？　元々鍛《きた》えてるならばまだしも、そうじゃないなら、下手《へた》すれば筋や血管が切れて大惨事《だいさんじ》になるかもしれないよ？

だってそもそも、コピーした技は自分に適性のある職業の技じゃないいんだからさ。

それを聞いた彼女は「確かに」と言いながら青褪《あおざ》めていた。

もしかしたら、魔法に関しても同じで彼女には『安全装置』が効《き》いているのではないだろうか？

高位魔法がいきなり使えてしまう方が実は不自然なことで、危ないのだとしたら？

だって僕達は魔法なんて使えない世界から来たのだ。慣れない動きをしたら身体に負荷がかかって筋や血管が切れるように、大きな魔法を使ったらやはり身体には何らかの負荷がかかるのではないだろうか？

そしてその危険性をこの国の魔法使い達がそもそもわかっていないだけなのだとしたら？

「これは一考の価値ありだね。僕も急にいきなり強い魔法を使うようなマネはしないようにしよっと」

僕は案外こういう時にカンが働くタイプなのだ。石橋は叩《たた》くだけじゃダメ。あらゆる危険を想定し、対処できるように準備してから渡らなくちゃね。

僕はとにかく最初から体力と戦闘に役立つスキルのなさを理由に、肉体を使った戦闘訓練に一切参加しなかった。

奴らに見せたスキルは生産職丸出しのものだけだったから、諦《あきら》め顔をされちょっぴり嫌味を言われたくらいで、参加を強制されたりはしなかったよ。わかりやすいチートスキルを持つ他のクラスメート達に注目が集まってるのをいいことに、僕はひっそり情報収集に勤《いそ》しんだ。

魔法の訓練の方は流石に少し出たけれど、正直言ってあんまり役に立たなかったかな。頑張ればできるとか、そんな根性論を持ち出されてもねえ。もう少し具体的に頑張る方向性を示してくれるとか技術を教えてくれるならともかくさ。これ以上は意味がなさそうだったので、僕は二回出たあと、すぐに参加するのを止《や》めてしまったよ。

教える方も生産職ですと公言している僕よりも、より戦闘で役立ちそうな子に目をかけていたから、僕が行かなくなっても特に気にした様子はなかったのでホッとする。

そもそもさー、ろくでもないとわかっている奴らに『こいつ役に立つな』などと思われたら、大変でしょ？　監視の目も厳しくなるし、自由に動きづらいしでいいことなしだよ。

僕はいい意味でも悪い意味でもあまり目立たない存在に落ち着いたから、この国の奴らの注目を集めなかった。おかげで情報を集め放題。図書館にも出入り自由だったたし、調理場とか鍛冶《かじ》工房とか、おおよそ貴族のお偉いさんが足を踏み入れないようなところには行き放題。

国の状態ってさ、案外そういう下々の人民を見るとよくわかるのさ。文化程度や識字率《しきじりつ》、国の経済状況や今の政治体制の危《あや》うさなんかがね。

ちなみに様々な情報を集めた結果、この国は没落《ぼつらく》の真っ最中だと判明。まさに崩壊寸前。末期と言っていいような状態だ。

内政は腐りきっているし、外交も滅茶苦茶《めちゃくちゃ》。農民を虐《しいた》げているから、生産性は下降の一途《いっと》。

ほんのわずかに残っているまともな貴族がなんとか踏みとどまっているが、諫言《かんげん》を行うまともな貴族を王が感情のままに更迭《こうてつ》したりするもんだから、どうしようもない。いや、すごいよ。これでよく国としての形を保っているもんだね。

鍛冶工房に出入りしている商人さんに聞いたんだけど、この国、周辺のどの国ともうまくいってないんだって。

理由はなんだかんだいちゃもんをつけて、すぐに賠償金《ばいしょうきん》を寄越《よこ》せだとかタカリのようなことばかりするから。お互いに取り決めた国同士の約束事もすぐに勝手な理由で反故《ほご》にするらしいし。

ふふふふふ。その商人さんから僕は最近いいことを聞いたのさ。魔国にはね、なんと獣人がいるらしいんだ!!　ブラボー♪　それでこそ異世界だよ。

なので僕はこのムカつく国を出たら魔国に行きます。はい、決定っ！　迷う余地ナシ。

せっかくの異世界、こうなったら満喫《まんきつ》しなきゃね。賭《か》けてもいいけど、絶対にこの国の連中は僕らの帰還の方法なんて知らないと思うよ。強欲な奴らがせっかく手に入れた力を簡単に手放すとは思えないし。

魔法を使って喚《よ》んだのならば、帰るときも魔法を使って帰るのだろう。魔国は魔法に長《た》けた者が作った国だという。元の世界への帰還方法を探すならば、この国よりも魔国で探す方が絶対に現実的だ。だから僕はこの国に早々に見切りをつけ、魔国へ行くことを決めた。

幼馴染《おさななじみ》の円城寺翔《えんじょうじかける》は職業が『勇者』なので、恐らくこの国の奴らが放さないだろうなあ。まあ、奴自身も個人的事情で行きたがらないだろうし。その辺はあとで翔本人に確認しよう。

この国を出て魔国を目指すのは一人でも全然構わなかったけれど、せっかくだから心優しい野生児を誘ってみた。うん、こころよいお返事ありがとう。準備するからちょっとだけ待っててね。

僕はこの世界に来てからずっと、城の中で主に二つの場所にいりびたっている。

それは鍛冶工房と図書館。調理場とかにもちょくちょく行くけれど、あそこは人が多いし料理長が口うるさい。料理長以外は親切なんだけどね～。

鍛冶工房には強面《こわもて》のネジル親方という鍛冶師の親父《おやじ》さんがいて毎日せっせと働いている。なんでもこの国で一番腕のいい鍛冶師なんだそうだ。

その作業は見ているだけでもすっごく楽しい。だって実際に剣を打っているところを見られるんだよ？　この興奮、わからないかなあ。

親父さんも顔は怖いが僕が工房でちょろちょろしていても別に怒ったりしなかった。たぶん壊れていた石窯《いしがま》とかを直してあげたからだろう。

どうやって直したのかって？　もちろん土魔法を使ったのさ。素材が石だったからね、土魔法を使えば案外簡単に治ってしまったのだよ。もちろん石窯の造りの知識があったことも大きいかな。自慢じゃないけれど、記憶力と雑学には自信があるのさ。

あと、ここには親方の弟子《でし》の子供達なんかもいて、その子達がみんないい子だから癒《いや》された。

それにしてもいいなー、刀剣作り。生産職スキルで作れそうではあるんだよね～。というわけで刀剣濫作《らんさく》することにしました。

え？　自重ってなんですか？　美味《おい》しいの、それ？

だってせっかく異世界へ来たのだから、やってみたかったアレコレ（生産系）を思う存分に試してみてもバチはあたるまい。

異世界生活を楽しんでいるかって？　あえて『Ｙｅｓ』と言わせてもらおう！　自分でままならないことを嘆いていても仕方ないから、少しでもポジティブに生活しないとね。

僕はゲームでも生産や錬金《れんきん》のシステムがあると、本筋そっちのけで夢中になったタイプだ。冒険するために生産するのではない。生産するために冒険するのだ。

元の世界では見ることも触るようなことも出来ないものが目の前にあるんだよ？　生産大好きの血が騒ぐ。一仕事終わって寛《くつろ》いでいた親方にお願いをして、場所を使わせてもらうことに。わーい、わーい。

歴史オタクで武器オタクでもありますがなにか？　この蓄えた知識を今使わないでいつ使うんだ！　もちろん『今でしょ！』。

せっかくだから元の世界に戻ったら絶対にできないことを思う存分やろうと思うんだよね。まあ戻れるかもわからない状況だけど、そこはおいておいて。

まずは目の前の自分の欲望を果たすことから始めよう。人生楽しんだ者勝ちさ。嘆くなんていつでもできるし、はっきり言って時間の無駄《むだ》。

フフフッ、やってみたかったんだよね、刀剣作り！　え、流行《はや》りに乗っているのかって？

いやいや、例の擬人化が流行る前から刀や剣は好きだったんだよ。

西洋の剣と日本の剣、東洋の剣を種類別に語れちゃうくらいの知識はあるんだ♪　そしてその知識は武器になる。なにせ刀剣以外にも近代武器の構造の知識だって死ぬほど持ってるからね。たぶん材料さえ揃《そろ》えば作れちゃうよ。コワイよね〜。

でも、もしもそれをこの国の宰相《さいしょう》達に知られたら？　たぶん城の中に監禁《かんきん》されて死ぬまで武器作りをさせられる危険が大！　そんなフラグはいりませんからっ！

なので、ここでは安全を考えて……「ナイフを作りたいんです。日常用の」とニッコリと笑って説明をする。

「友人が城の裏山に薬の素材採取に行きたいと言っておりまして。手が小さい子なので、この城にあるようなナイフだと大きくて使いづらいらしいんです」

そう。作るのはあくまで友人のための品。決して自分の欲望ダダ漏《も》れの刀剣作りではない……ということにしよう。建前《たてまえ》って大事だよね。

僕達の事情を少しは知っているらしい親方は、工房にあるものは好きに使っていいと許可をくれた。

ふっふっふ。だがしかーし、僕が作ろうとしているのは、日本刀の製法を使った『懐剣《かいけん》』の魔法剣版。普通のナイフではない。この機会に自分のスキルも色々試してみなければっ。楽しみなのは魔法付与。どんなことができるのかな～。うまくいけば、この城を出てもそれで食べていけるだろうし。

収入源は大事ですよ～。住む場所も食べ物も着るものも、お金がなければ手に入らないのはこの世界でも一緒だからね。この場所では与えられることに慣れてはいけないと僕は思っている。それは鎖《くさり》で縛《しば》られることと一緒だ。

なるべく早く経済的に自立できる道を探っておかないと。だからこそ、今のうちに自分にできることとできないことを冷静に見極めておかなければいけないと思うんだ。

ここの鍛冶師さんは、元々が「大鍛冶」と言われる製鐵《せいてつ》が専門の人達のようだ。

大量の鉄や金属を精製して、そこからイロイロなものを作り出す。だから、その過程で色々な種類のインゴットができるわけだ。

くくくく、今こそ実践《じっせん》してみるべきことがあるっ！

ただナイフを作るだけなら、合金の鋼材を出してきて延ばして削《けず》ればいいだけなんだけどね。今回は日本刀仕様なので何層にも鋼材と重ねて延ばして焼き入れをして、砥石《といし》で研磨《けんま》という手間のかかる作り方をします。

その上、今回は中心に玉鋼《たまはがね》を使うんじゃなくって、ミスリル（聖銀）を使っちゃうんだ♪

だってミスリルだよ、ミ・ス・リ・ル。この僕の興奮が伝わるだろうか。

元の世界には存在しなかったものがあるとわかったら、使ってみたいと思うのが人情でしょう？

なんでミスリルなんて高価な素材が使えたのかって？　それはナイショ。

さて、僕は作る過程で重ねた金属達に土魔法を通した。すると層になった金属同士の特性が保たれたままに一振りの剣とすることができたのだ。

この技術はね～、たぶんスキルからくるものだったのだろう。なんとなくそうなることがわかってしまったのだ。

金属というものは大抵鉱物に含まれている。なので広義の意味では金属も土に分類されるということなのかなと僕は解釈した。あくまで僕の解釈であって正解かどうかはわからないよ？

でも、土魔法がよりそれぞれの金属の特性を引き出し、剣の能力として固定されたのは本当だ。

「サトル～、この製法めっちゃたいっへんだよー！」

「でも、いつもの刃物よりずっと強いものができるよ、きっとー」

手伝ってくれたのは親方の弟子のビート君とスイ君とエイ君。三人は素直な性格で働き者なので、僕は密《ひそ》かに彼らを『鍛冶妖精』と呼んでいた。さて、普通のナイフの数倍の手間と魔力をかけて僕が作り上げたのはごくごくシンプルな三本のナイフだった。

大きい剣でなく、あえて小さい『懐剣』サイズにしたのにはいくつか理由がある。まず大きな剣なんか作っても僕も清水さんも使えない。一本は僕用、一本は清水さん用のつもりで作ったからね。そもそも日常生活に役立つのは剣よりも断然ナイフでしょ。

二つ目の理由はあんまり目立つものを作ると目をつけられるから。ナイフくらいならば目立たない。どちらかといえば武器というよりも生活用品に分類されるものだからね。

三つ目は単純に能力不足。いきなり大きい剣を打つのは無謀《むぼう》ってもんでしょ。

もちろん魔道具職人として、ちゃんと魔法も付与してあるからね！

「ほあああ、すごいね、すごいねっ！」

「すんごい、キレーだあ」

「うん、キラキラしているよねー」

出来上がったナイフに興味津々《しんしん》の工房一同。

「ということで、この一本はこの工房のものです。はいどうぞ」

宰相に『野生児は山に行け』と揶揄《やゆ》されたので、本当に城の裏山に行くことにしたらしい清水さん用に一本。

ちなみに彼女は本当に一人で山に行ったのだ。城の裏山っていっても、結構本格的な鬱蒼《うつそう》とした山なんだよ？　しかし彼女は元気に行って帰って来た。そして『すごいよっ！　城の裏山、宝の山だった！』とはしゃいでいた。あのね僕としては君のそういうところこそが凄いと思うよ。

そもそも人の手が入っていない山なんて遭難してもおかしくないんだよ？　え？　木は全部違うから生えてる木を見れば帰り道は迷いようがない？　ごめん、言ってる意味がわからない。

一本は僕のこれからの生活用に。手になじまない道具ってイライラするからね。このナイフは僕に合わせて作ったからピッタリで使いやすい。

「うえええええ！　手伝っただけなのにいいの!?」

「うわあ、うわあ、こんなナイフ、工房にあるなんて信じられない！」

「こーゆーのを家宝っていうんだよね、嬉《うれ》しいなあー」

きゃっきゃとはしゃぐ子供達よ、懐剣は、「守り刀」とも言います。これが君達を守るために役立つといいんですが。だから僕はそっと、守り刀に言った。「これから、彼らを守ってあげてね」

と。

気のいい彼らがこの国で暮らしていくならば、きっとイロイロあるだろう。

僕はもうすぐここを出て行ってしまう。だから『優しい彼らを守ってあげてね』とそっとお願いをすると、守り刀はキラリと光をはじいて『了解』と答えたように見えた。べつにひとり上手じゃありません。

さて、清水さんに作ったナイフを渡したわけだが……。

彼女は「すごい、すご――いっ！　ナニコレ、キラキラしちゃってて、わあ、紙もスラッと切れちゃうよ!?」と大喜び。

部屋の中のガラクタを探し出して、次々切れ味を試している。その姿はまるで初めてナイフを貰《もら》った小学生のようだった。

なので『うん？　渡すのはもう少し後にすればよかったかな？』と、そんなことを思った僕でありました。

その後、幼馴染の翔がお姫様からもらったという国宝の剣が見かけばかり立派で中身は酷《ひど》い代物《しろもの》だったので、親方に手伝ってもらいながらこっそり剣の本体だけ別物にしてみたり、翔に『先生が自分で身を守れるものを作ってくれ』と言われたので、護身用の短剣を作ったりしていたのだが、ナイショ、ナイショ。翔にも周りには絶対に言うなと口止めしたよ。まあ、あいつは信用できる男なので大丈夫だろう。

そうして城の中でしかるべき時期に備えて淡々と準備を整えていた僕だったが、この世界に来て一カ月ほど経ったとき、工房で親方と昔から付き合いのある商会の若旦那《わかだんな》だという人を紹介された。

城には納品で来たらしい。

商人とは思えない厳《いか》つい容貌《ようぼう》に大きくてゴツイ身体。鋭い目つきに太い眉、高い鷲鼻《わしばな》。ギロリと睨《にら》まれた気がして僕は若干ビビる。

え？　この人が本当に商人？　山賊《さんぞく》じゃなくて？

「おやっさん。うちは店を魔国に移転させることになりやした。この国にある店舗《てんぽ》は商品の整理と移動が終わり次第、全て閉めることに決まりました……」

「そうか」

それを聞いて親方が少しだけ残念そうな顔をした。

「この国の最後の良心と言われていたマクラーレン公爵《こうしゃく》が更迭されたと親父が聞いて、ここでの商売は見限ったようっす。ただ、店舗はなくなりますが、この国での商売を全てやめるわけではないので、必要な素材等、仕入れたいものや売りたいものがありましたら連絡くだせえ」

マクラーレン公爵というのは現王の従弟《いとこ》にあたる人物らしい。腐った王族の中にあって、唯一公明正大、有能を絵に描いたような人物であったが、有能であったが故に王に疎《うと》まれた。

今回の救世主召喚もマクラーレン公爵は最後まで反対していたと聞いている。

親方と親交のあったサンルート商会はマクラーレン公爵が後ろ盾となっていて、それなりに大きな商いを王族ともしていたが、マクラーレン公爵が更迭されたことで公正な取引が難しくなった。

無理難題を押し付けられたり、他の貴族の息のかかった商会に食いものにされてはたまらないので、思い切って拠点を魔国に移すことにしたのだという。

「おめえさんトコの商会が一番信用できるからな。助かるよ」

「うちの親父はこうなることを見越して、どうやら少しずつ魔国に物流の拠点を移していたらしいんす。ただ、店舗を閉めるとなると色々煩雑《はんざつ》なことも多いし、何より仕入れちまった物の移動と処分が大変で……。ったく、もっと早くから言っといてくれりゃ仕入れだってセーブしたのに。急に『みんなで魔国に行くぞー』なんて言い出しやがって。でかい容量のマジックバッグでもあるならともかく、普通に全部人力で運ぼうと思ったら、いつまで経っても終わりゃしませんわー」

「こちらで処分しようと思ったら、足元見られて買い叩かれるだろうしなあ」

「そうなんすよねー」

僕は彼らの会話に聞き耳を立てる。ほうほう、マジックバッグね。存在するんだ。ヨッシャーーっ。うん、いいこと聞いた。作れるかどうか、あとでちょっと試してみようかな。

もしも作れるようになればだいぶラクにお金を稼《かせ》げそうだ。

実際にこの世界に存在するかどうかって大事だよね。存在しない物を作りだしてしまうと、フラグが立ちやすくなるが、既に存在するものであれば作ってもどうとでもごまかせるからさ。

まあそれはそれとして、僕のストレージがあれば若旦那の引っ越し問題は一発で解決するじゃないか！

僕達も慣れない異世界を個人的に旅するよりも、旅慣れた商会に雇《やと》われて、魔国行きに便乗させてもらった方が安全で安心だ。

僕と清水さん、二人分のストレージがあれば運べないものはないと思うんだよねー。よし、これはしっかり交渉しないと!!　親方が紹介してくれたってことは、この人は信頼できる人だってことだろうし。

「すみません。ご相談があるのですが……」

交渉の結果、この城から出たら僕と清水さんの二人は商会の荷運びとして雇ってもらえることになった。むしろ大喜びされたよ。本当に困ってたんだって。

そのまま僕は若旦那と細かく今後の日程などを詰める。計画は細かく詰めたい質《たち》なんだよ。行き当たりばったりとか絶対にムリ。

若旦那が帰った後、鍛冶妖精《ようせい》の三人がちょっと目をうるうるさせながら僕に聞いてきた。

「サトル……お城を出て行っちゃうの？」

「うん。ごめんね」

親方が三人を自分の近くに呼んだ。

「おめーら、サトルにはサトルのするべきことがあるんだ。我儘《わがまま》言うんじゃねーぞ。そいつはこんな場所にいていい人間じゃねえ。今はまだ気づかれてないが、遠からずサトルの能力に気づくヤツが必ず出てくる。そうしたらサトルは俺達以上に自由がなくなるだろう。下手すれば、一生監禁されて武器を作らされ続け、その能力を使い潰《つぶ》されることになるぞ？　こんなに良い奴にそんな目に遭《あ》って欲しいか？」

三人は全力で首を横に振った。

「サトルが出て行くならば、今しかないんだ。笑顔で見送ってやれ」

親方は三人の頭を優しくポンポンした。ポロポロと三人の目から大粒の涙が溢れる。けれど、スイ・エイ・ビートの三人は素直にうんと頷《うなず》いた。

「サトルの友達のあの嬢ちゃんだって、只者《ただもの》じゃねーだろ？　火傷《やけど》がたった一晩で綺麗《きれい》さっぱり治っちまう薬なんて、俺は聞いたことねえぞ？　治るどころじゃねえ、塗《ぬ》った部分の肌が火傷する前よりも綺麗になっちまうなんて普通ありえねえ。ポーションだって、とんでもねえ数を一人で作ったらしいじゃねえか。城の奴ら、今はまだわかりやすい能力を持つ者達に夢中で気づかないが、もしも目をつけられたら厄介《やっかい》なことになるだろう。この城のヤツらは強欲だ。逃げられないよう鎖に繋いで、魔力切れで死ぬ寸前まで扱《こ》き使うなんてことも平気でするだろう。そんなことになったら、ロクな攻撃手段を持たねえ嬢ちゃんには酷《こく》なことになる。出て行けるメドがついたなら、サッサと出て行った方がいい」

「はい」

きっと親方は何もかもわかっていて、商会の若旦那を僕に引き合わせてくれたのだ。

「いいか、サトル。お前の才能は大したもんだ。凡人に毛が生えた程度の俺じゃあ、お前に教えてやれることなんざほとんどありゃしねえ。だが、それでも俺はあえて言う。サトル、お前は今はまだ本当の職人じゃねえ。魔国には素晴らしい技術を持った職人がたくさんいる。いい師匠《ししょう》を見つけろ。お前の才能を目の当たりにしても、ビビらず、嫉妬《しっと》せず、面白がってくれて、その才能を育て、開花させてくれる職人をだ。お前がいい師匠に出会えるよう、俺はこの国でそれだけを願っている」

僕達がここを出て行く日は十日後。

クラスメート達が初めてダンジョンに行く日にぶつけた。泊まりがけらしいので彼らは帰って来ない。

間違っても引き止められたりしないようにしなければと思いその日に決めたのだ。

部屋に帰り、そういえばマジックバッグを作ってみようと思ったんだっけと思い出す。

なんか袋ないかなー。あ、学校の鞄《かばん》に体操着袋が入ってたからこれでいいや。卒業間近なのになんで体操着袋って思ったでしょ？　二学期最後の体育の日に友人に貸したんだよ。洗って返すって言われて、そのまま冬休みに突入。受験で三学期はほとんど学校に行かなかったから、登校日にその友人が律儀《りちぎ》に返して来たんだよね。決して置き忘れてたとかじゃないからっ。

確か図書館で見つけた古い本に作り方が載ってたような……。ボロボロでなおかつ誰も読めないらしい。まあ、僕は異世界言語のスキルがあるから何でも読めちゃうけどねー。

えーっと、まずは袋の中と外の空間を切り離してっと、ふむふむ。で、こーしてっと、ほおほお。うわーお、できちゃったよ。マジか。魔道具作るスキル、凄いな。

学校名と僕の名字が入ったぺらっぺらな体操着袋がマジックバッグに。なんかちょっと微妙。

次の日、スイ君がいつも腰に巻いているウエストポーチみたいな小さい鞄もマジックバッグにしてみました。

感覚的には四畳半くらいの広さなカンジがした。試したわけじゃないけど。

工房のみんなが心配だったので、清水さんが裏山でとったお肉をわけてもらえないかお願いしたら、彼女は嫌な顔ひとつせずニカッと笑って、僕が頼んだ以上の量を山のように積んでくれる。生肉の他に、せっせと作っていたという鳥ハムやベーコン、干し肉などまで。

おまけに山で採取した薬草を使って自分で作ったらしい、傷薬や火傷に効《き》く薬、虫除《むしよ》け薬などまでどんどん並べていく。ベーコンを作るのに小さくてもいいから燻製機《くんせいき》が欲しいと言った彼女に、スイ君達が作ってくれたことへのお礼らしい。そういえば鉄串《てつぐし》だとか、他にも色々作ってもらってたっけ。

「鍛冶妖精さんには色々作ってもらったからそのお礼。よろしく伝えてね」

簡単に「また会おう」などとは言えない世界だ。ここを出て行く僕達にできることなどたかが知れていて、でも優しい彼らに何かせずにはいられなかった。彼らの存在があったから、僕はこの国の人間全てを憎まずに済んだのだから。

その後、僕と清水さんは手はず通り問題を起こして宰相を怒らせ、無事に城を追い出された。

出て行ったものは追いたくなるが、自分から追い出したものには「清々した」と思うだけだろう。この違いは大きい。

追い出された足で僕達はサンルート商会の門を叩き、若旦那との約束通り荷物持ちとして雇ってもらって、二日後にはこのムカつく国を後にしたのだった。

◆　◆　◆

魔国に来てすぐ、仕事を見つけるために職業斡旋所《あっせんじょ》に行った僕は垂れたお耳が可愛《かわい》い犬獣人の若い男の子にうっとりしていたら、このドワンゴ親方の工房を紹介されたのだった。

「今まで、ほとんど弟子を取らなかった人なのですが、とりあえず行ってみて下さい」とニコニコ顔で言われる。

なんでそんなハードルの高いところから紹介するんだよ～。断られたら、落ち込むだろ？

「私のカンですが、なんか大丈夫そうな気がするんですよねぇ～」

カンではなく、もっと具体的かつ現実的な条件で精査し判断して欲しい。こちらは今後の生活がかかっているんだからさ。

「じゃあ、これを持って行ってみて下さいね♪」

僕が何か言う前に、すぐに紹介状と鑑定結果を書いた紙の入った封筒のようなものを差し出され、工房の場所の地図を描《か》いて渡してくれた。

まあ、いいか。とりあえず行ってみよう。弟子をほとんどとったことないって言ってたけど、気難しい人なのかなあ。

『俺は弟子なんて取らねえって言ってんだろうっ!!』とか怒鳴られ、追い出されたらどうしよう。

僕って基本優等生だったから怒られ慣れてないんだよねえ。

けれど僕の心配を他所《よそ》に、お店のカウンターにいたネズミ獣人の人は人好きのする笑顔で丁寧《ていねい》に対応してくれて、すぐに工房に通された。ただし、ドワーフ族である髭《ひげ》もじゃの親方は仕事中らしく何も言われずに立ったまま待たされる。

僕は親方の手際の素晴らしさに目を奪われ、一気に引き込まれた。もっと近くで見たくてついつい近寄ってしまう。親方は僕にチラリと視線を寄越《よこ》したが特に何も言わなかった。

思わず見入ってしまう僕。

うわっ、凄い！　今のどうやったんだろうっ。

僕がわくわくしながらずっと飽《あ》きもせずに親方の作業を見つめていると、唐突にドワンゴ親方が顔をあげた。髭もじゃのにいかにも厳しそうな職人の顔だ。

「楽しいか？」と聞かれたので、「はいっ。すっごく楽しいです」と素直に答える。一流の仕事は、その作業全てが芸術的で美しいと思うんだよねー。もう、いくらでも見ていられる。

「紹介状と鑑定結果を見せてみろ」

僕は言われるがままそれを親方に手渡した。ちなみに紹介状になんて書いてあるかはわからないんだよね。鑑定するとき多少は内容を弄《いじ》ったが、今回はそこまで大きく数値は変えていない。

「なんだコリャ。すっげえ魔力量とスキルだな。あのワンコロ、とんでもないのを寄越しやがって。名前が……とこにゃめ……ときょなめ……言いにくいなっ!!」

「あ、サトルって呼んで下さい」

「サトル、もしも自分で作った物が何かあるなら見せてみろ」

僕はエビール国にいた時に作った守り刀『小夜丸《さよまる》』を親方に差し出した。銘《めい》をつけるなんてやりすぎだって思うでしょ？　でもねー、仕方ないんだよ。そういうお年頃だからね。ちなみに清水さんにあげたやつは銘を『清水《きよみず》』といいます。そのまんまかいっ、とツッコまないように。理由はちゃんとあるんだから。

親方は手袋をはめてから守り刀を受け取り、鞘《さや》から引き出して穴が開きそうなくらいじっくり眺める。

思わず緊張で『ゴクリ』と喉《のど》が鳴ってしまったよ。

やがて鞘に刃《やいば》を戻し、僕に『小夜丸』を返しながらドワンゴ親方は言った。

「これの作り方、誰かに教わったのか？」

「いえ。元々僕の生まれ育った場所に伝わる独特な製法なんです。作り方を知識として知っていただけで、特に誰かに教わってはいません」

「なるほどな。だからアンバランスなのか」

「アンバランス……ですか？」

「モノ自体はよくできている。出すとこに出しゃあかなりいい値段で売れるだろう。何層にも鋼材と重ねて延ばして焼き入れをし、それを砥石で研磨するだなんて、ずいぶん手間のかかることをしてやがんな。その上、中心は玉鋼じゃなくって、ミスリルを使ってるのかよ。なんでだ？」

「ミスリルは、基本的に他の金属と混じり合わないですけれど、金属の層にしていくときは問題ないからです。ミスリルは魔力と相性がいいので、強力な魔法を付与しやすいかと」

「金属の層の間に土魔法を流すとか、面倒くさそうだがこの工法おもしれーな」

「ありがとうございます」

「ただし、魔力の込め方が全然なってねえ。かなりムラがある。これじゃあ、せっかく重ねたにもかかわらず刃の強度が落ちるし、魔力伝達力も下がっちまうぞ。勿体《もったい》ねえ」

「はい」

えっと、これは技術不足で雇えないってことかな？

「とは言ってもだ、これだけの物を作れるんなら工房を自分で立ち上げても充分食っていけるだろう。魔国には若い職人を育てるための補助金制度もあるから、現段階でお前さんくらいの腕があれば自分の店が持てるぞ？　何だったら先行投資をしてくれる者を紹介してやってもいい」

これは遠回しに断られているんだろうか？

「でも……込める魔力にムラがあって、その刀の性能を充分には引き出せてないんですよね？」

「ああ」

「僕は物づくりに妥協したくありません。できればここで雇っていただけませんか？」

「見習いの扱いになるから、そんなに給料は出せねえぞ？　それでもいいならうちに来るといい。で、いつから働けるんだ？　住まいは？」

どうやら雇ってもらえるらしい。うん、是非ともこの人に色々教わりたい。僕は素直にそう思った。だってこの人、絶対に凄腕《すごうで》だ！

「まだ魔国に来たばかりなので、住まいは決まってません。とりあえず決まるまでは宿屋でもとろうかと……」

「工房の上が俺の住まいになっている。部屋は余ってるから住み込め」

住み込んでもいいぞじゃなくて住み込めって言われたが、嫌な気は全然しなかった。この人はたぶん身内認定した相手には、情が湧《わ》くタイプな気がする。

「はぁ、それは助かりますけれど……。家賃は給料からの天引きですか？」

「はぁあぁ？　弟子が空いてる部屋に住むだけなんだから、金なんか取らねーよ。そんなケチくせー真似してたまるか。ただし、俺がいいって言うまでしばらくは魔道具の作製は禁止だ。どうしても作る必要ができた場合には俺に相談しろ」

「はい。あの、理由を聞いてもいいですか？」

「それはだな、お前の魔力操作がヘッタクソだからだっ！」

ガ――――――ン！

地味にショックだった。

「魔力量もスキルもあるが、魔力操作が子供レベルなんだよ、お前。だからアンバランスなものができちまう。ただ、できないんじゃなくて慣れてないだけみたいだから、しばらくは地味に基礎練習しろ。雑用はたくさんあるから練習には事欠かねーぞ。何事も基礎や土台がしっかりしていないと、難しい技術を積み上げることなんざできねーんだよ。お前が本気で技術を磨《みが》きたいなら、俺が責任持ってきっちり仕込んでやる」

あの先程の素晴らしい技術を見た後では、納得するしかない言葉だった。

「ご指導、よろしくお願いします」

「おう。ビシバシ鍛えてやるから覚悟しておけよ！」

がっはっはと笑いながら親方は僕の背中をバシバシ叩く。地味に痛い。

後でお店の従業員であるネズミ獣人のマッキーさんに聞いたところによると、長く待たされたからといって作業中のドワンゴ親方にうっかり話しかけたら「邪魔するんじゃねえっ！　出ていけ!!」と怒鳴られて、すぐに追い出されるんだそうだ。

職人が集中して仕事してるのを、遮《さえぎ》るような無神経なヤツは、その時点で一緒に働く価値ナシの烙印《らくいん》を押されるらしい。

マッキーさん曰《いわ》く、ドワンゴ親方は仕事に妥協しないタイプなので、素晴らしい物を作るがある意味偏屈《へんくつ》でもある。なかなか弟子としておめがねにかなう人物がおらず、あの技術がこのままドワンゴ親方のみで終わってしまったら世の損失だとずっと心配していたのだとか。

「顧客《こきゃく》には事欠かないのでとにかく忙しくて。サトルが来てくれてホッとしました」というマッキーさんは、この工房の資材の在庫管理や金庫番、お客様の対応など、モノを作る以外の全部の部分を請《う》け負《お》っている超有能な人だ。

後日、ドワンゴ親方はモノを作る以外の部分ではかなりポンコツなので、マッキーさんがいないとこの店はたち行かないという話を近所の人に聞いて、僕は大いに納得した。

こうして僕は魔国で無事に師匠と仕事と住む場所を見つけたのだった。

◆ ◆ ◆

さてサトルの採用が決まり、「サンルート商会に仕事と住むところが決まったことを報告に行ってきます」と言って店を出て行ったあとのこと。

「ねえ親方、彼の魔力の込め方や操作、そんなにヘタなんですか？　私も見せていただきましたが、彼の作ったナイフかなりの出来でしたよ？」

「ああ、ヘッタクソだなっ！　俺に比べれば」

ネズミ獣人のマッキーがそれを聞いて呆《あき》れたように溜息《ためいき》をつく。

「この魔国で一、二を争う大鍛冶師である親方に比べれば、誰だって下手くそでしょうよ。じゃあ普通に評価したらどんなレベルなんですか？」

ふむ、とドワンゴ親方がドワーフの象徴であるあごひげに手をあてて首を傾《かし》げたあと言った。

「今すぐに王都で店を持っても、あっという間に顧客がついて忙しさにヒーヒー言うことになるくらいだな」

「それって、ものすごく腕がいいってことじゃ……」

「魔力の注《そそ》ぎ方が下手くそなのは本当だぞ？　かなり力任せに使ってる形跡があるからな。あれじゃあ作ったモンの力を充分に発揮できないから、勿体ねえモンしかできねえ」

「そうなんですか？」

「ああ。今だとせいぜい家宝になる程度のモンだ」

「それだって充分に凄いと思いますけど」

「本当ならば天にも届くほどのでっけー建物が建てられる逸材なのに、土台が悪くてせいぜい見上げるほどの建物にしかならなかったら勿体ねえだろ？」

「喩《たと》えがややこしいです」

「まあ、何事も基礎が大事ってことさ。おそらく物覚えはいいタイプだから、基本を仕込んでやればあとは早《はえ》ーぞ」

「なんで物覚えが早いってわかるんです？」

「すっげえ真剣に俺の仕事を見てた。あれは知らない技術を見て盗むことができる、貪欲《どんよく》な奴の見方だ。仕事ができるようになる奴っていうのは、教えてもらえるのをボケーッと待ってたりしないもんさ」

「なるほど。あ、二階の空き部屋に住み込むならば片付けないといけませんね。あそこ今ほとんど物置になってますよ？」

「あー、わりい。整理頼むわ」

「はいはい、わかりました。じゃあ、あそこにあるよくわからないものとか、全部捨てていいですか？」

「ダメッ!!　アレは全部俺の趣味で集めた大事なものだからっ！」

「じゃあ、自分で片付けて下さいよ～」

溜息をつきながらも、すぐに部屋を片付けに行くマッキーだった。

翌日、ほとんど手ぶらで引っ越しをしてきたサトルだったが、驚くほどの早さで工房に馴染むこととなる。

◆　◆　◆

ドワンゴ親方の工房で働き始めて二週間ほどが経った頃、一緒にエビール国を出奔《しゅっぽん》した清水さんが僕を訪ねて来た。

蒼銀《そうぎん》の髪と同色の獣耳、ふっさりした長い尻尾《しっぽ》を持つ背の高いとんでもない美丈夫と仲良さげに手を繋いで現れたものだから、そりゃーもう驚いたさ。

言っちゃあナンだけど、今まで見ている限り、彼女はそういうこととは無縁なタイプだったからね。

清水さんは誰にでも分け隔てなくナチュラルに接するけれど、実際にはものすごく警戒心が強い人だ。危機察知能力が高いっていうのかな？

この世界に来てからも彼女は明るくしてはいたけれど、おそらくずっと緊張状態だったのだと思う。それは彼女の目に表れていた。

自分を守るために油断なく常に周りから情報を読み取り、警戒を緩めなかったからね。

けれどイケメンの狼《おおかみ》獣人と手を繋ぐ彼女の目は柔らかく緩んで、その表情は安心しきっているように見えた。

彼女が甘えるように見上げる仕草《しぐさ》が可愛いのか、相手の狼獣人も優しい蕩《とろ》けるような顔で清水さんを見下ろしている。

『溺愛《できあい》してますけど、何か？』と顔に書いてあるようだ。

うん、良かったね。君のように我慢強いタイプには、そうやって臆面《おくめん》もなく溺愛してくれるヒトがいいと思うよ。きっと二人にとって出会ってからの時間は問題じゃないのだ。

旅の最中のご飯を担当してくれた清水さんに、かかったお金を折半する約束だったから、金額を教えて欲しいと言うと、彼女は『うーん』と困った顔をする。

たぶん、城の裏山で手に入れたものも多かったから、いくらと具体的な金額は言いづらかったのだろう。

すると隣で聞いていたマッキーさんが助け船を出してくれた。「ここに越して来たばかりならば、なにか欲しい魔道具などもあるだろうから、それを作ってもらったらどうか」と。

すると清水さんはぱあっと嬉しそうな顔をして、すぐに「『ジューサーミキサー』が欲しい」と言った。

できれば大容量で云々《うんぬん》と色々機能についても具体的に希望を述べてくれるところをみると、本当に欲しかったようだ。

ウンウン、つまりジューサーミキサーとフードプロセッサーとアイスクリーム製造機の機能を備えたようなモノが欲しいってことでいいかな？

刃をチェンジできるように作れば可能だ。基本構造自体は難しくないからたぶんできると思う。

温める機能と冷やす機能も問題なくつけられるだろう。

あれ？　でもまだ親方に魔道具作製の許可はもらってないんだけど……。

すると僕の思いを見透《みす》かしたように、マッキーさんがニコニコしながら「作る必要ができたら相談しなさいって言われていたでしょう？」と言った。

そういえばそうだった。ああそうか、つまり許可が出るまでのんびり待ってちゃダメってことなんだ。

僕は作りたいものの図と機能を詳しく書いて、親方に持って行った。

あとから大きなガラス瓶《びん》をドリンクサーバーに作り替えて欲しいという追加依頼も受けたので、二つ分の仕様書のようなものを親方に見せる。

すると親方はそれを見ながら僕に色々質問してくると共に、改良した方がいい部分の提案などもしてくれた。

「ふむ、いいんじゃねーか。魔力のコントロールもだいぶ安定してきたみたいだし、雑用や下準備をずいぶんやらせたから、色々な素材の扱い方も覚えただろう？　素材倉庫の管理はマッキーがしてるから、使いたい素材があるならアイツに言え。使う予定の決まってるものや、客からの持ち込みで預かっているもの以外はどれを使っても構わん。明日から見てやるから試しに作ってみろ」とあっさり、依頼のあった魔道具を作る許可が下りる。

後でマッキーさんがこっそり僕に耳うちしてくれた。

「サトルは雑用のみならず、魔力コントロールの練習などもずいぶん頑張っていたでしょう？　親方が感心していましたよ。『そろそろいいかな』って昨日ポツリと言っていまして。許可が下りて良かったですね」

『小さなことでも丁寧にやる』『サボらずに根気よくやる』と、二人は僕がやっていたことをきちんと見ていてくれて、それを評価してくれたのが嬉しかった。

翌日、僕は親方に見守られながら作業に入った。真後ろでジッと見下ろされてるとなんか緊張するんだけど……。

「さてと、まずは簡単なドリンクサーバーから作ることにしよっかなー」

早速、作業を始める。取り付ける蛇口部分をまず作ろう。このちょっと厚手な昔ふうのガラスの風合いならば、蛇口になる金属部分はアンティークな感じのものがいいな。

金属の形状変化も、以前より遥《はる》かに細かく繊細《せんさい》にやることができて驚く。使う魔力も以前の半分以下。すごい！　基礎練習ってやっぱり大事なんだな～と思った。

大きなガラス瓶の側面の下の方に穴を開けて、作った金属製の蛇口をそこに取り付ける。

ガラスと金属をくっつけるのはスキル【魔道具作製】の中にある『接着』の魔法を使えば簡単なのだ。

取手をクルリと右に回せば、中に入っている液体が取り付けた蛇口から出て来るというシンプルな作り。

更にはガラス瓶の真ん中付近に二つの魔法陣を目立たぬようなるべく小さく刻印して、魔法陣の中心に赤色（火）の小さい魔石と水色（氷）の小さい魔石とをくっつけた。

赤色の魔石に魔力を流せば保温機能が、水色の魔石に魔力を流せば保冷機能が働く仕組みだ。

ついでに中のモノが腐らないようにするとか、無毒化とかの機能もこっそりつけておいた。

「親方、できました」

とりあえず出来上がったモノを後ろに立って見ていた親方に見せる。

「うーん、機能としては問題なさそうだがなんだか素っ気ねえな。使うのは女の子なんだろ？　ほれ、貸してみろ」

僕が差し出したガラス瓶を受け取り、親方は自分の作業台に移動した。そしてガラスを削って模様を入れられる先の尖《とが》った細いドリルのような道具を手に持つと、フリーハンドでガラスの側面を削りだした。

下書きもないのに、精緻《せいち》で美しい模様が刻まれていく様子は圧巻で、出来上がったものは確かに女の子が喜びそうなデザインが彫り込まれた素晴らしい出来栄えだった。

なんていうか、工作品が一気に芸術品になってしまったカンジ。

髭もじゃなおっさんから、こんなラブリー路線のモノが出来上がって来るなんてっ！　本当にモノ作りは奥が深いなあ。

魔道具職人には絵心も必要なんだね。練習しないとだめかな…………。僕、絵心は皆無《かいむ》なんだけどどうしよう。

しかし僕はこの二週間やってきた基礎訓練が無駄ではなかったことを確認できて大満足だった。ドワンゴ親方の元に来てから、僕はひたすら雑用をこなしていたからだ。

どれも単純作業が多いので難しくはない。ただ、注意は受けた。勢いのままに魔力を一気に流し込まず一定になるようにしろと。

喩えるならばバケツに汲《く》んだ水を他の容器に移すのに、ドバッと一気に入れるのではなく、零《こぼ》さないよう気をつけて少しずつゆっくり注いでいくような感じだ。この注ぐ水が糸ほども細い状態のまま安定させられなければならない。細くなったり太くなったりしないよう、細心の注意を払う。

これがまた、びっくりするくらい疲れるんだよね。親方には感覚的に使っていたそれを、きっちりコントロールして使うように厳命される。

僕らの身体の中には魔力が巡る道筋である『魔力回路』というものがあるのだそうだ。それがあることを意識して、魔力を使う前にまず魔力を身体の隅々まで巡らせ、スムーズに動かせるようになってから使うように教えられた。

魔国で生まれ育った子供達は小さい頃からそれを教わり練習するので、呼吸するように自然に魔力をスムーズに体内で巡らせることができるようになるのだという。

スムーズに魔力を巡らせることができないと、魔法を発動する時にひどく効率が悪くなると言われた。

つまり同じ魔法を発動するのでも、魔力が上手《うま》く巡っていれば一で済むものが、上手く巡っていないと五や十必要になるのだ。それだけ魔力消費も大きくなるので、巡らせ方が下手でいいことは一つもない。

僕は技術をあげるための地味な基礎訓練は全く苦にならないタイプだ。なので暇《ひま》さえあれば、ひたすら体内に魔力をスムーズに巡らす訓練や、魔力水を作る練習などを繰り返した。

水にゆっくり一定の魔力を注いで魔力水を作る作業は、魔力を何かに注ぐコントロールの練習の第一段階だ。それが上手くできるようになると、今度は様々な材質のものに魔法を付与する練習をさせられた。

鉄や石といった固いものから始まって、段々と弱く脆《もろ》い材質のものに変えていく。

弱い材質のものに付与するのは難しい。工房で何枚木の板を燃え上がらせたことか。

掃除や倉庫の整理などの雑用をこなしながら、暇をみつけてはそんな基礎訓練を続けること二週間、とうとう親方から魔道具を作る許可が下りた。

まあ、依頼人が僕の知り合いだったからかもしれないけどね。

さて、そんな感じで訓練が実を結び、僕は以前よりも遥かに魔法の発動がスムーズでなおかつ効果が高くなっているのを実感した。おかげで物づくりが益々《ますます》楽しくなる。

ジューサーミキサーの方はもっと細かい部品などもイチから作らなければならないため、流石に少し時間がかかるだろうけど、うん、でもこの調子ならいいものを作ってあげられそう。

同級生の清水さんが訪ねて来た翌日、彼女の番《つがい》だという男、シヴァ副団長が一人で僕に会いに来た。

蒼銀の髪に同じ色の三角の獣耳を頭の上にピンと立てた美丈夫は、細身だが鍛え上げられた身体をしていて、同性である僕から見ても格好いい。

運動とは無縁できた僕とは全然違う身体つきに、『殴《なぐ》られたら死ぬな』と思った。

なぜか一人でやってきた狼獣人の美丈夫は、昨日の緩みきった表情はどこへやら、まるで能面のように無表情だった。

昨日に比べるとだいぶ目つきが悪いのはなんでだ？　ああ、清水さんが一緒じゃないからか。

いやあ、それにしても剣を下げてる姿も様になってるなあ。

二次元大好きな僕は、ゲームの主人公のようなシヴァ副団長の容姿に一人ドギマギする。

いや別にソッチ方面のヒトじゃないからね。ちゃんと女の子が好きです。

だけどこんなゲームのスチールからそのまま飛び出して来たような人を見たら、興奮するのも仕方ないと思うんだ。

それにしても、やはり獣耳と尻尾はイイ!? うん、魔国に来て正解だった。

コスプレではなくて、本物の獣人に会えるだなんて感動だよ！ 耳も尻尾もちゃんとピコピコ動くんだよ？ 見るたびに萌《も》える。

そう、実は僕は獣人さん達に会いたくて魔国に来たのだ。まあ、僕達を召喚した国の奴らが気に入らなかったのもあるけどね。

城で情報を集めている時に、魔国には獣耳と尻尾を持つ獣人が暮らしていると聞いて、どれだけ嬉しかったか。

僕はその瞬間に即決した。『よし、魔国に行こう！』と。

「聞きたいことがある」

そうシヴァ副団長に言われて、僕はきっと清水さんとの関係性を問い質《ただ》されるんだろうと思って、気を引き締めた。

まあ、気になるよねぇ。自分の番と同郷の男なんてさ。

僕と清水さんは正真正銘《しょうしんしょうめい》ただのクラスメートで、恋だの何だのという関係性とは無縁だ。

ただ、それを証明しろと言われても困るなー。ナイものの証明は難しい。

けれど僕の予想に反して、彼が言ったのは全然別の話だった。

「彼女が喜ぶものを贈ってやりたいんだが、何がいいだろうか？ 普通ならば宝石や高い服などが喜ばれると思うのだが、昨日どちらもいらないと言われてしまって」

なんと清水さんへのプレゼントの相談でした。そっちかいっ！

「はぁ……。え——っと、贈り物って二人の関係性によっても値段が変わりますよね？」

「ミホは俺の番だが？」

「え——っと、すみません。番っていうのは、つまり奥さんになるってことでいいんですか？」

「ああ」

何を当たり前のことをという顔をされる。

「では貴方《あなた》は清水さんにプロポーズして、それを受けてもらったということでいいんですね？」

世界が違うからには常識も違う。なのでとりあえず二人の関係性の進み具合を確認した。しかし、返ってきた答えは予想を遥かに超える驚愕《きょうがく》するものだったよ。

「『ぷろぽーず』ってなんだ？」

え？　そこから？

「えっ？」

「えっ？」

僕の頭がハテナマークでいっぱいになる。プロポーズがわからないとはこれいかに。

じゃあ、この世界では結婚するかどうかの意志確認をどうやってするというのだ。

「プロポーズっていうのは、好きな女性に『奥さんになって下さい』って申し込むことです」

「番ならば妻になるのは当たり前のことなのに、わざわざ申し込むのか？」

え!?

「申し込まないのになんで奥さんになってくれるんです？」

「それは番なんだから当たり前だろう？」

うーむ、話が堂々巡りだ。意味わからーん⁉

よし、聞き方を変えよう。

「番だってどうやってわかるんですか？」

「匂《にお》いと魔力と本能で。え？　わからないのか？」

マジか。そんな自然発生的現象で判断するの？

「わかりませんねえ。清水さんも僕も元々生まれ育った場所での『結婚』というシステムが頭にあるので。そんなふうに自然発生的にわかると言われても困ります」

「そうなのか？　だってミホは匂いも体液も何もかもが甘いんだぞ？　番以外でそんなことはありえない。ミホの体内に俺の体液を注ぎ込んで魔力を巡らせ、通りを良くしてやった時もイキっぱなしで物凄く気持ち良さそうだったぞ？」

匂いはともかく、体液？

体液を舐《な》めるようなコトをしちゃったの⁇　しかも俺の体液を注ぎ込んだって言った？

やめてー、同級生のそんな赤裸々《せきらら》なオハナシをされても困るからっ⁉　イキっぱなしとか言われたら、次に会った時にどんな顔をすればいいかわかんないでしょーがっ⁉

つまり彼女と男女の夜の営《いとな》みであるナニをいたしちゃったとかそういうコトですよね？

「そもそも『番』というものへの認識と情報が僕達には不足しているので」

うわぁあああっと叫んでこの場を逃げ出さなかった僕を褒《ほ》めてくれ‼　僕ってばエライ‼

「『ぷろぽーず』したら、わかってもらえるだろうか？」

昨日見た彼女は、恥ずかしそうにしながらもこの男と繋いだ手を振り払ったりしなかった。番というモノが本当に本能や匂いでわかるならば、職業が『野生児』な彼女にはきっともうわかっているのではないだろうか？　ただ、育った世界での常識が邪魔をし、確信が持てないだけで。

この時、僕は『きっと彼女は帰る方法が見つかっても、帰らないかもしれないな』と確信めいた想《おも》いを抱いた。

「そうですね。言葉にするってとっても大事なことだと思いますよ？」

「ちなみに『ぷろぽーず』はどう言えばいいんだ？」

プロポーズの仕方ねえ。

「率直に『結婚して下さい』とか、『奥さんになって下さい』とか。あとはそうですねえ『一生僕に美味しいご飯を食べさせて下さい』とか？」

まあありとテンプレだけど伝わりやすいと思う。しかし、彼は僕の言葉を聞いて心底不思議そうな顔をした。

「妻を飢《う》えさせないのは夫の役目だろう？　サトル達のところでは妻が夫に食べさせてやるのか？」

「うーん？　そういう解釈になっちゃうのか。えーっとですね、この場合の食べさせるは、そういう意味ではなくてですね〜。自分が一生懸命働いてお金を稼いで来るから、妻には家で美味しいご飯を作って待ってて欲しいってことですよ」

「なるほど……」

「人によってはお花とか指輪を用意して、それを渡しながらプロポーズしたりもしますね」

「アクセサリーは昨日買ってあげようとしたら、断られたぞ？」

「そうなんですか!?」

「ああ。貴重な宝石がたくさんついた、なるべく高くて価値のあるものがいいと思ったんだが、いらないと言われた」

　なんでも昨日、彼女と一緒に出かけた際プレゼントをしようとしたのだが、全部断られてしまい困っているという。女の子が好きな宝飾品の店やお洋服屋に連れて行ったが、どれもいらないと全力で断られたそうだ。

　清水さんは高い宝石などを贈られて自尊心を満足させるようなタイプではないだろうからなー。大きな宝石のついたネックレスだとかブローチなんて肩が凝《こ》るからいらないとか言いそうだ。

『後で売ればお金になるし、くれるならばとりあえず貰っておこう』みたいな考えをする人ではないんだよね～。

「そういう高価な物を贈られて自尊心を満足させる女の人もいますが、清水さんには当てはまりませんよ」

「うむ、全力で拒否されたな」

「僕達の生まれ育ったところでは、結婚すると左手の薬指にごくごくシンプルなお揃いの指輪をするんです。結婚指輪っていうんですけれど、こちらではそういった夫婦が何かお揃いのモノを身につける習慣みたいなのはあるんですか？」

「ああ、人によってはお揃いのネックレスや腕輪、髪飾りなんかをしてることがあるな」

「プロポーズした後ならば、石のついていないシンプルな結婚指輪くらい、受け取ると思いますよ？　良ければ作りますけど？　そこに物理防御の魔法陣とか魔法防御の魔法陣を刻んではいかがですか？　彼女の安全性があがりますよ？　後はお互いの位置がわかるような魔法陣とか？　まあ、浮気はできなくなりますけど」

僕がそう言うと、シヴァ副団長は真面目《まじめ》に聞き返して来た。

「番がいるのになんで他の女のところに行かなくちゃならないんだ？」

「なるほど」

独占欲の強いタイプかー。清水さん、大変そうだなあ。

「あと『ぷろぽーず』する時に、彼女が喜びそうな物を贈ってあげたいのだが何かないか？　どうせならば彼女が本当に喜ぶものを贈ってあげたいが、俺には全然思いつかなくてな」

うーん、アノ彼女の喜ぶものねえ。

作ってあげたブラシや寝袋やナイフは喜んでいたけどな。って、どれも実用品じゃん。

でも、実際に彼女は実用品が一番喜ぶと思うんだよねえ。実用品でアノ彼女の喜びそうなものなんだろう。

…………………あ、そうだ!?

「彼女は料理する時にどんな刃物を使っていました？」

僕はシヴァさんに彼女が料理をする時に材料を何で切っているのか聞いてみた。

「ん？　ああ、なんかよく切れるナイフみたいなので、何でも切っていたぞ？」

以前に僕があげたやつか。どうやら全部、僕があげたナイフで行っているらしい。

ならば絶対に喜ぶものはアレだろう。ジャジャーン、『包丁セット』。

日本の家庭でよく使われている三徳《さんとく》包丁に菜切《なきり》包丁、果物ナイフやパン切包丁あたりはまあ基本として、そこにピーラー、キッチン鋏《ばさみ》、泡立て器などをつけてあげよう。喜ぶこと間違いナシ。僕がそう提案をすると、お揃いの指輪と一緒に是非とも作って欲しいと言われた。プロポーズするときに渡すのだそうだ。

日本だったら縁を結ぶ時に、『切るもの』を贈るなんてと眉を顰《ひそ》められそうだが、きっと現実的な清水さんは気にしないだろうと僕は思った。なにより、相手が自分を想ってしてくれたことの意味を汲み取れない人じゃないしね。

「じゃあ、親方に……」

すると側《そば》で話を聞いていたドワンゴ親方が僕に作ってみろという。

「俺がちゃんと教えてやるからやってみろ。これでお前のアイディアと品物が気に入って貰えれば、また次の仕事に繋がる。職人っていうのは、そういう出会いを大切にして、誠心誠意、相手に満足して貰える物を作るよう努めるんだ。いい職人っていうのは、自分の努力や勉強も必要だが、それ以上に客との縁が作ってくれるものなんだゾ。顧客になって貰えるよう頑張れ！　金払いのいい客は貴重だし、それを失うことは死活問題だからな⁉　ちなみにそこの副団長サンはいい顧客だぜ。作ったものにも請求金額にも、一切文句を言ったことがねえからな。がっはっは」

「ドワンゴの作るものにはいつも満足している。その貴重な技術力に見合う金額を請求されてるだけだ。文句を言う必要がねえのに、なんでそんな面倒くさいことをしなきゃなんねーんだ？」

「見る目のあるいい客だろ？」と言って、さらにガッハッハと笑いながら、親方は僕の背中をバシバシ叩いた。

親方〜、痛いってば。絶対に背中に手の跡がついてると思うからヤメテ。

『素材はこれを使ってくれ』と狼獣人の美丈夫は金属の塊《かたまり》をポイッと無造作に置いて行ったではないか。【鑑定】してみて驚く。素材の持ち込みは別段珍しくないらしいが、それにしてもキッチン用品がオリハルコンである必要ある？ めっちゃいい素材すぎてコワイよ。

側で僕達のやりとりを見ていたドワンゴ親方も盛大に呆れていた。

僕はオリハルコンの扱い方をドワンゴ親方に教えてもらいながら、モノ作りはやっぱり楽しいなーっと実感する。

三徳包丁に菜切包丁、果物ナイフ、パン切包丁、ピーラーに泡立て器。あとは……、スライサーとおろし金も作っちゃおうっと。だって素材がたくさん余ってるんだもん。

ピーラーを見たことがなかった親方にそれはなんだと聞かれたので、使い方を詳しく説明すると、『そんなに便利ならば売れるだろうから、新商品として登録しとくぞ』と言われた。

なので登録の時に必要な見本品をもういくつか作っておく。そっちはもちろんオリハルコンなんかでは作らなかったよ。一般家庭に売るのだから、値段が高くちゃ売れないでしょ？

後日、オリハルコン製のキッチン用品などというはなはだ非常識なものは、無事に清水さんの手元に渡り、大層彼女を喜ばせたという。

プロポーズも上手くいったようだ。お礼を言いに来てくれたシヴァ副団長の尻尾は、それはそれは嬉しそうにブンブン左右に振られていたから、結果は聞かずともすぐにわかったけどね。うん、良かった、良かった。

まあ【鑑定】でもしない限り、彼女はキッチン用品がオリハルコン製だなどとは気づかないだろう。

独占欲の強いらしい狼獣人の重い愛情に、君が押しつぶされないことを祈ってるよ。

エピローグ　ミホ、銀狼の番《つがい》になる

ミホが魔国で生活し始めてから三週間ほど経《た》ったある夜、俺ことシヴァ・ウルフラインは初めて狼《おおかみ》の姿ではなく獣人の姿で彼女の家の窓を叩《たた》いた。

「おかえりなさい」

狼の姿でないのにもかかわらず、ミホはふんわりと笑って掃き出し窓を開け、俺を迎え入れてくれる。下に玄関扉があるにもかかわらず俺が窓から出入りしているのは、下にある扉がどうあっても開かないからだ。

『ミホのおうち』というプレートのついた小さな扉は、俺が全力で引いても押してもビクともしなかった。そのドアをノックしてみても中からの反応がないところをみると、もしかしたら家の中にいるミホには聞こえていないのかもしれない。

仕方ないので魔法で飛んで掃き出し窓の前に降り立ったわけだが、その窓も当然俺が開けることはできなかった。コツコツとガラスをノックして、ミホに招き入れてもらわねば中には入れないのである。

ミホの安全性を考えれば素晴らしいが、もしもミホに嫌われでもしたら二度とここには入れなくなるということだ。

I've come to
the other world,
my occupation is
"wild child".

「ただいま」

帰って来たらとりあえずすぐにハグ。そう、たとえ世界樹に住人として認められていなくても、俺は間違いなくここに帰ってきているのだ。ミホが「おかえりなさい」と言って迎えてくれるのだから問題はないはず。

俺は小さくて柔らかな身体《からだ》を腕の中に閉じ込めた。ミホは身じろぎもせずちんまりとそこに収まるので、俺はしばしミホの甘い匂《にお》いを堪能《たんのう》する。

さて、名残《なご》り惜《お》しいが今日はやらなければならないことがあるので離れなければ。

「ミホ、話があるんだ」

「ん？　なあに？」

ミホはキョロンとした大きな目で俺を見上げながら、コテンと首を傾《かし》げた。

ミホ、それはダメだ。可愛《かわい》すぎて襲いかかりたくなる。小動物のような愛らしい仕草《しぐさ》などもってのほか。帰ってきて早々どれだけ俺の自制心を試すつもりなのだと言いたくなる。

俺はミホと出会ったこの三週間で、運命の番《つがい》というものの恐ろしさをつくづく感じた。

運命の番とはなにかだって？

絶対的に惹《ひ》かれ合う相手。巡り合うべくして巡り合う相手。もしも失ったら絶望が深すぎて己の命を絶ちたくなるほどに執着《しゅうちゃく》する相手。

運命の番は会った瞬間に本能的にわかるのだという。だがしかし、そんな相手に巡り合えることはごくごく稀《まれ》だ。事実、俺もミホに会うまでは運命の番など、絵空事か己の番が好きすぎる頭がお花畑な奴《やつ》の戯言《ざれごと》だと思っていたのだから。

しかし俺はミホを見つけた瞬間にわかってしまった。彼女こそが自分の運命の番だと。彼女に対する愛情がこれでもかというほど己の中に湧《わ》き出てきて、俺の中の何かを変えてしまった。

もう二度と昨日までの俺には戻れない。その甘やかな感情は俺に番と出会えた幸福感をもたらしたが、同時に失う恐怖ももたらした。この小さく愛《いと》おしい存在を失ったらきっと俺は我を失う。

運命の番の甘く香《かぐわ》しい匂い。その匂いを嗅《か》いだ瞬間から甘い香りにうっとりしつつ、雄《おす》としての本能がビシバシ刺激された。己の腕の中から一瞬だって離したくないし、離れた瞬間から寂寞《せきばく》とした想《おも》いが心の中で荒れ狂う。運命の番とはなんて恐ろしい存在なのだろう。

ただ寝ているだけの姿でさえも全く見飽《みあ》きることがなかったが、目を覚まして喋《しゃべ》ったり、動いたりし始めたらもう、その可愛さと愛おしさが何十倍、何百倍にもふくれあがるのだ。

この娘を一切他人の目に触れさせない方法はないかと真剣に考えたが、それはクリスに止められた。彼女のようなタイプにとってそれは一番の悪手だそうだ。なので、次の日は一緒に町へ仕事探しに行くことになった。

初めての町で土地勘もなく、おまけに靴もないのに自分の足で歩くだと？　だめだ、だめだ。こんなに可愛いのに足が痛くなったり、誰《だれ》かに声を掛けられたりしたらどうする。俺が一緒にいるからあり得ないが、万が一、攫《さら》われそうにでもなったら俺は怒りまくるぞ？　マーキングはしっかりしてあるから獣人達は大丈夫だろうが、ニブイ人族にはマーキングに気づけない者もいるからな。

ああ、色々心配過ぎて胃が痛くなりそうだ。

ごほん……とにかくそういう訳でミホは何をしていても可愛かった。

俺の膝《ひざ》の上にちんまりとただ座っているだけでも、その可愛さに悶絶《もんぜつ》し一生そこから動かないで欲しくなる。

もちろん他の男になんて見せたくないし。できれば喋って欲しくないし、笑いかけて欲しくもない。

家の中に閉じ込めて俺のためだけに生きて欲しいと思っているが、そんなことをしたらきっと彼女は笑わなくなるだろう。

ミホは鑑定石で鑑定すると驚くほどの能力を示した。確かに戦いには向かないスキルが多いが、それがなんだというのだ。壊すよりも作り出すことの方が、どれだけ大変かわからないのだろうか。こんな希少な能力を持つ者を無能扱いし追い出すとか、エビール国の奴らは本当にバカだ。まあ奴らがバカだったおかげで俺がミホに出会えたわけだからその点だけは感謝しよう。

なぜか異様にもふもふしたものが好きらしいミホは、職業斡旋所《あっせんじょ》で出会ったケットシーという妖《よう》精《せい》族のデカイ猫になぜか懐《なつ》き、スカウトされるままメディシーナに面接に行った。

ミホに懐かれるデカ猫がいる職場などもちろん気に食わなかったが、仕事と住むところが決まったと無邪気《むじゃき》に喜ぶ姿が可愛すぎて、俺は反対できなかった。まあ、仕事先としても住む場所としても、安全性で言えば文句なしの場所だったしな。

魔法薬屋『メディシーナ』の店主である老エルフのババ様は一癖《ひとくせ》も二癖もある人物だが、有能であることに間違いはない。店に出入りできるのはババ様のおめがねにかなった者だけだから、ミホに余計な手出しをしてババ様の怒りを買ったりする者もいないだろう。

家と職場が同じ敷地だから、通勤途中に誰かに見初《みそ》められたりする心配もない。おまけに、メディシーナの敷地にはゴールドアベランという凶暴な魔虫が共生しているから、物理的ガードもばっちりだ。ババ様の許しを得た者以外、店の裏に広がる薬草園に入れる者はいないしな。

働き者のミホはババ様にも魔虫達にも大いに気に入られ、三週間ほどたった今も毎日楽しそうに過ごしている。

ミホは朝まだ暗いうちから起き出して、くるくるとよく働く。

朝からメディシーナの広大な敷地の隅々にまで魔力水を撒《ま》く作業は体力的にも魔力的にもかなり大変だと思うのだが、嫌そうだったり、面倒くさそうな顔をしていたことは一度もない。

毎日のちょっとした変化をよく見ていて、それを俺に教えてくれるのが夜寝る前の日課だ。

もうすぐ青梅の実が収穫できそうだからそれで梅酒を作りたいとか、ベリーの茂みを見つけたので実が熟《う》れたら摘《つ》んでジャムにしたいとか、どれも他愛《たあい》のないことだ。しかし、俺はそんな話をいくら聞いていても聞き飽きない。だってものすごく可愛いから。ミホが一生懸命喋っている姿は世界一愛らしいと思う。

俺達狼族は確かに番に対する独占欲が非常に強いが、番を不幸にしたいわけじゃないのだ。愛する者を得ると、こんなにたくさんの忍耐を強《し》いられるようになるのかと思ったが、それでさらに愛情が深まるのだから番というのは恐ろしい。

そして今夜、俺は大事な話をしようと決めて準備を万全に整えていた。そう『ぷろぽーず』というやつである。

ミホの生まれ育った場所ではこの『ぷろぽーず』を失敗すると、結婚はできても一生妻に恨《うら》まれ、生まれた子供にまでずっとその失敗談を語り継がれてしまうらしい。「お父さんみたいにはなっちゃだめよ」という台詞《せりふ》が決まり文句なのだとか。なんて恐ろしい。ちなみに、それを教えてくれたのはミホと同じ世界からやってきた魔道具師のサトルだ。

おかげで俺は心臓が痛いくらいにバクバクしている。正直、Aランクの魔獣百匹と対峙《たいじ》するよりも緊張していると言っておこう。

俺はミホから一歩だけ離れ、収納の指輪からリボン付きの箱を取り出した。三十センチ四方ほどの四角い箱だ。

「これはミホへのプレゼントだ。これを使って一生俺に美味《おい》しいご飯を作ってくれないか？」

ミホは首を傾げたままフリーズした。

「え？　え？　それって」

俺はサトルに指導されたように、さらに言葉を続けた。

何でも「ご飯を作ってくれ」だけだと、もしかしたら「ご飯を作るだけ」と解釈され、『ぷろぽーず』だと気づかれない可能性があるのだと。

ミホはあまりこういうことに慣れていないタイプだから、ある程度直接的に言った方がいいとサトルにアドバイスを受けたのである。サトルには本当に色々と世話になった。もしも、このミホへの『ぷろぽーず』が上手《うま》くいったら、お礼としてなにか彼に仕事を頼もうと思う。

「可愛いミホ、愛している。俺の妻になってくれ」

必ず『愛している』と伝えること。はっきり『妻になって欲しい』と言うこと。その二点をサトルには念押しされている。

『番』だから好きでもないのに妻にするんじゃないかと、ミホに誤解されないためだそうだ。

見下ろすとミホの顔がみるみる真っ赤になっていく。

「えっと、はい」

はにかみながらコクンと頷《うなず》いて、了承の返事をするミホはそれはもう超絶愛らしかった！　俺は思わずミホを抱き上げて頬《ほお》ずりする。

「一生大事にするから」

「うん。嬉《うれ》しいけど本当に私でいいの？」

「ミホがいい」

ミホはさらに耳まで真っ赤になった後、照れを隠すように言った。

「あの、あの、これ開けてみていい？」

「ああ、気に入ってくれるといいのだが」

俺はミホを抱えたままソファーに座った。もちろん膝の上だが、何か？

ミホはテーブルの上に箱を置くと、丁寧《ていねい》にリボンを外して蓋《ふた》を開ける。そして叫んだ。

「きゃぁあああああああ!?　ナニコレ、ナニコレ、ナニコレッ」

膝の上でワナワナ震えてるんだが？

俺はミホの後ろにいるから表情が見えない。まさか怒っているのか？　サトル、話と違うぞ！

「ど、どうした？　気に入らなかったか？」

ミホはブンブンと思いっきり顔を左右に振る。そして俺を振り返ると笑顔全開で言った。

「違うの、違うのっ！　すっっっごく嬉しいっ!!　ありがとう！　これどうしたの？」

あえて言おう。心底ホッとした。

「俺が持っていた素材をドワーフの店に持って行って、注文して作って貰《もら》ったんだ。実は俺も中身を全部知ってるわけじゃない。良かったら見せて、どんなふうに使うものなのか教えてくれるか？」

「うんっっ!!」

ミホを背後から抱きかかえるようにしながら、箱の中を覗《のぞ》き込むとそこにはよくわかる物と、よくわからない物とが納められていた。

「ねえねえ、シヴァさん。これを作ったのってもしかして常滑君《とこなめ》？」

「わかるのか？」

「うん。だって元いた世界にはあったけど、こっちの世界では見たことない物が入ってるから。まずこれは三徳《さんとく》包丁でしょ」

「さんとくぼうちょう？」

「うん。両刃の万能型包丁でね、肉も魚も野菜も切れる作りなの。三種類とも切れてお得だから、三徳包丁っていうんだって。普通のお家《うち》だとわざわざ肉用、魚用、野菜用って分けないで、これ一本で済ますことも多いかも。私もこれが一番使いやすいかな。今まで使ってたナイフはよく切れるけど、包丁と持ち方が違うから料理しづらかったの。ババ様のところには包丁あるんだけど、持って来ちゃうわけにはいかなかったし。やっぱり自分の包丁があると嬉しい！」

明らかにミホのテンションがうなぎ上りだ。『ぷろぽーず』した時よりも遥《はる》かに嬉しそうなので、ちょっと複雑な気分になる。

しかし、包丁を持ち上げてうっとりしている姿も可愛いだなんて、番とはなんて罪作りなイキモノなのだろう。

「これが菜切《なきり》包丁でお野菜専用の包丁なの。で、こっちは果物ナイフ。小ぶりだから果物を手元で剝《む》くのに向いてるのよ？　それからこれがパン切包丁。刃がギザギザしてるから前後に動かして使うと、パンを潰《つぶ》さずにキレイに切れるんだ」

「凄《すご》いな。包丁と一口で言ってもこんなにイロイロ種類があるんだな。この不思議な形の物はなんだ？」

「これはねピーラーっていって、お野菜の皮を簡単に素早くうすーく剝けるとっても便利な道具なの！　あ、スライサーとおろし金まで入ってる!?　キッチン鋏《ばさみ》に泡立て器までっ!!　凄い、凄い、すごーい!!　シヴァさん、ありがとう！　これから美味しい物をいっぱいいっぱい作るからね!!」

はしゃぐ姿が可愛くて、俺はミホの頰にチュッとキスをした。そして収納の指輪からもう一つの贈り物を取り出す。

ミホの小さくてぷくぷくの手をとり、左手の薬指にシンプルな作りの銀色の指輪をスルリと嵌《は》めた。うん、良かった。サイズもピッタリだ。細い作りの指輪にはごくごく小さな紫色の魔石がひとつ埋め込まれている。俺の目と同じ色の石だ。

ちなみに同じデザインの俺用の指輪には、ミホの目と同じ色の黒い魔石が入っている。

デザインはサトルにお願いしたのだが、お互いの目の色の小さな魔石をそれぞれ入れたらどうかと勧められた。

お互いがお互いを、石を通して見守っているようなイメージなのだとか。

「ミホのいた世界では夫婦になった二人はお揃《そろ》いの指輪を左手の薬指にするんだろ？　俺の指にはミホが嵌めてくれるか？」

そう頼んで、俺の指にも『結婚指輪』なるものを嵌めて貰った。お揃いの指輪を見て、ミホが柔らかく微笑《ほほえ》む。

その次の瞬間、何故《なぜ》かミホの全身が蒼銀《そうぎん》の光に包まれ眩《まばゆ》く光った。いったい何が起こったというのだ!?

◆　◆　◆

出会ってから一カ月も経っていないのに、美形の狼獣人のシヴァさんからプロポーズされた。

私は不思議と迷うことなく「はい」と答える。本能がわかってたみたい。この人の側《そば》が私のいるべき場所だって。

私はたった三週間しかここにいないのに、既に元の世界に帰りたいと思わなくなっていた。

父親のところにいた時よりも、ここにいる方がよほどしっくりしているのだ。

石の色が違うだけのお揃いの指輪がお互い指に嵌まったのを見て、『あ、私ってば本当に結婚しちゃったんだ』とすとんと納得した。

まあ十八歳だから、元の世界でも結婚できる年齢だったんだけど、田舎でのんびり育った私は、ここに来るまで誰かとお付き合いするなんてことさえしたことなかったのよ?

なのに一足飛びに結婚ですって。びっくりだわー。でも、なんだかこの結果に不自然さを感じないのよね～。

むしろ収まるべき場所に収まったような、帰るべき場所に帰って来たような安心感があるんだか

か？

天国のおじいちゃんとおばあちゃん、孫娘の旦那《だんな》様はイケメンで獣耳と尻尾《しっぽ》付きですがいいですか？

花嫁衣装を着た姿は見せてあげられないけれど、私を大事にはしてくれると思いますから安心してね。

二人ともずっと最後の最後まで、私の行く末を心配してくれてたもんね。

するといきなり私の身体が蒼銀の光に包まれた。な、なにこれ～。眩《まぶ》しいんですけど!?

後ろを振り向くと、シヴァさんも驚いた顔をしてるから、よくあることではないようだ。

しかし、光はすぐに治まったし、特に身体に異常は感じない。髪の色が変わったりもしてないしね～。何だったのかしら、あれ。

「大丈夫か？　どこか痛いところとかないか？」

「うん。何だったんだろうアレ？」

「わからないが心配だ。ああ、そうだすぐにクリスに見てもらおう！　何かあってからじゃ遅い！」

「いや、でも、私は砦《とりで》に簡単には入れないでしょ？　それにもう夜だし……」

「わかった。じゃあ今すぐ副団長命令で呼び出してここに来てもらう」

「やーめーてー。そういうのって職権乱用っていうんだよ？　部下に迷惑かけちゃいけませんっ！」

「でも、もしもミホになんかあったら、俺は平静でいられなくなって、仕事をしなくなるだろうからその方がよっぽど迷惑じゃないか？」

なんて暴論を展開しやがるのかしら、この男。こんな上司でごめんなさい、と私は心の中で兎《うさぎ》獣人のクリスさんに謝った。

「じゃあ、自分で【鑑定】かけてみるから。何かしらの状態異常があったらそれでわかると思う。それならいいでしょ？　ね？」

「わかった」

私は自分で自分に【鑑定】をかける。ステータスを見るのは久しぶりだ。

空中にズラリと並ぶ文字を目で追っていくが、特に身体の状態異常は見当たらない。

あ、魔力が増えてる〜。ん？　んんっ!?

だがしかし、ある部分に目が釘付《くぎづ》けになった。ナニコレ!?　なんかおかしなことが書いてあるんだけども!?

職業『野生児』な新妻、薬師見習い
称号　銀狼の最愛の番
ｎｅｗ特殊スキル
【野生児な新妻の行ってらっしゃいのキス】旦那様の各ステータスが二十パーセント上昇。効果は一日。
【野生児な新妻のおかえりなさいのハグ】旦那様の体力、魔力が二十パーセント回復。
【野生児な新妻の旦那様への愛】まねっこで集めたストックボックス内の能力の一部を旦那様も使

えるようになる。

……………………なんじゃこりゃ――――――っ!?　色々おかしいが、まずは称号。

以前職業斡旋所でステータスを見た時、称号は『銀狼の番（仮）』だったはず。なぜか（仮）がなくなって、代わりに最愛のという余計な言葉がくっついてるのですが？

狼族は番に対する執着が激しい種族らしいのに、こんな称号がついちゃうのは大変よろしくないんじゃないかと？

そして職業。増えとる。ガッツリ増えてるよ。

薬師見習いはまあいい。今、ババ様やティゲルコに色々教えてもらっているところだからね。『新妻』も職業なの？　日本でいう『主婦』みたいなカンジってことか？

極めつけは新しく発生した特殊スキル。いったいどこからツッコめばいいのか。まずスキル名が長すぎるよっ!?

私が【行ってらっしゃいのキス】をするとシヴァさんのステータスが二十パーセント上昇するらしい。まあ、旦那様には無事に帰って来て欲しいものね。

私が【おかえりなさいのハグ】をするとシヴァさんの体力や魔力が二十パーセント回復するらしい。確かに、疲れた旦那様は癒《いや》してあげたいけどね。

更には、私の特殊スキル【まねっこ】で、他の人達から写し取ったものの、私自身は使えなくてストックボックス内に死蔵されているスキルや魔法の一部を、旦那様であるシヴァさんは使えるようになるらしい。

これって夫婦になったから共有財産的な意味合いなのかしら？　合理的っちゃ、合理的なんだけどね。しかし前二つが恥ずかしすぎる。

これはね、彼に言っちゃダメな案件だと思うの。

ハグはともかく、毎朝行ってらっしゃいのチューをするとかハードル高すぎ。

言ったら絶対に毎朝やらされる羽目になるから、黙っておこうっと。

【旦那様への愛】ってスキル名はともかく、私が死蔵してる魔法やスキルをシヴァさんが使えるようになるのはいいかも。

私が使えなくて持ってるだけだから、もったいないと思ってたんだよねー。うん、これのことだけ言おう。これは言っても大丈夫なヤツ。

私は身体には特に支障はないこと、夫婦になったことによって新しいスキルができていたことを告げた。

嘘《うそ》は言ってないもん。ちょびっと黙ってるだけだもん。

しかし、後日それがバレてしまい私は大変な目に遭《あ》うのだが、まあそれは別の話。

とにかくなんとかその場をしのいでホッとした私に対して、シヴァさんが至極真面目《まじめ》な顔をして言った。

「というわけで今夜は『初夜』だな」

ちょっとマテ…………なにがというわけなんでしょう？　そもそも初めてはもうとっくに終わってしまっているのに、初夜とはこれいかに？　なので当然反論する。

「初めてはもう終わってるでしょ？」

しかしシヴァさんはふるふると首を横に振った。

「あれは婚前交渉というやつだろ？　あの時、俺にはミホが唯一無二の運命の番だとわかっていたが、まだミホに結婚の意志を確認していなかったからな」

結婚の意志を確認もしていないのに、身体を治してやるとか言ってあんな行為に持ち込んだ鬼畜《きちく》は誰だったかしら？　そのあたり、ぜひ彼を正座させて小一時間ほど問い詰めたいものである。

色々思うところがあってジトッとした目で見た私を、彼はなだめるようにいーこいーこと撫《な》でた。

「名実共に夫婦となって初めての夜が『初夜』なんじゃないのか？」

ちくしょー。なんだか悔しいが彼の言ってることが理路整然としていて、反論する隙《すき》がない。

「夫婦になって初めての夜だ。いっぱいしような？」

にっこり笑う彼に、もちろん私はにっこり笑い返しながら即答した。

「いっぱいはむり」

彼と夫婦になるにあたっては、ダメなものはダメ、無理なものは無理ときちんと言わなければならないだろう。そのことは私が処女でなくなった日に思い知った。

私の思いや考えは遠まわしな言葉やフィーリングでは伝わらない。言った言葉をこう解釈して欲しいなあという、日本人的コミュニケーションは彼には通じないのだ。

そもそも生まれ育った国どころか世界自体が違う二人である。まずは常識や基本思考のすり合わせから始めねばなるまい。私の言葉を受けて彼も妥協案を示す。

「じゃあ、一回だけならいいのか？」

その言葉に私は今度は素直に頷く。

「うん」

夫婦になるならば、お互いの妥協点を探るのは大事よ。今日が『初夜』だというならば、まあ一回だけならばなんとか。大体において、女よりも男の方がロマンチストなものなのだ。それを無下にしてはいけない。

あと美丈夫《びじょうふ》がもふもふの尻尾をパタパタさせるという可愛さに絆《ほだ》された。もふもふは正義だ。

「ミホ、可愛いな」

秀麗な美貌《びぼう》がドアップになったかと思うと、クイッと顎《あご》を指で持ちあげられ唇が重なる。私が小さいから、彼がだいぶかがんでいると思うのだが腰は大丈夫だろうか？

だがしかし、自分から背伸びしつつキスを待つなどというのは、高等技術なのでまだ私にはできそうもありません。ごめんちゃい。

そっと重なった唇はすぐに離れたが、またすぐにくっついた。つまり、啄《ついば》むようなキスというやつをされてるのだ。

助かります。なにせ恋愛初心者なので。まあ恋愛関係を三段飛ばしですっとばして、いきなり嫁になったわけだが、経験が足りていないことに変わりはない。ここでいきなりベロチューなどかまされたら『ちょっと待った――――っ』と言って、私の恋愛初心者ぶりを懇々《こんこん》と説明しなければならなかっただろう。

ちゅっ、ちゅっと触れるだけのキスが繰り返される。なんだかくすぐったい気分。唇だけじゃなくて、頬やおでこ、瞑《つむ》った瞼《まぶた》の上や髪にもそっとキスが落ちてくる。

きっと超初心者モードなんだろうけれど、こういうのっていいなあと素直に思った。うん、ちゃんと大事にされてるって伝わってくる。

抱き上げられて寝室へ運ばれた。ベッドの上にそっと下ろされて、着ているものを脱がされる。この時間ってすっごく恥ずかしい。どこを見ていいかわからないのだよ。こういう時、他の人はどこを見て何をしているんだろうか。

おパンツ様を残して全てすっぽんぽん。この期に及んで、全部じゃなかったことにちょっとホッとする。そしてシヴァさんもシャツを脱いで上半身が裸になった。鍛《きた》えられた身体があらわになる。当然腹筋はシックスパックに割れていた。全体的には細身だけれど、しなやかな筋肉に包まれたその身体はバランスがとれていて格好いい。

ほへ～と見惚《みと》れていたら、そのままベッドに押し倒された。

あやすように頭を撫でられながら、さっきよりも少し深いキス。もう少しで酸欠になりそうだと思ったところで離れていった。

キスは唇以外のところにも落ちていく。首筋や耳や鎖骨《さこつ》から始まって、段々と下の方へ。やがてあまり立派でない膨《ふく》らみに辿《たど》り着くと、その先端が彼の口に含まれる。もう片方の膨らみを手でゆっくり優しく揉《も》みながら、口の中でまるで飴《あめ》のようにぷっくりした先端を舐《な》め転がした。

甘い刺激が胸を中心に伝播《でんぱ》して、身体に広がっていく。

「あ……ぅん」

溜息《ためいき》とも吐息《といき》ともつかないような声が出る。出したわけではない、出てしまったのだ。ナニコレ、怖い。

私のその声を聞いて、シヴァさんがにニヤリと笑ったような気がした。

膨らみを優しく揉んでいた手は動きを変え、指先で敏感になった先端を摘《つま》む。二本の指でクニクニと軽く押しつぶしたり、時にはそっと引っ張って、さらなる淫靡《いんび》な刺激をそこに与えた。

男の人にそんなことをされているというこのシチュエーションだけで、すでに私の頭は沸騰《ふっとう》気味だ。口と手による胸への愛撫《あいぶ》をゆっくり丹念に行って、彼はそれだけで私の頭をぼんやりさせた。トロンとした目になった私に満足したのか、口と舌による愛撫が場所を移動する。お腹《なか》やおへそまでぺろぺろと舐められたあと、彼はごくごく自然な仕草でスルリと私からおパンツ様を引きはがした。

気づいたら下半身が丸出しにされているという超高等技術である。そして、完全に生まれたままの姿になった私の足を大きく開かせ、そこに身体を滑りこませた。なんたる進撃の速さ。

足と足の間に彼がいるのでもちろん足は閉じられない。カエルさんのような足の格好も恥ずかしいが、自分でも見たことがない場所を男の人に間近で見られることの方が数百倍恥ずかしい。

当然「しょんなとこみちゃだめ」と言った。別段あざとさを演出したわけではない。ただたんに、カミカミだっただけで。

だがしかし、そんな言葉でこのオオカミさんが止まるわけもない。笑いながら「ミホは俺を煽《あお》るのが上手いな」などと言われる。

煽ってないからっ。そんなコワイこと絶対にしないからっ。

「柔らかい毛。それにいい匂いがする。可愛いな」

もちろん見られるだけで終わりじゃない。さらに恥ずかしいことが行われた。湿った生暖かいモノが私のその閉じているはずの割れ目に差し込まれたのである。

それはまるで軟体動物のように動き回り、奥の肉びらを見つけるとねっとりと舐めあげた。ゾクリと全身に広がる甘美な刺激に、背中がしなる。

「あぁん」

誰の声ですかこれ？　いや、私だけども、こんな声いったいどこから出るのでしょう？

こんな声を出しちゃうとね、そこが弱いですって教えちゃうようなものよね。だから当然彼はそのままそこをぺろぺろと舌で攻撃し続けた。

こんな状態で頭をいやいやと振って「そこだめ」などと言っても無意味ですが、他にどうしろというのでしょう？

やがて、指でその場所を左右に広げられ、普段決して空気に触れない場所が暴かれる。肉びらの付け根を舌先でつつかれ、その上のぷっくり膨らんだ場所まで執拗《しつよう》に愛撫されて、私は快感で頭が真っ白になった。足の指先に力が入り、身体がビクビクと震える。

「気持ちいいな、ミホ。さっきよりも匂いがさらに甘くなったぞ？」

舌での愛撫から指での愛撫に切り替えて、更に私を追い上げながら彼が笑う。

一度イクと身体は刺激に敏感になる。親指の腹で膨らんだ一番敏感な場所をクニクニと円を描くように刺激されて、またすぐにイキそうになった。

「らめ、またいっちゃう」

「可愛いからいくらイッてもいいぞ？　ほら、これも好きだろ？」

彼の舌が蜜壺《みつつぼ》にゆっくり入り込んできて、肉びらの裏側を舐めた。

「はぁ、あつ、あつ、あぁあ、ん」

中と外両方からの愛撫に腰が揺れる。とめどなく溢《あふ》れている蜜を彼がちゅうっと啜《すす》った。

広げられた淫唇《いんしん》の中の粒と肉びらへの愛撫を激しくされ、快感が背中を駆け抜ける。蜜壺の中で蠢《うごめ》く柔らかい舌での愛撫とあいまって、吹き荒れると表現するしかないような勢いで、怖いくらいの快楽を生み出した。それは私が自力でせき止められるようなものではなく、当然行き場を求めた。

吹き荒れるほどの快楽の果てにあるものは何も考えられなくなるほどの絶頂だ。そこへのイキ方を私はもう教えられている。そして一度行き着いたことのある場所に辿り着くのは簡単だ。

シヴァさんに導かれるまま、私は再びそこに追い上げられた。背中を反《そ》らし、ビクビクと身体を痙攣《けいれん》させせながら。

「いい子だな、ミホ。イキ方が上手になったぞ」

そんなことで褒《ほ》められても嬉しくないと思ったが、ハクハクと息を整えるので忙しかったのでもちろん言葉にはならなかった。

刺激に敏感になっている胸や秘部を隠すように、うつ伏せになっていた私の腰が背後から持ち上げられる。なにすんのー。

「もういった。いっぱいいったからぁ」

一回って言ったもん。

「そうだな。ミホはいっぱいイッたな。気持ちよさそうで可愛かった」

ん？　ミホは？

「だから今度は俺と一緒にイこうな。それで一回だろう？」

逃げられないように腰をしっかり掴《つか》まれて、トロトロの秘部に固いナニカが触れ……そのままゆっくり中に侵入してくる。私は声にならない悲鳴をあげた。ひぃえええええええ。

蜜口とそこに続く隘路《あいろ》が限界まで押し広げられる感覚にゾワゾワする。

「そんなおっきいのむりぃ」

「ミーホー、だから煽るなって」

そう言いながら、背中に覆《おお》いかぶさってきて耳元でシヴァさんがクスクス笑う。笑いながらかぷかぷと私の耳やうなじを甘噛《あまが》みした。更には背中をチュウッと強く吸い上げられ、くすぐったさと快感が混ぜこぜになった感覚にイヤイヤする。もちろんそんなことで背後の男が行為を中断するわけもないのだが。

全然煽ってないやいっ。無理だから無理って言ってるだけなのにぃ。

腰だけを高く上げたいやらしい体勢のまま、彼に貫かれる。奥深くまで彼のモノが差し込まれ、私の蜜壺は隙間もないほどいっぱいになった。

まるで自分の形を覚え込ませるようにすぐには動かずいてくれたが、馴染《なじ》んだころを見計らって、奥をツンツンと軽くつつくようにゆっくりと動き始める。同時に片手が再び淫唇に伸びてきて、中に隠れていた粒を摘んだ。未《いま》だそこは感覚が過敏になったままなので、できればノータッチでお願いしたかったのだが、そうは問屋がおろさなかったようだ。

摘まれ、撫でられ、更にはソコを押しつぶすようにしたあとクリクリと円を描くように指をうごかされて、再び強い快感が生まれる。

「らめ、しょこらめ」

喘《あえ》ぐ隙に何か言おうとしたら、どうしたってこういう口調になる。

「口がまわってねーぞ？　でもソレいいな。すっげえ興奮する」

何言ってんのよ、ばかぁあああああああああ。ねえ、中のモノがさっきよりおっきくなってるのはなんでなの？

凶暴なモノに中をゆるゆるとかき回されながらの秘部への刺激はさらなる快感を私にもたらした。

つまりは、喘ぐのに忙しくて文句を言えなかったのである。

しかもこの男、私をイかせるばかりで全然自分がイク気配がない。

約束の一回は彼がイかなければ終わらない。でないと、この快楽地獄がずっと続くということだ。ちくしょー。どうしたらいいんだ。こんなの私の手には余る。

こうなるとできるのは泣き落としくらいか？　経験不足な私に打てる手は多くない。だから私はなんとか彼の方を振り返ってこう言った。

「シヴァしゃん、いっしょにいって？」

それを聞いて狼さんは獰猛《どうもう》に笑いましたとさ。私ナニカ間違えましたか？

彼は一度自分のモノを私の中から引き抜くと体勢を変えた。私は再び仰向《あおむ》けにされ、持ち上げられた足は彼の肩に膝をかけるような格好となる。いわゆる『く』の字になる体勢だ。

ちょっとマテ。この体勢だと、さっきよりももっと深くまで入ってきちゃうんじゃ。

もちろん私の懸念は的中した。なかなかアクロバティックな体勢なうえに、先程よりも深く繋《つな》がれてしまうこの状態。内臓の位置がズレるのではないかと心配になるほど再び彼のモノでいっぱいになる蜜壺。今度は溢れた蜜がグチュグチュと盛大にいやらしい音をたてるほど、激しく突き上げられた。私が感じる場所をすでに把握済みな彼は、もちろんソコを的確に狙《ねら》って突き上げる。時には腰を揺らしてかき回し、私に嬌声《きょうせい》をあげさせた。

「やら、いくっ、いっちゃう。そこらめ」

両手を指を絡《から》ませた恋人繋ぎでベッドに押し付けられているから、身体の位置をずらすこともままならない。

すでに何回イッたのかわからないが、明日は確実に声が嗄《か》れているだろう。

「なかをこんなにグショグショに濡《ぬ》らして、腰まで振ってるのにダメなわけないだろ？　俺のモノをギュウギュウ締め付けてくるからすっげえ気持ちいい。ほら頑張れ、俺と一緒にイクんだろ？　ん？」

奥を優しくグリグリされてまたまた頭が真っ白になる。

「ん、ぁあん、あん、あ――っ」

「ん？　ミホだけまたイッちまったのか？　あんまりイキすぎると俺と一緒にイクまで体力が持たないぞ？」

そんな心配するくらいないらば、アナタもサッサとイッちゃって下さい。

最終的に「いっしょにイッてくらしゃい」と回らない口と涙目でおねだりして、やっと終わった。たとえ回数的には一回しかシてなくても、翌日、足がガクガクでプルプルだったのは言うまでもない。

幸せそうに私を抱きしめて眠る美丈夫な旦那様に、起きた早々グーパン入れたが私は悪くないと思う。

番外編一

円城寺君の勇者な異世界生活

俺達の初めての本格的なダンジョンアタックは見事失敗に終わり、多数の負傷者を抱えての帰還となった。心身共に疲労困憊《こんぱい》だった俺達は城の自室に戻ったとたん爆睡。なので、サトちゃんと清《きよ》水《みず》さんが城を追い出されたと聞いたのは、ダンジョンから戻った翌日だった。事が起こったのは俺達がダンジョンに向け出発した日だったらしいから、二人が城を出てもう何日も過ぎていたのである。

　間違っても俺達に止められないために、サトちゃんがそのタイミングで騒ぎを起こしたのだ。自ら出て行くと追手がかかるかもしれないから、そうならないように追い出されることにしたらしい。サトちゃんに言わせると、人間いらないものでも、いざなくなるとなると惜《お》しくなるものなのだそうだ。けれど自分で捨てさせれば未練なんて持たないから、自分達に好都合なんだって。

　サトちゃんの凄《すご》いところは相手の思考や感情の揺れ動く先までもを読み切ってしまうところだ。きっとサトちゃんと俺の見ている世界は全く違うんだろうなー。

　予《あらかじ》め出て行く予定だと聞いていた俺はびっくりしたフリをしつつ、皆がショックを受ける様子をどこか冷めた想《おも》いで眺《なが》めていた。

　この中で本気であの二人の行く末を心配している者が何人いるのやら。クラスメート達の反応は様々で、俺はその様子をつぶさに観察した。

予期していない突発事態が起こった時の行動や言動はその人物の素や人間性が出てくることが多いんだってさ。だから、自分達が城を出た後のみんなの反応をよく見ておけってサトちゃんに言われてたんだよね。

『情報は大事』。これは昔からサトちゃんが何度も言ってた言葉だ。たとえどんな些細《ささい》なモノでも知っていることが自分を助けてくれることが多々あるらしい。

「いっぱい情報を集められる絶好の機会だよ、翔《かける》。よかったね。見捨てても心の痛まない人物リスト、ちゃんと作っておきなよ」とサトちゃんはにんまりしてたっけ。いったい誰《だれ》だ、この幼馴染《おさななじみ》を人畜無害《じんちくむがい》とか言ったやつ。

俺とサトちゃんは物心つく前からの腐《くさ》れ縁《えん》だ。家も隣同士。だからといっていつもつるんでいるという訳ではないが、高校生になった今でもしょっちゅうお互いの家を行き来するくらい仲がいい。長い間一緒にいすぎて、友人というよりはもう家族のような間柄だと言ってもいいだろう。別に変な意味じゃないぞ？

そんなふうにずっと一緒だったサトちゃんが城を出て行くことを俺は知っていた。なにせ事前に本人から告げられていたからな。

元の世界への帰還方法がどうやらこの国にはないと悟ったサトちゃん（別にダジャレじゃないぞ）は、魔法のことならば魔国に行くのが一番だからとこの国からの出奔《しゅっぽん》を一人で決めてしまった。

長年のツレである俺には「翔はきっと行かないと思うけど一応聞いとくね。どうする？」ときたもんだ。そりゃあ白鳥《しらとり》先生を守らなくちゃならないから行かないけどさ、もうちょっとこう聞き方ってもんがあるんじゃねえ？

いつも通りの口調といつも通りの冷静で穏やかな態度で、サラッと別れを告げようとするサトちゃんに俺は思わず泣きそうになった。

サトちゃんの魔国行きを止める？　いや、それは無理。絶対に無理。

一見穏やかに見えるサトちゃんだが、一旦《いったん》こうと決めたら決して自分の意志を曲げない強靭《きょうじん》な精神力を持っているんだよね。頭がいいから言葉での説得なんて俺にできるはずないし。反対に俺の方が簡単に言いくるめられると断言できるな。

そうして予め知っていても、いざ本当にサトちゃんが城から出ていったとなると、俺の心にはぽっかりと穴が開いたようになった。

サトちゃんの穏やかで安定した態度は、こんな異世界にあっても変わらなくて、それがどれだけ俺を支えてくれていたのか、いなくなって改めて感じたからだ。

もう本当にいないのだとわかっていながらも、俺はサトちゃんの使っていた部屋を見に行かずにはいられなかった。元々、部屋を散らかすタイプではないが、つい先日まで確かにあったはずのサトちゃんの痕跡《こんせき》や気配がすっかりなくなっていて、部屋はガランと静まり返っていた。扉の前で頼りになる幼馴染の不在を噛《か》みしめながら俺はしばらく立ち尽くした。

彼はもう俺の側にはいないのだ。いつでも困ったことを相談すれば最上と思える答えを導き出してくれていた幼馴染は、遠い場所へと旅立ってしまった。

きっと彼は無事に魔国に辿《たど》り着くだろう。そこはあまり心配していない。何かにつけ用意周到で綿密な計画を立てるサトちゃんのことだからね。

「本当に勇気を持って踏み出さなきゃならないのは俺の方だよ。真の味方になりうる者を見極めて、自分と先生の身をあらゆる危険から守んなくちゃならないんだからさ。でもほら、俺は男の子だからやっぱり大事な人はなんとしても守んなきゃだろ？　母さんならきっと『当たり前でしょ。なんのために頑丈に産んだと思っているのよ』って言うと思うしさ」

この国の大人達を相手に自分がどこまで先生を守れるのか不安しかないけどな。

それでも俺は先生と共に異世界に飛ばされなければ良かったとは思っていないのだ。

だって近くにいればなんとしても守るために頑張れるし、身体《からだ》を張れる。きっと勇者というのは『勇気を持たなければいけない者』なのだろう。どんなに怖くても、どんなに不安でも、勇気を持って守りたいものを守るために努力をする者。

力をつけなきゃ。どんな権力にも呑《の》み込まれないだけの強大な力を。自分一人で大地を踏みしめ、愛《いと》しい者をその背に庇《かば》い立ち続けることができる力を。

勇者という職業に付随《ふずい》する、チートともいえる能力に胡坐《あぐら》をかいてはいけない。きっとまだ俺は力を使いこなせていないのだ。できていないならば努力あるのみ。

そういえばサトちゃんが言ってたっけ。辛《つら》い時には悪いことの数ではなくていいことの数を数えろって。

「まあここでならもう生徒と先生じゃなくっていいしさ、悪いことばかりじゃないよな。卒業を機に縁遠くもならないし。あれ？　もしかして俺にはいいことずくめ？　よし、先生に言い寄る野郎どもはとりあえず俺が全部撥《は》ね除《の》けよう。そしていつか先生に『円城寺《えんじょうじ》君って本当に頼りになるわね』って言ってもらうんだ」

単純で悪かったな。でも、男が頑張る理由なんて案外そんなものだと思うぞ。

「魔国ってどっちかなー。この空はちゃんと魔国まで続いているよな。うん、大丈夫。だって少なくともサトちゃんとは同じ世界にいるんだから。お互い頑張っていればいつかまたちゃんと会えるさ。でも、きっとサトちゃんはサラッと目的を成し遂《と》げそうだから、俺の方がいっぱい頑張んなきゃなんない気がする」

少なくとも魔王を倒すなどという世迷《よま》い事《ごと》には耳を貸すつもりはない。そう考えるとロールプレイングゲームの主人公達はいったいどれだけの無茶ぶりをされてきたのかわかろうというものだ。

まあ、『ひと●りいこうぜ！』だって本当にやることになるとは思わなかったけどな。

よし目標。『勇者と聖女の結婚』という王道のハッピーエンド目指すぞ！　ファイトー、オー！

そういえばさ、魔王を倒さないならば職業『勇者』のお仕事ってなんなのだろう？

番外編二　幼馴染のわんだふるな新婚生活

「あれ？　シヴァは？」

俺が砦《とりで》の副団長の執務室に入っていくと、部屋の主《あるじ》の席は既にもぬけの殻《から》だった。

部屋付きの事務官であるヒヒ獣人のモンモンがトントンと書類を揃《そろ》えながら「副団長ならばついさっきお帰りになりましたよ」と苦笑いで答える。

「マジ？　はっえ〜」

俺は幼馴染《おさななじみ》の男のわかりやすすぎる変化をゲラゲラ笑いながら自分の席に座った。

俺の名前はライト・ウルフテリア。焦《こ》げ茶の尻尾《しっぽ》がラブリーな狼《おおかみ》獣人で、魔国の東の砦の防衛団で副団長付き副官をしている。

副団長であるシヴァ・ウルフラインは幼馴染だ。家は隣同士で、小さな頃《ころ》から兄弟同然に育った。

沈着冷静なシヴァとお調子者の俺は妙にウマが合って、思い返せば喧嘩《けんか》らしい喧嘩をしたこともない。

「それにしてもあのシヴァが番《つがい》を見つけてこんなに変わるなんて思わなかったよなあ」

俺の言葉にモンモンがクスクス笑いながら答える。

「本当ですよねえ。就業時間終了と同時に飛び出していく副団長の姿を見る日がくるとは私も思いませんでした」

「あいつワーカホリックだったもんなー」

「副団長の奥様、随分《ずいぶん》お若いって聞きましたけれど本当ですか？」

「あー、ホントホント。確かお嫁ちゃん十八歳って言ってたかな」

「はぁ……若くて可愛《かわい》くておまけに料理上手な奥様ですか。羨《うらや》ましすぎます。副団長は性格はともかくとして顔はいいし、強いし、お金持ちだし。なのにさらに若い奥様まで。世の中不公平だと思いませんか」

モンモンはあのシヴァにつけられるだけあって文官として優秀な男だが、若くして頭髪が若干寂しいことになっているせいか、あまりモテる容姿はしていない。性格も真面目《まじめ》でいい奴《やつ》なんだけどなー。

「副団長ってば番を手に入れた途端、色気がダダ漏《も》れだし、肌艶《はだつや》はぺかぺかだし、おまけに毎晩奥様が専用のブラシで尻尾をブラッシングしてくれるっていうじゃないですか」

「ああ。お嫁ちゃんシヴァの尻尾が大好きらしいからな」

「うわぁ――――っ、心の底から羨ましいっ。いや、もうむしろ妬《ねた》ましいっ」

「うん、正直すぎる感想をありがとう」

「いえいえ、どういたしまして。でも、先日北の砦から来たばかりのやつが訓練場で副団長に絞《しぼ》られて悲鳴をあげてたらしいじゃないですか」

「ああ、アレなー」

先日の騒ぎを思い出して俺は遠い目になる。

北の砦の防衛団から交換訓練生としてやってきた奴が、たまたま砦に魔法薬の納品に来て帰るところだったお嫁ちゃんをナンパしたのである。もうただただアホだとしか言いようがない。

交換訓練などと言っているが、実際はそいつが王都で問題を起こしたので、うちで再教育するために送られてきたのだ。うちにはアホには特に容赦《ようしゃ》ない奴が数人いるからな〜。その二大トップは蒼銀《そうぎん》の髪の狼獣人と一見優しげな兎《うさぎ》獣人だ。

獣人族は普通の魔族に比べて遥《はる》かに耳も鼻も利《き》く。だからお嫁ちゃんからあれだけプンプン漂《ただよ》う副団長のマーキングの痕跡《こんせき》に気づかないはずがない。マトモな獣人ならばあんな物騒《ぶっそう》な気配を纏《まと》わせている女の子、どんなに可愛くたって手を出そうと思わないね。しかし、残念ながらそいつはごくごく普通の魔族で魔力量は多いが匂《にお》いや気配にはかーなーり鈍感《どんかん》な奴だったのだ。おかげでまんまとやらかしてくれた。

もちろんお嫁ちゃんは「夫がいるので」ときっぱりはっきり断ったが、そいつはちょっとばかししつこかったらしい。

あろうことかお嫁ちゃんの腕を摑《つか》んで「俺の親父《おやじ》はすごいんだぜ」から始まって、最終的に「言うことを聞かないと俺の魔法でお前の旦那《だんな》をボコボコにしてやるぞ。獣人族は魔法が下手くそだからな」などと嗤《わら》う始末。アホである。

「俺ならばそんな貧乏くさい小さな石しかついていない指輪じゃなく、もっといいものを買ってやるぞ。狼獣人の旦那だっけ？　全く獣臭《くさ》いうえにけち臭い旦那なんだなあ」と男がバカにしたように言った言葉になんとお嫁ちゃんがブチキレた。

「モフモフは正義だ。尻尾も獣耳《ケモミミ》も最高！　それに狼獣人のうちの旦那様はお日様のいい匂いがするんだからねっ。私にはあんたの匂いの方がよっぽど気持ち悪いわっ。このモフモフの敵め。モフモフをバカにする奴は死ねっ」

お嫁ちゃんはそう言って思いっきりバカの腕を振り払うと、『ストーンバレット』と言って、至近距離から男の股間《こかん》に小石をぶち当てたらしい。俺もその話を聞いた時にはアソコがヒュンッてなったね。男ならだいたいが同じ反応をすると思うぞ。

もちろん男は撃沈《げきちん》。お嫁ちゃんは仁王立《におうだ》ちしたまま男を冷たく見下ろした後、「ふんっ、もげろっ」と吐き捨てるように言って鼻息荒く帰っていったそうだ。

その騒ぎは当然、魔の森のパトロール業務から帰ってきたシヴァの耳にも入った。目撃者からの話を無表情なまま聞いていたあいつは、クルリと踵《きびす》を返して足早にどこかに向かった。俺には当然どこに行くつもりなのかわかったが、本気で怒っているオーラが全身からダダ漏れのあいつを誰《だれ》が止められるというのだ。そんな奴おらんわ――。

しかし俺達の予想に反して、シヴァは医療棟でベッドに横たわる男に殴《なぐ》りかかったりしなかった。代わりに秀麗な美貌《びぼう》に底冷えのする笑みを浮かべ「俺の妻が世話になったようだな」と言ったのだ。

ぞわわっ。俺の野生のカンが告げている。これはヤバいっ。

あれれ？　なんかこの部屋寒くない？　さっきまでは確かに汗ばんでたのに、なんで背筋がゾクッてするのかな？　急速に周囲の気温が下がってる気がするんだけど……。

そこにいた全員が寒気を覚えて小さく震える中、シヴァがベッドに横たわる男に治癒《ちゆ》魔法をかけた。そして、治った男の襟首《えりくび》を片手で掴むと軽々とベッドから引きずり出す。

「じゃあ行くか。喜べ、お前はこれから俺と楽しい個人レッスンの時間だ」

そんな寒気がする笑顔の副団長との個人レッスンなんて絶対に楽しくないに決まってるとその場にいた全員が思ったが、もちろん誰も口にしなかった。だって巻き込まれたくないからね。その後に起こったことは想像の通りである。シヴァは剣など一切抜かず、魔法のみでバカ男をボコボコにした。

しかし俺は知っている。お嫁ちゃんが自分のために怒ってくれたことをシヴァがすっげえ喜んでいるということを。

シヴァの力技で始まったと言っても過言ではない二人の新婚生活は、どうやらうまくいっているらしい。よかった、よかった。

「胃袋もがっつり摑まれてるみたいだし、骨抜きとはまさにあのことだね」

「いいですよねー。私も女性に胃袋をがっつり摑まれてみたいです」

「うちの実戦部隊の女性陣に頼めば摑んでくれると思うぞ。まあ比喩《ひゆ》じゃなくて物理的にだけど」

「握力が尋常じゃないうちの女性陣に物理的に胃袋をわし摑みにされたら死にます」

「そりゃあそうだ」

俺達は軽口を叩《たた》きながら薄暗くなりつつある部屋の中でゲラゲラ笑った。

あとがき

このたびはお買い上げいただきありがとうございました。

このお話は『小説家になろう』の『ムーンライトノベルズ』というＷＥＢサイトに投稿していたものでございます。運よくＫＡＤＯＫＡＷＡ様からお声がけいただき書籍化の運びとなりました。ご尽力《じんりょく》いただきました皆様にはこの場を借りて深く感謝申し上げます。

また、素敵なイラストを描いて下さいました逆月《さかづき》先生にもお礼申し上げたいと思います。私のいい加減な人物描写から素敵なキャラデザインを起こしていただき本当にありがとうございました。まるで今にも動き出しそうでドキドキしました。

数年前『小説家になろう』というサイトを私に教えてくれたのは、今後一生出会うことができないと思うほど本の趣味が合う友人でした。彼女に出会っていなかったら、お話作りをしている今の私はいなかったと思います。それまで紙媒体が大好きで、ネット小説にあまり興味を示さなかった私ですが、面白い小説が山のように見つかるこのサイトにあっという間にド嵌《は》まりし、暇《ひま》があれば検索して読みふける日々に突入。結果、恐ろしいほど視力が落ちました。

数多くの面白いお話に出会いましたが、途中までは面白かったのに展開が自分好みじゃなくなったり、結末が納得できなかったりするものもあるわけです。とりわけ辛《つら》かったのがとびきり面白いのに完結する前に連載が途中でストップしてしまうこと。続きが気になって何も手につかなくなります。

そんな体験からモヤモヤした想《おも》いを抱えた私がふと思いついたことが『あ、自分で書けば展開も結末も全部自分好みになるわ』でした。ええ、勢いと思いつきって怖いですね。

しかもスマホひとつさえあれば文章作成も投稿もどこにいてもできちゃうんです。文明の進化って凄《すご》いですよね。

これまでの人生の中で多くの物語の断片を空想したり妄想《もうそう》したりしてきましたが、恐らくスマホというツールを手にしなかったら、私が『物語を書いて多くの人の目にとまる場所に発表する』ことはなかったと断言できます。

なぜなら漢字変換機能や国語辞典、検索機能などなど、私が文章を書く上で必要かつ便利な多くの機能がこの小さな機械に入っているおかげだからです。

もしかしたら「それならパソコンがあったじゃないか」と言われるかもしれませんが、私は基本パソコンを持ち歩く生活をしておりません。そして思いついたらできるだけすぐ書きたい。なぜなら時間が経《た》つと思いついた言葉や言い回しを忘れてしまうことがあるからです。大変がっかりな記憶力しか持たない作者ですみません。

そうして仕事や家事の合間にスマホでちまちまと小説を書く日々に突入。幸いにも優しく鷹揚《おうよう》な読者様達に支えられ、今日まで書き続けることができました。

物語を書けば書くほど自分の知識不足を痛感しましたが、代わりに世界や周りの人々を観察し考えることが多くなりました。

特別じゃない何気ない日々の中にこそ閃《ひらめ》きのヒントが隠れていたりするのです。人や世の中って本当に面白くて凄い。

最近とみに『ごくごく普通で平和な生活とは、たくさんの小さな奇跡《きせき》の積み重ねの上に成り立っているのだなあ』と感じます。

この物語の主人公ミホちゃんはある日突然、『召喚』によってそんなごくごく普通の日常から切り離されてしまいます。

召喚された先で大事にされるならばまだしも、望んでいた能力と違っていたからといって放置されすげなく扱われる日々。

悲しくやるせない思いを抱えながらも、逞《たくま》しいミホちゃんは自分のできることを探し、行くべき道を探します。「最悪の状況を嘆《なげ》いていても仕方ないもんね」と。

孤独さに負けそうになる彼女を救ったのはクラスメートの常滑《とこなめ》君。常に飄々《ひょうひょう》とした様子の彼と一緒に新たな道へ踏み出します。

そうして辿《たど》り着いた場所は魔国。そこで出会った新たな家族。

一緒に美味《おい》しいご飯を食べて、「おはよう」と「おやすみ」を言える相手がいることの幸せをミホは改めて認識します。

冒険やフラグはノーサンキュー。ごくごく普通で何が悪い。平和にスローライフって素晴らしいじゃないか。

そんなミホが番《つがい》である旦那様、狼《おおかみ》獣人のシヴァに溺愛《できあい》されつつ魔国でのほほんと暮らしながら時々騒ぎを起こすお話です。

思えば幼い頃から私は『十五少年漂流記』や『ロビンソン・クルーソー』など、無人島で色々工夫して生活するお話が大好きでした。

あと主人公が新しい生活をするために買い物するシーンだとか、お家を整えていくシーンだとか、モフモフが活躍するシーンだとかも妙に好きでしたねえ。

いざ自分でお話を作ろうと思うと、最初は自分が昔から好きだったものや憧《あこが》れていたものが、そして次第に自分の奥底にあるものが次々と浮き出てくるのです。お話作りを通してなぜか自分というものを見つめなおすことになるので、時々自分の矮小《わいしょう》さに落ち込んでしまったりもします。私はキャラクターに感情移入して書くことが多いので、性格の悪いキャラの時は特にツライ。自分の中にある仄暗《ほのぐら》いものを直視するってなかなか厳しいです。けれどやっぱりお話を作るのは楽しくてやめられないんですね。

今後も自分を取り巻くたくさんの奇跡的な出会いに感謝しつつ、頭に浮かんだハッピーエンドな物語を作り続けていけたらいいなあと思います。ご都合主義上等。主人公がイケメンに溺愛されるテンプレ大好物。そんな私ですが、またご縁がありましたら皆さまと紙上でお目にかかれるといいなあと願っております。

堂本《どうもと》葉知子《はちこ》

eR
eロマンス ロイヤル

本書は「ムーンライトノベルズ」(https://mnlt.syosetu.com/top/top/)に
掲載していたものを加筆・改稿したものです。
この作品はフィクションです。実在の人物・団体・事件などにはいっさい関係ありません。

●ファンレターの宛先
〒102-8177　東京都千代田区富士見 2-13-3　eロマンスロイヤル編集部

異世界《いせかい》行《い》ったら私《わたし》の職業《しょくぎょう》『野生児《やせいじ》』だった

著／堂本葉知子《どうもとはちこ》
イラスト／逆月酒乱《さかづきしゅらん》

2020年5月29日　初刷発行

発行者　青柳昌行
発行　株式会社KADOKAWA
〒102-8177　東京都千代田区富士見2-13-3
(ナビダイヤル) 0570-060-555
デザイン　AFTERGLOW
印刷・製本　凸版印刷株式会社

ISBN978-4-04-736148-5　C0093　
定価はカバーに表示してあります。